四季の創造

日本文化と自然観の系譜

ハルオ・シラネ
北村結花 訳

角川選書
638

日本語版によせて

私は東京で生まれましたが、科学者の父が物性物理学の研究をするために渡米したので、一歳の時からアメリカ東海岸のロングアイランド中東部で育ちました。完全に英語のみの環境に置かれ、小学三年の時に日本を訪れるまで、日本との直接の接触はありませんでした。言葉も「ごはん」や「おしっこ」といった役に立つ単語をいくつか知っているくらいで、大学三年の時に日本語の授業をとるまで、日本語を学んだこともなく、読み書きもできませんでした。両親は私がアメリカにうまく順応することを望みましたし、当時、アメリカに移民した人々の多くがそうであったように、息子の私がアメリカ人になること、特に英語が第一言語になることを最優先させました。

子どもの頃から、私はアメリカ文学やイギリス文学、小説や詩に興味があり、大学生の時には作家になりたいと思っていました。そして、イギリス文学を研究するためにロンドンに留学したのですが、そこで初めて日本の文学や文化に関心を持ちました。アメリカでは小中高を通して、私は学校でただ一人のアジア系の生徒でした。おそらく、ロングアイランド中東部にある他の学校でも似たような状況だったでしょう。当時の東海岸には日系アメリカ人がほとんどいなかったので、私はよく中国人と間違えられました。ところがイギリスに来てみると、人々は私を日本人だと思い、日本文化について質問し、川端《かわばた》や三島《みしま》をどう思うかと聞いてきました。私はそうしたことを何も知りませんでしたが、日本に関心を持つようになりました。そこでアーサー・ウェイリー訳の『源氏物語《げんじ》』を読みはじめ、彼の文体に魅了されました。ウェイリーが、私が深く影響を受けたバージニア・ウルフも参加したブルームズベリー・グループ（二十世紀初頭のイギリスの文化人サークル）の一員であったことにも興味を惹《ひ》かれました。

私にとって特に興味深かったのは、紫式部《むらさきしきぶ》とバージニア・ウルフがどちらも女性の作家であることでした。ウルフはきわめて抒情性豊かな小説家であり、たとえば『灯台へ』のように、その作品は一種の散文詩になっています。ウルフは心の内なる時間、記憶、内省を、物語の時間の流れよりも重視する小説を書きました。そしてそうした人間の心理を「波」のような自然のイメージの繰り返しで表現しています。当時、私は、「女性であることと心理小説との間には何か関係があるのだろうか」と考えていました。『蜻蛉日記《かげろう》』のような平安《へいあん》時代の女性日記文学は、和歌を中心に構成され、自然のイメージを詠み込んだ和歌によって、心理の内面が詳細に表現されています。和歌は用いられないにせよ、自然のイメージにもとづく表現で人間心理が描写されるという特徴は、ウルフの作品にも共通します。そして、紫式部は十一世紀初頭、ほとんどがまだ男性の手によるものであった物語と、豊かな心理描写を特徴とする日記や和歌とを組み合わせ、『源氏物語』を創作しました。ウルフはウェイリー訳『源氏物語』の短い書評を書いていますが、その言葉を借りれば、紫式部はウルフに先んじること八百年あまり、「アングロ・サクソン人がまだ野蛮であった頃」、既に『源氏物語』を書いていたのです。

イギリス留学の後、私は大学院へ進学し、アメリカで初めて『源氏物語』の英語完訳を完成させたエドワード・サイデンステッカーのもとで研究を始めました。『源氏物語』——少なくともその英訳は、人間心理の複雑さという点で、私がそれまで読んできた欧米の古典の名作に匹敵するように思われました。

『源氏物語』の大きな特徴は、庭、花や木、霧や月などの自然描写が豊かなことと、物語に和歌が数多く織り込まれていることです。登場人物や巻の多くが、末摘花《すえつむはな》のように、花や木など自然の要素にちなんで名づけられています。その人物が詠んだ和歌をもとに名前が付けられることも少なくありません。そこには草に降りた露、月の光、しぼみかけた朝顔など、自然に対する感性、つまり、自然現象でありながら、人間の心理をも表現する細やかな事象への感性が見られます。私がそれまで決して見たことがなかった方法で自然と人間が深く結びついていたのです。

とはいえ、『源氏物語』は、アメリカ文学の古典であるジャック・ロンドンの『野性の呼び声』のような自然を描いた書物ではありません。『野性の呼び声』は、人に飼われていた犬がアラスカの厳しい自然環境の中で橇《そり》用の犬として生きのびる術《すべ》を学ぶうちに野生に目覚め、最後に狼の首領となる話です。これに対し、『源氏物語』の自然は優雅に洗練され、高度に体系化されています。人間が作りあげたこのような自然を、私は「二次的自然」と呼んでいます。序論で述べるように二次的自然には二種類ありますが、和歌や『源氏物語』などにみられる二次的自然は、農民が作物を収穫するために日々戦わなければならなかった自然とは異なります。川や海で働く漁師の生活が描かれることはありませんし、森に生きる猟師の姿が描かれることもありません。火山の噴火や地震のような災害が出てくることもありません。その多くは貴族の邸宅の庭に作られたり、絵巻物や屏風《びょうぶ》に描かれた絵など、さまざまな形で屋内にも取り込まれたりしています。これは貴族のための自然であり、男女間のコミュニケーションの主要な手段であった和歌によって洗練された自然といえるでしょう。三十一文字しかない和歌では、自然のイメージをごく短い言葉で多くを語ることが求められました。そのため、自然のイメージは磨きをかけられ、洗練されていったのです。

私は最初の著書である『夢の浮橋「源氏物語」の詩学』を出版した後、同じく自然を扱う俳諧と俳句に目を向けました。俳句はアメリカでも人気があり、子どもたちの多くは小学校で俳句を作ったこともあります。実際、俳句はアメリカの子どもたちが学校で最初に書く文章かもしれません。私は、息子が通っていた小学校で俳句の授業を見学したことがあります。先生は向日葵《ひまわり》、亀、燕《つばめ》など色々な自然の写真をスライドで見せ、子どもたちはそうしたものについて

二、三行の文を書き、絵を描きます。日本の俳句のように季語を入れなくてはならないという規則はありませんが、これは一種の俳画といえるでしょう。

　アメリカのような広大な国では、サボテンが林立するアリゾナの乾いた大地やツンドラや氷河が広がるアラスカなど、自然環境は地域によって大きく異なり、その気候や動植物はあまりにも多種多様です。ですから、誰もが共有できる文化的象徴として機能するような自然のイメージはほとんどないといってよいでしょう。また、自然を詠んだ欧米の詩は、季節を連想させる事柄が和歌のようには体系化されていませんし、教養のある人であれば誰でもあたり前に詩を作るといったこともありません。さらに、和歌のように、文学や芸術の長い歴史において詩がその中核をなしていたわけでもありません。

　空間的にみたとき、季語に相当するものは歌枕です。季語や歌枕には文化的意識が埋め込まれ、季節や自然、さらに世界を見る視点に大きな影響を与えました。かつて私は、イギリスの歌枕のリストを作ろうとしましたが、うまくいきませんでした。もちろん、イギリスにも複雑で深遠な歴史を思い起こさせ、詩人が詩に詠み込んできた場所はいくらでもあります。しかし、松島《まつしま》、白河《しらかわ》の関、富士山《ふじさん》のように、日本の歌人が歌枕を創造したような方法で、文化的風景が生み出された場所はイギリスの詩にはほとんどありませんでした。

　こうしたことから、私はさらに、季語が連想させる事柄や、句例が収められた歳時記に魅了されるようになりました。俳句について研究するようになるまで、私は歳時記なるものが存在することを知りませんでした。日本以外で歳時記のようなものを見たことがありません。歳時記は一年のうちすべての月や季節、自然や社会に関する多種多様な事柄を幅広く網羅しています。あらゆるものを季節に基づいて分類するその包括性には驚嘆すべきものがあります。歳時記はいってみれば、持ち運びのできる日本文化事典です。季節の変化に気づき、年中行事、食べ物、衣服などさまざまな日常生活と季節がどのようにつながっているのかを意識しながら、季節の移り変わりとともに人生を豊かに生きるためのハンドブックなのです。また、季語は自然に由来するものとは限りません。たとえば、「ビール」は日本では一年中、飲まれていますが、夏の季語です。なぜなら、暑い夏、特に夕方、ビヤホールなどで飲むビールは清涼感をもたらしてくれるからです。

歳時記は歴史の層が積み重なってできています。奈良《なら》時代の人々が七夕について何を書き残したのか、鎌倉《かまくら》時代の和歌は七夕という題をどのように扱ったのか、江戸《えど》時代や明治時代の俳人が七夕をどのように句に詠んだのかを見ることができます。歳時記はまるで樹木の年輪のようです。中心は何世紀も変わらないままですが、その外側に最新のものが付け加えられ、ときに消えていきます。なぜこうしたことが起きたのでしょうか。これは一体どういうことなのでしょうか。

日本文化は参加型の文化です。和歌、連歌、俳諧《はいかい》、俳句など多くの文学に、誰でも作者として参加することができます。連歌ではある人が発句を詠み、次の人はその発句に句を付けます。参加者は順番に作者になっていくのです。また、俳句はほとんど誰でも作ることができます（もっとも、優れた句を作るのはとてもむずかしいですが）。和歌もその点、似ています。つまり、歌や句の巧拙を問わなければ、誰でも歌人や俳人になれるのです。同様に、茶の湯、いけ花、盆栽など多くの伝統芸術の根幹にあるのも、みずから参加するということです。いずれの場合も弟子は師から学び、他の弟子たちと一緒に、自分でもやってみます。舞踊、歌、能の謡などでも、稽古《けいこ》をしながら学びます。ただ見たり、聞いたり、読んだりするのではありません。自分でやってみるのです。これは「する」文化といえるでしょう。

和歌は、和歌によって培われた文化の連想とともに、日本の伝統芸術の基盤となり、さらに着物の柄から食べ物まで日本文化のあらゆるものの土台となりました。しかし、和歌は、英語などの外国語に翻訳するのが非常に困難です。和歌はほとんどの場合、詩の形ではなく、散文で訳されます。ウェイリー訳『源氏物語』では和歌は会話や独白の形になっています。つまり、世界の読者は、日本文学の中核に位置する和歌とその文化になかなか入り込めないのです。一方、俳句は幅広く翻訳され、模倣されています。これはなぜでしょうか。

違いは、俳句はイメージが翻訳可能なところにあります。イメージからイメージへと翻訳できるのです。しかし、和歌がうまく翻訳されるかどうかは、掛詞《かけことば》、縁語、歌語、本歌取りなどの技法をどう扱うかにかかっています。さらに、和歌は歌が作られた場や、歌の題、歌語から呼び起こされる連想など、より大きな文脈でとらえる必要があります。いずれも再現するのが大変むずかしいものです。しかし、部外者が理解するのがむずかしいことこそ、文化や文学の鍵《かぎ》でもあります。そうした理由から、私は本書の第一章と第二章を設けました。この二つの章は和歌や連歌とその役割、さらに和歌や連歌が「四季の文化」の創造にどのように寄与したのか、などを理解するための手掛かりとなっています。

ところで、中国や朝鮮半島、ヨーロッパのような、豚、牛、羊などを食べる肉食の文化と異なり、日本は近代になるまで野菜と魚が主たる食料でした。縄文《じょうもん》文化から弥生《やよい》文化に移行する際、日本の農業では畜産が発達しませんでした。世界の古代文明でもこれは非常に珍しいことです。鹿や猪などを食べてはいましたが、それらは狩猟で捕えたものであり、人間が育てたのではありません。飼育された豚、牛、羊が一年中、食べられるのとは違って、果物、野菜、魚は季節とのつながりがはっきりと見られます。現在、日本の文化輸出の重要な一翼を担っている日本料理が、食材の新鮮さや季節と強く結びついているのはこうした理由からです。第三章以下では、食べ物など、具体的な事柄を幅広く取り上げ、時代の流れに緩やかに沿いながら、二次的自然や四季の文化という視点をもとに日本文化を論じています。

はしがき

高度に都市化され、テクノロジー化された今日にあっても、日本文化には自然が広く存在している。自然は詩歌、絵画、いけ花や茶の湯といった伝統芸術ばかりでなく、日常のさまざまな事柄――着物の柄、桃色や山吹色といった色の名前、うぐいす餅《もち》やおはぎなどの和菓子、さらには葵《あおい》の間というようなホテルや旅館の部屋の名前などにもみられる。また、伝統的な日本建築にも、畳、襖《ふすま》、とりわけ白木のような自然の材料が多く用いられている。

今日でも手紙を「新春の候」、「風薫る五月」といった時候の挨拶《あいさつ》で始めることは珍しくない。この習慣は八世紀初めの『万葉集』所収の季節の歌にまで遡《さかのぼ》ることができるが、それらの歌の多くは宴《うたげ》などで交わされた優雅な挨拶であった。今も昔も季節に言及することで、時と場所が明らかになるとともに、挨拶がより優雅で礼儀にかなったものとなる。これは千年以上にわたって自然が日本の社会的コミュニケーションや文化的表現であり続けている一例にすぎない。いつ、どこで、なぜこれらの現象は生まれたのか。どのような方法でこれらの現象は表現されたのか。時間、場所、社会的共同体によって、これらの現象はどのように変化していったのか。

私がこうした問題に関心を抱くようになったのは、俳諧《はいかい》や歳時記に触れたことがきっかけであった。歳時記は江戸の俳諧や近代俳句の研究や句作に欠かせないが、歳時記が自然を広範かつ詳細に網羅していることに私は深い感銘を受けた。日常生活に関連するありとあらゆる自然の様相と人間の営みが、季節の推移に従って体系的に細かく分類され、ほとんどの季語に句例が添えられている。歳時記には自然や季節に関して人々が共有する表現が集められ、それらの表現が日本の多くの文学、および視覚文化の基盤となっているといえるだろう。

歳時記が初めて作られたのは江戸時代だが、歌を題ごとにまとめた和歌集をその先例とみることができる。季節にもとづいて題と歌を分類するのは東アジア文学の大きな特徴だが、『万葉集』に始まる歌集ばかりでなく、和歌や連歌の歌論書も同様の分類を行っている。時代が下るにつれ季題と季語の体系はさらに細分化され、曲亭馬琴《きょくていばきん》が二六〇〇以上の季題をまとめた『俳諧歳時記』(一八〇三年)が出版される頃には、歳時記は中国と日本の類書《るいしょ》をもとに、植物、天文、地理など多彩な分野の最新情報が季節にもとづく世界観によって系統立てられた文化的百科事典となっていた。また、歳時記は和歌の題とは異なり、日常生活にも密着している。つまり、歳時記は世界と日常生活を体系化する基本的手段となったのである。

私の研究はもともと、どのような歴史的状況と社会文化的な力が集まった結果、歳時記が生み出されたのかという問いから始まった。なぜ季節が詩歌ばかりでなく、絵画から食べ物にいたる幅広い文化現象において大きな役割を果たすようになったのか。これらすべてを解き明かすことはできないが、本書ではその一端に取り組むことにしたい。具体的には以下のような問いについて考える。季節は文学――とりわけ詩歌――や視覚文化においてどのように表現され、創造されたのか。詩歌における季節の表現が、いけ花、能、屛風絵《びょうぶえ》、和菓子など多彩な文化における季節の表現とどのように関連しているのか。また、時代が変わり、社会共同体が変容するにつれ、どのような種類の変化が生じたのか。さらに、どのような社会的、宗教的、美的、あるいはイデオロギー的機能を四季の文化は果たしてきたのか。

こうした問いに対して近代の書籍や論文が下した見解は、稲作を中心とする農業の影響を強く受けたため、日本人は自然に親近性を強く感じるようになり、さらに、日本の気候や地理も季節の移り変わりに対する深い感性を日本人にもたらしたのだ、というものであった。この見解がもっとも顕著に表れているのは、和辻哲郎《わつじてつろう》の『風土』（一九三五年）に始まる近代日本の風土論であり、戦後、特にバブル経済に伴い日本人論ブームが起こった一九八〇年代に人気を博した。こうした解釈は時に役に立つこともあるが、ナショナル・アイデンティティという近代的な概念にもとづくため、異なるジャンル、共同体、文化環境などにおける複雑な歴史的差異を見えなくしてしまった。

本書を執筆するにあたって、私は近年盛んになったエコクリティシズムという考え方に刺激を受けた。これは自然の概念やイメージがさまざまな文化や制度においてどのように構築され、多様な文学的、文化的、社会的行為を通してどのように表現されているかを検証する手法である。ウルズラ・ハイザの言葉を引用すれば、「エコクリティシズムは、歴史のある時点における人間と自然との関係を文学がどのように表現するか――どのような価値が自然に付与されているのか、また、なぜ、どのようにして自然に対する認識が文学のジャンルや約束ごとを形作るのか――を分析する。さらに、環境に対する社会的、文化的態度の形成に文学的修辞がどのように寄与したのかを検証する」。

気候と文化に関する近代の研究は、気候と文化の間に直接の因果関係を見いだし、日本文化を気候や風土の観点から説明しようとした。これに対し、エコクリティシズムは環境と文化との隔たり――自然を文化的、文学的に表現する際、しばしば故意に覆い隠されるずれ――に焦点をあてる。自然の表現や再現はたいてい実際の現実とは逆であり、ありのままの自然の姿ではなく、むしろ支配階級の社会や文化が〝見たい自然〟の姿であることに着目する。

ケイト・ソーパーは著書 *What Is Nature?* で西洋哲学にみられる自然観――形而上学的《けいじじょうがく》、リアリスト的、世俗的自然観を定義している。形而上学的概念では、「自然」は人間ではなく、人間や文化と対立するものである。リアリスト的自然観では、自然は「物理的世界で絶えず働き、自然科学の研究対象を提供する構造、過程、原因となる力」である。近代自然科学が拠《よ》って立つ、このリアリスト的自然観は、人間と非人間を区別しない。さらに、世俗的自然観――本書ではこの意味で自然という言葉を用いる――では、自然は「普通に知覚することができる世界の特徴、すなわち、都市や工業化した環境に対峙《たいじ》するものとしての自然（風景、野生、田園、田舎）、家畜や野生動物、空間における物理的身体、原材料」を指す。こうした視点は、都市と田舎との間に地勢学上のコントラストを作り出す。また、世俗的な自然観では、少なくとも日本の伝統芸術にみられるように、自然は人間と対立するものではなく、人間の延長ととらえられ、自然が都市の風景に欠かせないものともなる。

これから見ていくように、日本で初めて自然の再創造と体系化が起きたのは、八世紀初頭の農村文化から都市文化への過渡期である。そして、少なくとも十世紀以降、和歌が支配的な地位を占めるようになり、室町《むろまち》時代から江戸時代にかけては、和歌における自然や四季の表現が、日本全体の自然や季節のイメージと同一視されるほど広範囲に影響を及ぼした。

では、日本の文学や文化、特に文学でもっとも権威のあるジャンルとされた和歌に季節や自然が広く見られるのはなぜか。季節はどのような種類の視覚的、言語的様式によって表現されるのか。メディア、ジャンル、社会的共同体によって季節の利用や描写はどのように異なるのか。季節は権力や社会的階層とどのように関連するのか。本書はこうした広範囲に及ぶ問題を検討していくが、主要な社会階層やジャンルを隈《くま》なく網羅するのではなく、より大きな現象を見る手段として代表的な事例、時にはエピソード的な事例を中心に取り上げていくことにしたい。

目次

序論　二次的自然、気候、風景

日本文学に自然と四季が広く存在していることは数え切れないほどの例にみてとれる。たとえば、『源氏物語』の女性登場人物の多くは、桐壺《きりつぼ》、藤壺《ふじつぼ》、葵上《あおいのうえ》、朧月夜《おぼろづくよ》、花散里《はなちるさと》のように、季節を連想させる花や植物などの自然にちなんで名づけられている。また、『源氏物語』を根本から理解するためには、登場人物の名前ばかりでなく、物語の場面背景ともなっているさまざまな植物、花、天象、天体の持つ文学的含意を理解する必要がある。さらに、こうした自然のイメージの持つ連想は、和歌にみられる連想とも密接に結びついている。

実際、『源氏物語』は日本文化と自然の親密なつながりを示す代表例として取り上げられることが多い。しかし、『源氏物語』が書かれた十一世紀初頭の貴族女性が、外界から彼女たちを幾重にも隔てる屏風《びょうぶ》や几帳《きちょう》や妻戸の外へと思い切って出ていくことはほとんどなかった。ごく稀《まれ》に近くの寺社に参詣《さんけい》することはあったが、多くの場合、女性たちが出会う自然はもっぱら、寝殿造の庭や、絵巻物や屏風絵や襖絵《ふすまえ》など室内に描かれた自然であり、また、彼女たちが日々詠む和歌に描かれた自然であった。言い換えれば、『源氏物語』や十一世紀の貴族女性の生活には空間的にも心理的にも自然が隅々にまで行き渡っていたが、その多くは庭に精巧に造られたり、また、絵、家具、調度、衣装、詩歌、絵物語のなかに視覚的、言語的に表現されたりしたものであった。こうした再現された自然を私は「二次的自然」と呼んでいる。二次的自然は人間世界と対立するものではなく、むしろその延長である。都に住む貴族が遠く離れた地にある一次的自然を直接、目にすることはめったになく、二次的自然はその代用品であった。本書はこうした二次的自然が何世紀にもわたり、特に都市的環境において、どのように作り上げられたかを考察する。また、奈良時代から江戸時代までの日本文化における時間と空間を理解するために、二次的自然が示唆する意味についても考えたい。

自然との調和という神話

今日においても、日本人は生まれつき自然に親しみを感じ、それが日本文化の主な特徴の一つであると広く信じられている。高度な都市化とテクノロジーの時代にあっても受け入れられているこうした考え方は、高等学校の国語の副読本に収録された「日本文学の特色」と題された次のような文章に典型的に表れている。

日本は農業国であり、日本人は農耕民族であった。農業は季節や天候に支配される。そのうえ、日本は気候が温暖で、四季がゆるやかに推移するという特色を持つ。西洋人が自然とたたかい、自然を克服しようとしたのに対し、日本人は、自然と共存し、自然と一体になることを願ってきた。

このような風土から生まれた文学は、当然、自然との融合を重んじた。まず古代の和歌は、自然を細かく観察し、自然に心情を託することから出発した。この傾向は、平安時代に入ると、散文の世界にもひろまる。随筆『枕草子』はその好例である。『源氏物語』においても自然は象徴として重要な働きをしている。

日本人と自然との密接な結びつきを示すこうした視点こそ、十世紀初めの『古今和歌集』(以下、『古今集』)仮名序以降、二一世紀に至るまで何世紀にもわたって繰り返されてきたものである。

芳賀矢一《はがやいち》(一八六七—一九二七)の『国民性十論』は、このような自然観が明治時代にどのように表現されていたかを示している。芳賀は近代日本文学研究の創始者の一人だが、ドイツ留学からの帰国後、日露戦争(一九〇四—〇五)の余波の残る一九〇七年、『国民性十論』の第四節「草木を愛し自然を喜ぶ」の冒頭に次のような文章を書いている。

気候は温和である。山川は秀麗である。花紅葉四季折々の風景は誠にうつくしい。かういふ国土の住民が現生活に執着するのは自然である。四囲の風光客観的に我等の前に横《よこた》はるのはすべて笑つて居る中に、住民が独り笑はずには居られぬ。Vice Versa 現世を愛し人生生活を楽しむ国民が天地山川を愛し自然にあこがれるのも当然である。この点に於ては東洋諸国の民は北方欧人種などに比べれば天の福徳を得て居るといつてよろしい。殊に我日本人が花鳥風月に親しむことは吾人の生活いづれの方面に於ても見られる。

芳賀は日本人（日本国民）の個性の一つを自然に対する愛情と尊敬にみている。そしてそれこそが、そうした態度や能力を持たず、自然と争い、征服しようとする西洋の国民と日本国民とを分かつものであるとする。また芳賀は、正岡子規《まさおかしき》（一八六七―一九〇二）や高浜虚子《たかはまきよし》（一八七四―一九五九）と同じく、自然への愛情と和歌や俳句が盛んであることとの間に強い関連性があるとした。和歌や俳句が広く行われていることを自然への尊敬の念と親近性の表れと見たのである。こうした日本文化観は戦前戦後を通して衰えることなく続き、西洋における日本文化研究にも浸透している。

芳賀の立場は日露戦争後に起こった美的ナショナリズムの勃興《ぼっこう》を反映しているが、気候が国民性を形成するというヨハン・ゴットフリート・ヘルダー（一七四四―一八〇三）が提唱した説の影響を受けている。また、紀貫之《きのつらゆき》の『古今集』仮名序に始まる長い伝統に基づくものでもある。

やまとうたは、人の心を種として、よろづの言の葉とぞなれりける。世の中にある人、ことわざしげきものなれば、心に思ふことを、見るもの聞くものにつけて言ひ出せるなり。花に鳴く鶯、水に住むかはずの声を聞けば、生きとし生けるもの、いづれか歌をよまざりける。力をも入れずして、天地を動かし、目に見えぬ鬼神をもあはれと思はせ、男女の仲をもやはらげ、たけき武士の心をもなぐさむるは歌なり。

（和歌は、人の心を種として、それが育ってさまざまな言葉になったものだ。この世に生きる人々は、することが多くあるので、思うことを見たものや聞いたものに託して表現する。花に鳴く鶯《うぐいす》や、川で鳴く蛙の声を聞けば、いったいどのような生き物が和歌を詠まないということがあろうか。力を入れずに天と地を動かし、目に見えない神々や霊を感動させ、男女の仲をなごやかにし、荒々しい武士の心を慰めるのは、和歌である。）

仮名序は「自然は歌を詠むきっかけとなり、思考や感情を表現する手段となる」と論じ、人間と自然の密接な関係、和歌の普遍性、社会的調和をもたらす和歌の力を強調している。

十二世紀には、藤原俊成《ふじわらのしゅんぜい》が歌論書『古来風躰抄《こらいふうていしょう》』（一一九七年）で和歌の役割を新たな段階へ至らせる。

かの古今集の序にいへるがごとく、人の心を種としてよろづの言の葉となりにければ、春の花をたづね、秋の紅葉を見ても、歌といふものなからましかば、色をも香をも知る人もなく、なにをかは本の心ともすべき。（中略）歳月の改まり変る花紅葉につけても、歌の姿詞は思ひよそへられ、その程、品々も見るやうに覚ゆべきものなり。

（あの『古今集』の序がいうように、人の心を種として、さまざまな歌になったのであり、春の花を訪ね、秋の紅葉を見ても、もし歌というものがなかったとすれば、花の色や香りなどを知る人もなく、いったい何を美の本性とすることができるだろうか。（中略）歳月が改まり、変化していく春の花や秋の紅葉を見るにつけても、歌の姿詞は連想され、そのよそえかたで歌の品位も判断できるように思われるのである。）

貫之が自然は感情や思考を表現する主な手段であるとする「感情表出モデル」とでも呼べるものを確立したとすれば、俊成は人間が自然を見て反応し、色や香りを認識するためには、和歌の知識が必要であるという「認識論的モデル」を確立した。後世に強い影響を与えたこの見方によると、和歌が我々を啓発し、自然に反応する心を与えてくれることになる。

自然との調和と国民性を結びつけることは早くは平安時代にみられる。和歌は文字通りには「やまと」（大和、倭）の歌を意味する。「やまと」とは元来、奈良盆地を指していたが、平安時代までには「やまとのくに」、すなわち、その当時、想定されていたところの日本という意味を持つようになる。また、和歌における「和」は「やわらぐ」あるいは「やさし」を、さらに暗に調和を意味するようになる。この意味を『奥義抄《おうぎしょう》』（藤原清輔　十二世紀前半）が発展させ、ついで『毎月抄《まいげつしょう》』（藤原定家か？　十三世紀前半）がより明確にする。

まづ歌はただ和国の風にて侍るうへ、先哲のくれぐれ書き置ける物にも、やさしく物あはれによむべき事とぞ見え侍るめる。げにいかに恐ろしき物なれども、歌によみつれば、優に聞きなさるるたぐひぞ侍る。それに、もとよりやさしき花よ月よなどやうの物を恐ろしげによめらむは、何の詮か侍らむ。

（何はともあれ歌はもっぱら日本の様式ですし、昔の優れた方が丁寧に書き残したものにも、優雅でなんとなくしみじみした趣のあるように詠むべきものとあるようです。どれほど恐ろしいものでも、和歌に詠んでしまうと優雅に聞こえることがあります。それなのに、花よ月よなどというような本来、優雅なものを恐ろしそうに詠むとしたら、何の意味があるでしょう。）

この『毎月抄』の文章が言わんとするのは、優しく、かつ深く心を動かす和歌の神髄は、すべてが調和する平和な国ぶりにあるということである。恐ろしいものも歌に詠めば優雅になるともあり、優しさや調和に価値が置かれていたのである。ここで強調されているのは、自然とは何かではなく、自然はどうあるべきかである。

自然は調和がとれ、人間が親近感を覚えるものであり、かつ、世界をとらえる手段であるとするこうした伝統は、都の貴族文化、特に和歌が作り出したものである。また、和歌は教養ある貴族の社会的コミュニケーションのための都市の文学であり、都を基盤とするその他の文化の多く——屏風絵、寝殿造の庭、十二単《じゅうにひとえ》など——と共存していたことも重要である。中世にはさらにいけ花、盆栽、茶の湯が加わるが、これらは自然を優雅な形で再現し、二次的自然を創造した。そして都市の住民にとって二次的自然は一次的自然の代用品となった。近代の批評家が主張するところの、いわゆる日本人の自然に対する親近性や調和という考え方の多くは、近代以前の日本の文化様式のほぼすべてに影響を与えた二次的自然が広く浸透した結果、創り出されたものなのである。

気候と暦

日本は冬季にバルト海からモンゴルに広がる寒気団の影響を受ける。寒気団がシベリアから南下し、さらに日本海を越える際、北に向かう湿った空気と衝突し、それが日本アルプスにぶつかって大量の降雪をもたらす。その結果、日本は世界のなかでももっとも降雪量の多い国の一つとなっている。夏季には日本の南東にある太平洋から北上する小笠原《おがさわら》高気圧と呼ばれる亜熱帯高気圧に支配され、高温と多湿がもたらされる。このように日本は夏冬ともに降水量が多く、夏の降水量は熱帯諸国にも匹敵する。奈良の春日《かすが》大社の裏手にある春日山原始林は原生林が今も保たれているところだが、常緑広葉樹の樫《かし》の木がうっそうと生い茂り、根はシダや地生《ちせい》ランに覆われている。日本には常緑広葉樹、笹、棕櫚《しゅろ》、猿のような、熱帯地域を連想させる動植物が存在する。こうした気候のもたらす京都と奈良の湿度の高さが、天象に大きく焦点をあてた和歌の文化を育《はぐく》み、たとえば霞《かすみ》は春の、梅雨は夏の、霧、露、台風は秋の、雪と霜は冬の指標となった。

いうまでもなく気候は地理的条件や時代によって異なる。太陰太陽暦による旧暦を使用していた江戸時代までは、一月から三月が春、四月から六月が夏、七月から九月が秋、十月から十二月が冬であった。旧暦では何年かに一度、一年を十三カ月とする閏年《うるうどし》を設けることなどから、旧暦を現在、用いられている新暦（太陽暦）に変換するには複雑な計算が必要となる。しかし、大まかにいえば、新暦から五、六週間ほど前に遡《さかのぼ》ると、だいたい同じ頃の旧暦の時期にあたる（以下、序論では旧暦は漢数字で、新暦はアラビア数字で表す）。

日本では月の満ち欠けをもとにした旧暦とともに、二十四節気《にじゅうしせっき》という季節区分も用いられた。二十四節気は太陽の動きをもとに一年を二四の気に分け、季節を示す基準としたものであり、各季節には六つの気があった。たとえば、春の六気は、立春、雨水《うすい》、啓蟄《けいちつ》、春分、清明《せいめい》、穀雨《こくう》である。旧暦と二十四節気は中国伝来のものであり、日本の気候に必ずしも合うものではなかった。たとえば、春の始まりを告げる立春の時期（現在の暦でいえば、2月4日頃）はまだとても寒く、雪が降ることもあった。

雪のうちに春は来にけり鶯のこほれる涙今やとくらむ　（古今　春上・4）

「雪の降るうちに春がやってきた。凍っていた鶯の涙も今は解けて鳴き声を聞かせてくれるだろう」という、この藤原高子《たかいこ》の歌も、暦や節気の示す季節と実際の季節のずれを詠んでいる。こうした齟齬《そご》はあったものの、八十八夜や土用など、日本の気候に合わせた雑節《ざっせつ》などを設けつつ、日本も旧暦と二十四節気を用いて季節をとらえた。つまり季節に対する日本人の考え方は、モンスーン気候という実際の気候ばかりでなく、中国伝来の旧暦や節気、さらにはそれらを常に実際の気候に合わせていかなくてはならなかったところから形作られていった。

近代以前の京都に住んでいた人々にとって、春（一月–三月）は現在の2月の初めくらいに訪れた。京都で春霞が山々に見られるのはだいたい2月10日すぎで、枯野に若草が萌《も》え始める時期と同じである。平安時代以降、春のもっとも重要な出来事となった桜の開花は現在の4月中旬頃で、記録によると京都の桜の満開のピークは十一世紀から十三世紀では平均して4月17日である。

京都や奈良の夏は極度に暑く、東南アジア諸国と匹敵する、あるいはそれ以上の気温となることもある。太平洋を南から北上してくる暖気団が日本列島を越えると、初夏のさわやかな風は突然、夏の湿った空気に変わり、梅雨の季節が訪れる。7月中旬に梅雨が明けると、暑く乾いた夏が8月の第一週まで二〇日間以上続く。夏の降水量の多さが稲作を可能にしたが、それはまた、山がちの土地に洪水と崖崩《がけくず》れをもたらすことにもなる。梅雨の季節がきわめて顕著なため、植物生態学者の吉良竜夫《きらたつお》は日本には春、梅雨、梅雨明け、秋、冬の五つの季節があると論じている。

秋の始まりを告げる節気である立秋（現在の暦で8月7日頃）の時期はもっとも暑い時期と重なる。

秋立つ日よめる
秋来ぬと目にはさやかに見えねども風の音にぞおどろかれぬる　（古今　秋上・169）

『古今集』秋上巻の巻頭に置かれたこの藤原敏行《としゆき》の歌は、秋立つ日（立秋）に詠んだ歌である。「景色を見る限りまだ夏だが、暦の上ではもう秋だ。耳を澄ませると、風の音に秋が感じられる」と、まだ暑いなか、秋の気配を感じとっている。秋のはじめになると小笠原高気圧が南下し始め、大陸から涼しい風が運ばれてくる。しかし、大気は依然として暑いままであり、残暑が少なくとも8月後半まで続く。京都の秋はまた台風の季節とも重なる。台風の季節は8月から11月まで続き、大量の雨をもたらす。秋の前半はまだ非常に暑く、秋を連想させる涼しさや虫の鳴き声などに気づくのは、9月の半ば（旧暦八月半ば）頃になってからである。

春と秋は穏やかな季節だが、長く厳しい二つの季節に挟まれている。梅雨と梅雨明けに8月の暑い気候が加わり、夏が一年のおおよそ三分の一に及ぶ。より大きな視点で見ると、春と秋は寒い大陸性気候と暑い海洋性気候の間の過渡期にあたる。こうした厳しい気候条件と、日本の気候は温暖で優雅で調和が取れているという広く浸透した考え方とは、きわめて対照的である。中国の影響を受け、奈良や平安の貴族文化は、短い春と秋を最高の季節として重んじた。また、中国でもそうであったように春と秋を文学や視覚芸術で褒《たた》め称え、春と秋に関連する美的、宗教的、文化的連想を発展させた。このように、実際の気候と和歌を中心とする文化とが乖離《かいり》した背景にはいくつかの要因がある。

まず、古代から平安時代にかけての日本文化は、奈良盆地と京都盆地が中心であった。奈良や京都の冬は厳しいが、豪雪地帯などに比べればまだ温暖であり、『古今集』、『伊勢《いせ》物語』、『源氏物語』のような古典に見られる自然観は、もっぱらこの二つの内陸の盆地の自然や気候を反映している。そのため日本の古典文学に描かれた冬は穏やかで、静かに降る雪が豊作を告げる吉兆とされた。これに対し、本州の他の地域、特に日本海側と東北地方では雪は厳しい苦難と脅威とみなされた。しかし、「雪国」と呼ばれる日本海側の豪雪は伝統的な文学や詩歌には描かれていない。十九世紀初頭、信州《しんしゅう》の農民であった小林一茶《こばやしいっさ》のような俳人が現れるまで、豪雪が詩歌に登場することはなかった。

また、中世までの京都の夏は実際には極度な暑さと疫病、さらに死の季節であった。そのため神々を鎮め、罪や災いを祓《はら》うために、京都の祇園《ぎおん》祭や葵祭のように、大小さまざまな祭りが都や地方で行われた。たとえば京都の祇園祭は旧暦六月の前半に行われるが、平安時代の中頃に疫病と天災の退散を祇園社に祈願したことが始まりである。しかし、夏のこうした否定的側面は伝統的な詩歌にふさわしい主題とはみなされなかった。平安宮廷文化は現実の気候を映し出すのではなく、むしろ、中国の影響を受けた、きわめて美的でイデオロギー的な四季のイメージを創り出した。『古今集』などの平安時代の勅撰《ちょくせん》和歌集は、貴族の価値観に合うように四季のもっとも魅力的な面を選び出した。『古今集』が夏と冬には各々短い一巻を割り当てる一方で、春と秋には各々二巻を割り当て、春と秋を特に重視したところにも、自然を理想的な世界としてとらえる見方が反映されている。

さらに、いわゆる憂鬱《ゆううつ》な季節、夏と冬のことになると、和歌をはじめとする貴族文化は実際の姿を描くのではなく、あるべき姿を描こうとした。たとえば和歌、連歌、俳諧《はいかい》で重要な夏の題の一つは「夏の夜」である。昼の暑さから解放され、凌《しの》ぎやすくなる夏の夜は、瞬く間に明けてしまう短夜としても、古来、多くの歌や句に詠まれている。また、『徒然草《つれづれぐさ》』五十五段には「家のつくりやうは夏をむねとすべし」とあり、夏を涼しく過ごせる家がよしとされ、江戸時代には涼しい住まいを暗示する発句がその家の主人に対する賛辞と考えられた。さらに夏が非常に暑いというまさにそのために、和菓子、いけ花、茶道、石庭、寝殿造や書院造の建物はすべて清涼感を与えるようデザインされた。千利休《せんのりきゅう》の教えをまとめた茶道書『南方録《なんぼうろく》』(一五九三年)が記すように、「夏はいかにも涼しきやうに」である。つまり、二次的自然の持つ機能の一つは、言語的、視覚的、触覚的、食物的手段を通して理想的環境を作り出すことだったのである。

地方の農村

日本文化においては二種類の二次的自然が存在する。一つは奈良と京都で貴族が発展させたもので、もう一つは平安時代中期から後期にかけて地方の荘園に現れた「里山の風景」である。この二種類の二次的自然の表現は平安時代から鎌倉時代にかけて出会い、室町時代には多くの文化的ジャンルで重なり合う。

古くから日本人は稲作のために原野を開墾した。古代に始まり平安時代から中世にかけて拡大した荘園制度にとって、新田の開発は最重要事項の一つであった。未開地を田に変えていく過程で、より多くの耕作可能な土地を作り出すために、人々は躊躇《ちゅうちょ》することなく大木を伐採して森を切り開き、動物を殺した。古代においては、野生の自然は「荒ぶる神(邪悪で人間に害をなす神)」の領域とみなされていた。『肥前国風土記《ひぜんのくにふどき》』の「佐嘉郡《さかのこほり》」のくだりには佐嘉川の荒ぶる神の描写がみられる。

一《ある》ひと云へらく、郡の西に川有り。名を佐嘉川と曰ふ。年魚《あゆ》あり。其の源は郡の北の山より出で、南に流れて海に入る。此の川上に荒ぶる神有りて、往来の人、半ばを生かし、半ばを殺しき。

佐嘉郡の西にある佐嘉川は、郡の北の山が源流であり、そこから南へ流れて海へ注ぐ。川では鮎《あゆ》がとれるが、川上には荒ぶる神がいて、往来の人の半数を殺してしまう、という描写である。同様の例として、『古事記』や『日本書紀』（以下、記紀）に登場するヤマタノオロチが挙げられる。ヤマタノオロチは米を全滅させ、毎年、生贄《いけにえ》として村の若い娘を要求したが、スサノオノミコトが退治する。ヤマタノオロチは稲作にとって川の氾濫《はんらん》や洪水の危険性を、スサノオノミコトは荒れ狂う川を治める力を表している。記紀や風土記が示すように、古代においては自然の荒ぶる神と人間の世界との間には明確な境界が存在し、人間は周囲の山の麓《ふもと》に社を建てて人間に危害を加える神を敬い、鎮めようとした。

しかし、平安中期から後期にかけ、荘園において自然に対する人間の態度に大きな変化が起こる。飯沼賢司《いいぬまけんじ》が考古学的発掘調査を通して示しているように、土地を農作に用いることを妨害していた荒ぶる神が、稲作の神に姿を変える。神々は稲作に欠かせない水、堰《せき》、灌漑《かんがい》の神、そして土地を守る鎮守の神となり、「田遊び」のような儀式や豊作祈願をとおして崇《あが》められた。

神を祀《まつ》る社はかつては荘園のはずれにあったが、荘園の中に建立されるようになる。これは（人間の側から見て）自然とのさらなる協力関係を象徴している。この変化は、人間が自然を特に治水と灌漑の面でより技術的に管理できるようになったことの反映でもあった。

このように自然の神々を崇めて鎮め、人間が手を加えて作った擬似自然のような自然環境が、現代にまで続く日本の生態系であり、生態学者が「里山」と呼ぶものの始まりである。村人は川の近くに住み、川は水田の灌漑に用いられた。村人は水田から収穫を得るのに加え、周りの草地や雑木林から田の肥料や牛や馬の飼料、建築資材、薪などを手に入れることができた。中世の説話や民話の登場人物はよく「山に芝刈り」に行く。これは薪を拾ったり、肥料として下生えや落葉を集めたりするために藪《やぶ》や森に出かけることを意味する決まり文句である。つまり、里山の自然は水田と周囲の山から常に収穫が得られ、循環処理と再利用が行われる二次的自然の一つであった。それは鳥や虫に焦点をあて、色や香りを志向する、都で見られるような優雅で小ぶりの二次的自然とは根本的に異なっていた。

中世初期の説話集『宇治《うじ》拾遺物語』（十三世紀初め）巻一に収められている「田舎ノ児桜ノ散ヲ見テ泣ク事」（第十三話）では、自然に対する里山の態度と貴族社会の態度との違いが強調されている。

これも今は昔、田舎の児の比叡の山へ登りたりけるが、桜のめでたく咲きたりけるに、風のはげしく吹きけるを見て、この児さめざめと泣きけるを見て、僧のやはら寄りて、「などかうは泣かせ給ふぞ。この花の散るを惜しう覚えさせ給ふか。桜ははかなきものにて、かく程なくうつろひ候ふなり。されどもさのみぞ候ふ」と慰めければ、「桜の散らんはあながちにいかがせん、苦しからず。我が父の作りたる麦の花の散りて、実の入らざらん思ふが侘しき」といひて、さくりあげて、よよと泣きければ、うたてしやな。

（これも今は昔、田舎の稚児が比叡山《ひえいざん》で修行していたが、桜が見事に咲いているところに風が激しく吹くのを見て、声を忍ばせて泣いていた。それを見た僧がそっと近寄り、「なぜそのように泣くのですか。この花が散るのを名残惜しく思っておられるのか。桜ははかないもので、こうしてすぐに散っていくものです。しかしそれはそういうものなのです」と慰めると、稚児《ちご》は「桜が散るのはどうしようもないことですから、かまいません。私の父の作った麦の花が散って、実が入らなかったらと思うと悲しいのです」と言って、しゃくりあげて泣いたという。情けないことだよ。）

物語は、桜の花を愛《め》で、散るのを惜しむという和歌にもとづく貴族的な僧の自然観と、和歌や宮廷物語にはまず登場しないが農作には欠かせない麦の生育を案じる農家の子である稚児の自然観をユーモラスに対比している。

自然に対するこの二種類の基本姿勢は、平安時代の物語や日記のような和歌を基盤とするジャンルと、記紀、風土記、説話、軍記物といったジャンルとの違いにも見てとれる。『日本霊異記』（八二二年頃）や『今昔物語集』（十二世紀初め）といった説話集は、多彩な動物——犬、狼、狸、狐、猫、虎、熊、馬、牛、鹿、猪、羊、ムササビ、鼠、兎、象、猿——を描いている。それらの多くは里山に生息し、食料として捕獲され、農作業で用いられることもあった。

一方、勅撰和歌集や物語では、動物の世界は猫のような数種類の愛玩《あいがん》動物や鹿、囀《さえず》る鳥、鳴く虫にほぼ限定されている。「伏す猪《ゐ》の床」として猪が歌に詠まれるなどの例外的事例はあるものの、和歌における自然は優雅な世界であり、野生動物や家畜は重要な役割を果たしていない。そのため、自然界と人間界との間に親密な調和が生まれた。和歌に登場する鳥、虫、鹿といった動物は、松虫（「待つ虫」）のような掛詞《かけことば》的な連想か、その鳴く音が尊重された。「なく」という動詞が「鳴く」と「泣く」の意味を持つように、これらの動物は人間の内なる感情を表現するものとなる。

いうまでもないことだが、平安時代と中世の農民たちに詩歌、絵、庭などを楽しむといった贅沢《ぜいたく》は許されなかったし、茶道やいけ花のような文化的活動に関わることもなかった。和歌や宮廷文学に登場する美化された「山里」と、農村の現実の生活の間には大きな落差がある。田舎の農民は自然の猛威や、自然のもたらす災禍、洪水、旱魃《かんばつ》、疫病、飢饉《ききん》などと絶えず戦っていた。和歌の優雅な世界にみられる虫や鳥とは異なり、稲穂を食い荒らす多くの虫や鳥は厄介者であり、農民はそうした動物や虫を殺さなくてはならなかった。そのため、虫を含め、殺された動物たちを供養する現象が広くみられる。

民俗学者が示しているように、日本には昔から虫送りの伝統がある。村人が松明《たいまつ》を灯《とも》し、鉦《かね》や太鼓を打ち鳴らして害虫を村の外へ追い出す儀式だが、その後、虫供養を行い、農作業で殺した虫を供養する。同じような供養は鯨、魚、猪、鹿、その他の狩猟で捕えられる動物たちに対しても行われた。第四章で触れるように、多くの中世説話、お伽草子《とぎぞうし》、能が、自然を管理する必要――特に狩猟を行い、害をなす動物や虫を殺し、森林の伐採を余儀なくされること――と、神々が住む世界とされた自然を慰撫《いぶ》し、敬意を表したいという願いとの間の根本的対立を描き出している。これは仏教が浸透し、殺生を禁じたことによってさらに複雑になっていった。

第一章　歌題と四季の創造

日本の文学と視覚芸術に自然と四季が遍在する大きな理由の一つは、日本の詩歌、特に近代以前、重要な文学ジャンルであった和歌の影響である。さらにいえば、日本の詩歌の主な形式である漢詩、和歌、連歌はすべて、自然にまつわる主題を広く用いている。

比喩《ひゆ》としての自然

中国の六朝《りくちょう》時代（二二二―五八九）に遡《さかのぼ》る東アジアの伝統では、詩歌は通常、次のうちのいずれかにあてはまる。

（1）情（感情や思考）をありのままに表現する。
（2）景（場面）をありのままに表現する。
（3）景を通して情を表現する（一見すると景色や自然を描いたような歌であっても、何らかの感情や考えを表現する役割を果たしている）。

平安時代には感情や思考を間接的に、優雅で上品に表現することが好まれたので、社交上のやりとりでは三番目の技法が主に用いられた。また、一番目の技法は恋の歌と、二番目の技法は自然の歌と結びつくことが多かったが、三番目は恋の歌、自然の歌のどちらでも好まれた。日本の詩歌は、"My love is a rose."のようなあからさまな引喩をめったに用いない。むしろ、花、植物、動物、景色を描写することで、人のありようや心理状態をそれとなく表現する。また、あるものを表現するのに、それと強く関連するものに置き換えて表現し、細部から大きな情景を作り出す比喩も、特に和歌や発句（連歌の最初の句）のような短詩型で重要な役割を担っていた。読者の視点から見れば、こうした詩歌には表面上の（字句どおりの）意味と、より深い意味とが存在する可能性がある。つまり、絵であれ、詩歌であれ、デザインであれ、第二章で述べるように、貴族的な視覚文化における自然の表現が、単なる装飾や模倣にすぎないことはほとんどなく、必ずといっていいほど文化的、象徴的な体系が作られ、さらに、そうした体系が時代やジャンルとともに発展する傾向がある。

和歌において自然界と人間界の「調和」がとれているのは、言葉が同時に二つのレベルで機能する「二重性」とでもいうべきレトリック上の重要な特徴に起因する。和歌の特徴の一つは掛詞《かけことば》と縁語の多用だが、そのことが二つのレベル——たいていは自然と人間——の共存を可能にした。たとえば、富士山は八世紀に歌に詠まれるようになるが、当時、富士山は煙を上げ、炎を立たせる山であり、それは「くすぶる恋の思い」を連想させた。なぜなら、「おもひ」の「ひ（火）」が火山の炎とくすぶる情熱を暗示するからである。富士山の煙を詠んだ歌を作ることは、暗に恋の歌を詠むことであった。和歌の代表的な二つの題は四季と恋だが、恋は季節の歌にそれとなく詠み込まれ、四季と自然は恋を表現する主な手段となった。

六朝時代の作とされる二つの漢詩集――徐陵《じょりょう》（五〇七-五八三）が編纂《へんさん》した『玉台新詠』と梁《りょう》の時代に編まれた『文選』――は、平安時代とその後の和歌に大きな影響を与えた。六朝の詩歌では、四季（特に春と秋）が重視される。ただし、漢詩集は作者、形式（文体）、年代別に編纂されており、和歌集も初めはその方式に従ったが、次第に、時間や季節を碁盤の目のように細かく分類し、それに沿って和歌を配列するようになる。その結果、四季のあらゆる時期に注意が払われることになった。この和歌集独自の方式は『万葉集』巻八と巻十に始まり、『古今集』の最初の六巻とその後の勅撰《ちょくせん》和歌集で完成する。

平安時代には、さまざまな自然が特定の季節を連想させるようになり、その結果、自然の歌の多くが季節の歌となった。たとえば、鹿は一年を通してみられるが、和歌における鹿のイメージは秋、そして、つがいの相手を求める雄鹿の悲しげで寂しげな鳴き声と結びついている。鹿は秋という季節を示唆するとともに、ある特定の感情を具体的に表現するようになり、さらに萩や露といった秋の他の題と結びつき、季節の歌に関する、より大きな体系の一部を形成することになった。季節の題の一つ一つがひとまとまりの連想を作り出し、また季節そのものも、よく知られた歌の名所と結びつき、季節ごとにまとまりのある連想群を発展させ、それが文化を形成する語彙《ごい》の一部となった。

『万葉集』と四季の歌の登場

季節の連想は、まず奈良時代の歌人が生み出し、平安時代と鎌倉時代の歌人が洗練させ、体系化した。その後、室町時代の連歌師が継承し、江戸時代の俳人がさらに拡大させた。記紀に収められた古代歌謡や、『万葉集』（七五九年頃）の中でももっとも古い時期の歌謡や詩歌がそうであるように、七世紀半ばまでは季節の連想はほとんど見られない。

季節を詠んだ詩歌は七世紀末に現れ、七一〇年の平城京《へいじょうきょう》遷都後に広く作られるようになる。『万葉集』巻八と巻十に収められた季節の歌は八世紀前半のものが多いが、季節と題ごとにまとめられている。驚くべきことに、これらの季節のテーマは、その後千年以上にわたって変わることなく受け継がれ、時を経て次第にその数を増し、発展していった。

天智《てんじ》朝（六六八―六七一）に遡る古代の文書には、さまざまな植物が記されている。それらの植物は食物、薬、建築資材、染料、衣服といった多くの実用的な目的で用いられたが、一方、詩歌では、永遠の命や長寿をもたらすとされた松や橘《たちばな》などの常緑樹と花の咲く木にのみ焦点が当てられている。春と秋の優劣を論じた額田王《ぬかたのおおきみ》の長歌（『万葉集』一・16）に明らかなように、関心が寄せられた季節は春と秋だけである。当時、春と秋が重視されたのはおそらく、漢詩が春と秋を重視し、また、七世紀の社会が農業に基盤を置いていたという二つの理由からであろう。春は種蒔《たねま》きの季節であり、秋は五穀を収穫する季節であった。春には繁栄、豊穣《ほうじょう》、長寿、多産を願い、国見や若菜摘など多くの年中行事が、また秋には収穫に感謝するさまざまな年中行事が行われた。

七世紀半ば、またそれ以前には、春は新年に関連するさまざまな儀式や豊穣祈願と結びついていたため、秋よりも重要な季節とされたのであろう。しかし、額田王の長歌が秋のほうを好ましいとしているように、天智朝には秋が春よりも重視されつつあった。また、額田王が秋を代表するイメージとして紅葉だけを取り上げ、七世紀末から八世紀にかけて重要な秋のテーマになった萩、秋の月、雁《かり》、霧には一切触れていないことにも留意すべきである。

七世紀末から八世紀初めにかけ、『万葉集』の季節の歌はその数を増す。

春過ぎて夏来《きた》るらし白栲《たへ》の衣干したり天の香具山　（万葉　一・28）

「春が過ぎて夏がやってきたらしい。天《あま》の香《か》具《ぐ》山《やま》に白い衣が干してあるから」と、季節の推移を詠んだ持《じ》統《とう》天皇のこの歌もその一つである。この時期の歌のもう一つの特徴は、季節のモチーフの組み合わせである。

ほととぎすいたくな鳴きそ汝が声を五月の玉にあへ貫くまでに　（万葉　八・1465）

「ほととぎすよ、あまり鳴かないでくれ。おまえの声を橘の実にあわせるまでは」くらいの意であろう。「五月《さつき》の玉」は五月五日に邪気を祓《はら》うために飾られる薬玉《くすだま》とされることが多いが、橘の実の意もある（薬玉には橘の実も用いられる）。後に重要な夏のテーマとなるほととぎすに対して、これまた後に夏の歌の代表的な植物となる橘の実（玉）にその鳴き声が届くようになるまで鳴くな、と語っているのである。季節の歌はまた、動物や植物に対する共感も示す。岡《おか》本《も》天皇《とのすめらみこと》（舒明《じょめい》天皇か？）の次の歌はその一例である。

夕されば小《を》倉《ぐら》の山に鳴く鹿は今夜《こよひ》は鳴かず寐《い》ねにけらしも　（万葉　八・1511）

「いつもは小《お》倉山《ぐらやま》で鳴く鹿が、今夜、鳴かないのは妻に逢《あ》えて寝たからだろうか」と詠んだ歌だが、つがいの相手を求める孤独な雄鹿として表現される鹿は、歌人の心理状態の喩《たと》えとなっている。季節の移り変わりについての思索、さまざまな季節のモチーフの使用、動植物への感情移入や同一化――これらすべてが、自然を詠んだ和歌のその後変わらぬ特徴となった。

八世紀前半、特に天平年間《てんぴょう》（七二九―七四九）に漢詩が盛んになるとともに、季節、特に春と秋が強く意識されるようになり、それに伴って季節を詠んだ歌は季節の歌として独立して扱われるようになる。この頃の季節の歌の多くは『万葉集』巻八と巻十に収められ、季節ごとに雑歌と相聞に分類されている。相聞歌は思慕や恋心を表現するのに、自然や四季のイメージを用いた。

我がやどに蒔《ま》きしなでしこいつしかも花に咲きなむなそえつつ見む　（万葉　八・1448）

音が同じことから、撫子《なでしこ》は「撫《な》でし子（愛撫《あいぶ》される子）」を暗示する花であり、この歌は、「秋に花を咲かせる（＝恋が成就する）ことを願いながら、春に庭に種を植えた撫子は、いつ咲くのだろう」と詠んでいる。

「秋に花を咲かせるのだろう」と詠んでいる。巻八は作者の名が記されているため、季節の歌が発展した歴史的背景がわかるのに対し、巻十の歌は基本的に作者不詳であり、鳥、霞《かすみ》、柳、花、月、雨といった題ごとに構成されている。つまり、巻八からは季節の歌がいつ、どのような時に詠まれたのかがわかるのに対し、巻十は実際の歴史的背景から切り離され、純粋に題のみに基づいた季節の時間が流れているのである。この点で、巻十は『古今集』を先取りしているともいえよう。

『万葉集』の巻八と巻十は、雑歌、相聞、挽歌《ばんか》という三つの部立《ぶだて》からなっていたそれ以前の巻々と大きく異なる。それ以前の巻の雑歌の多くは長歌だが、宮廷で、あるいは吉野や難波の離宮への行幸の際に、天皇や高位の皇族への讃歌《さんか》として作られた。しかし、天平年間に雑歌が宴歌になると、短い三十一文字の和歌が作られるようになり、天皇や高位の皇族ではなく、鶯《うぐいす》、ほととぎす、橘、萩といった季節の動物や植物、霞や霧などの大気の状態に焦点があてられるようになった。

七三〇年の正月に大伴旅人《おおとものたびと》（六六五―七三一）の屋敷で梅の花を詠んだ三二首の歌（五・815―846）は、『万葉集』に収められた最初の宴歌である。新元号「令和」はこの宴歌の序から採られたものだが、当時、大陸文化との架け橋であった九州の大宰府《だざいふ》で催され、三〇人以上が参加したこの宴《うたげ》は、梅の花を詠む漢詩の宴に倣って行われた。

残りたる雪に交《まじ》れる梅の花早くな散りそ雪は消《け》ぬとも　（万葉　五・849）

この歌は平安時代の和歌を思わせる手法で自然を擬人化し、まるで友人か恋人であるかのように自然（梅の花）に向かって、「雪は消えたとしても、あまり早く散らないでほしい」と語りかけている。

『万葉集』の巻八と巻十が平安時代にどれほど読まれ、受容されていたかは明らかでないが、季節の歌を詠み、歌を集める慣習は、八世紀初頭に始まり、そこから季節をめぐる最初の連想群が作られた。この慣習は平安時代にさらに発展し、和歌のもっとも重要な伝統になっていく。

『古今集』と季節の歌の確立

最初の勅撰和歌集である『古今集』（九〇五年頃）の季節の歌の構成と内容が、その後、千年に及ぶ四季の文化のモデルとなった。『古今集』は、平安時代を通して歌語と本歌取りの対象となり、十三世紀初めにはもっとも影響力のある古典となった。先に述べたように、この歌集は四季を詠んだ六つの巻（春二巻、夏一巻、秋二巻、冬二巻）で始まる。『古今集』の編者が『万葉集』の巻八と巻十から着想を得たことは間違いなく、三四二首からなる季節の六巻を題ごとに配列した。しかし、『万葉集』の巻十の編者のように、「霞を詠める」、「花に寄する」などと題詞を添えることはなかった。『古今集』では題は示されないが、時間の推移に従って歌が周到に配列され、より大きな時間と宇宙の秩序が作り出されている。

春上　立春（春のはじめ）、霞、鶯、雪、若菜、青柳《あおやぎ》、帰雁《かへるかり》、梅、桜

春下　散る桜、咲く花、散る花、藤、山吹、暮れゆく春、春の終わり

夏　ほととぎす、花橘、卯《う》の花、蓮《はす》、五月雨《さみだれ》、夏の夜、撫子、夏の終わり

秋上　立秋、秋風、七夕、秋の月、虫、きりぎりす（こおろぎ）、松虫、蜩《ひぐらし》、雁、鹿、萩、白露、女郎花《おみなえし》、藤袴《ふじばかま》、花すすき、秋草

秋下　嵐、紅葉、菊、落葉、秋の終わり

冬　冬の始まり、雪、雪のなかの梅、年の終わり

『古今集』における季節のサイクルは、自然をそのまま反映したものではない。春と秋に大きな関心が向けられ、それぞれに大部の二巻があてられたが、梅、桜、ほととぎす、秋の月、紅葉、雪など限られた題にもとづく歌に特化し、それらの歌が六巻のうちの半分以上を占めている。夏の巻（三四首）と冬の巻（二九首）はきわめて短く、夏はほととぎす、冬は雪の歌がほとんどである。つまり、『古今集』の編者は実際の季節の植物や動物を表現しようとしたのではなく、彼らがもっとも高い文化的、詩的価値を持つとみなしたテーマと季節に重きを置いたのである。

春の創造

旧暦では立春は新年と重なり、宮廷で重要な年中行事が行われた。旧暦では春は一月一日に始まり、三月末に終わるため、春の初めはまだとても寒く、冬を思わせた。

『古今集』では、四つの題――雪（春上・3–9）、鶯（春上・10–16）、霞、解ける氷――が春の訪れを告げる。なかでも特に多いのが鶯である。

鶯の谷より出《い》づる声なくは春来ることを誰《たれ》か知らまし　（古今　春上・14）

「鶯が谷から出てきて鳴く声がなければ、春が来ることを誰が知るだろうか」と、大江千里《おおえのちさと》が詠んだ歌である。この歌が示すように、鶯は近くの山や谷で冬を越し、春になると里へ下りてくるとされ、鶯の鳴き声は春の訪れを告げると考えられていた。

春は山々を通ってやってくると考えられていたが、三番目の勅撰和歌集である『拾遺和歌集』（一〇〇五―〇七　以下『拾遺集』）の頃には、霞が春の訪れの重要な指標となり（『拾遺集』春上・4）、その後の勅撰和歌集では、春の訪れを告げる霞は、巻の始めに置かれるようになった。『新古今和歌集』（以下、『新古今集』）所収の後鳥羽《ごとば》院が詠んだ次の歌はその顕著な例である。

ほのぼのと春こそ空に来にけらし天の香具山霞たなびく　（新古今　春上・2）

「ほんのりと春が空にやって来たらしい。天の香具山に霞がたなびいている」という歌だが、天の香具山は、旧都藤原京《ふじわらきょう》を囲むように位置する大和三山のうち東南に位置する山である。川《かわ》村晃生《むらてるお》が指摘するように、香具山、春日山、滋賀大津宮《おおつのみや》、持統天皇が三三回訪れた吉野《よしの》離宮を通ってくることによって、春という季節は「古き都」や天皇の栄光を示す旧跡への敬意を表しながら、訪れるのだと考えられていた。

『古今集』では春の訪れの次に、青柳の新芽（春上・26、27）、雁の北帰行（春上・30、31）、梅の花の香（春上・32―48）が来る。『万葉集』が梅の花の色に注目したのとは異なり、『古今集』は梅の香に格段の重きを置いた。『古今集』では距離の隔たりや暗闇も梅の花の香りを遮ることはできない、と考えられていた。凡河内躬恒《おおしこうちのみつね》の歌を例に挙げる。

　春の夜、梅の花をよめる
春の夜の闇はあやなし梅の花色こそ見えね香やはかくるる　（古今　春上・41）

「春の夜の闇は筋の通らないことをしている。闇の中の梅の花は色こそ見えはしないが、香は隠れているだろうか、いや隠れてはいない」という歌である。一説によると、春の夜の闇は求婚者（詠み手）に娘（梅の花）を会わせまいとする親を表すが、その親も娘の美しさ（香り）を隠すことはできないと求婚者が詠んだ歌とされる。

『古今集』では一連の早春の題（霞、鶯、若菜、柳、梅）の次に、桜の歌が数多く続く。咲き誇る桜を詠んだ歌が二〇首、散りゆく桜を詠んだ歌が二〇首、さらに、咲き誇る花が一四首、散りゆく花が一五首収められている。『万葉集』では「花」という単語はさまざまな草や木の花を指すが、もっとも人気があったのは梅の花であり、桜はその次であった。しかし、平安時代に入ると、春を代表する花は桜、梅、山吹になる。『古今集』の春の巻では、花という語はたいてい桜を意味しており、桜が春のもっとも重要な花となったことを示している。『古今集』で花を詠んだ最初のまとまった歌群は、桜の花のすばらしさをさまざまに描き出している。当時、桜の木は貴族の屋敷の庭や都のあちこちに植えられ、都の美しさの象徴となっていた。次の素性《そせい》法師の歌はその好例である。

花ざかりに、京を見やりてよめる
見わたせば柳桜をこきまぜて都ぞ春の錦なりける　（古今　春上・56）

「見わたせば柳と桜を混ぜこぜにして、都こそ春の錦《にしき》なのだ」と、桜と柳とが織りなす都の春を詠んだこの歌のように、「都の花」あるいは「花の都」という言葉も生まれた。一方、これとは対照的に、花を詠んだ二番目の歌群の関心は、もっぱら桜の花がしぼみ、散っていくことにある。

題知らず
花の色はうつりにけりないたづらにわが身世にふるながめせしまに　（古今　春下・113）

「花の色は色あせてしまったことだ、長雨《ながめ》が降り続く間に（私も物思いにふけってこの世でむなしく日々を過ごしてしまった）」と、小野小町《おののこまち》が詠んだこの有名な歌も、散った桜に目を向けている。また、寒さにも耐える梅の花とは違い、桜の花はほんの短い期間しか咲かない。そのため、十世紀以降は、桜の花は哀傷歌にも詠まれるようになった。

『古今集』の春の巻は、藤（春下・119、120）、山吹（春下・121―125）、春の終わり（春下・126―134）で幕を閉じる。『万葉集』には藤の歌が二七首あるが、藤の花房が風に吹かれて波のように揺れることに注目し、藤波という語彙が多く用いられている。そのため、藤は水を連想させるようになり、その連想は『古今集』にも受け継がれた。

山吹は春になると小さな黄色い花をつける。『万葉集』には一七首の山吹の歌があるが、川辺に咲く山吹が蛙の鳴く声とともに詠まれることが多い。『古今集』でも次の紀貫之の歌のように、山吹と水辺が結びついている。

吉野川のほとりに山吹の咲けりけるをよめる
吉野川岸の山吹吹く風に底の影さへうつろひにけり　（古今　春下・124）

「吉野川の岸辺に咲く山吹の花が風に吹かれて、水底《みなそこ》に映る影さえも散ってしまった」と、川底に映る山吹が詠まれている。

夏の成り立ち

『古今集』の夏の巻は、『万葉集』の巻八と巻十の夏の部と同様、きわめて短く、主要な季節である春から秋への過渡期のような役割を果たしている。旧暦では夏は四月から六月であり、夏の到来とともに、奈良や京都には厳しい暑さと蒸し暑さが訪れる。衣替えも夏の訪れを知らせる毎年の風習であった。

冷泉院の東宮におはしましける時、百首歌奉れと仰せられければ
花の色に染めし袂《たもと》の惜しければ衣かへうき今日にもある哉《かな》 （拾遺 夏・81）

「春の形見として桜色に染めた衣が惜しいので、衣替えをしたくない」という、この源重之《みなもとのしげゆき》の歌のように、衣替えを詠むことは春が過ぎ去ることを惜しむことでもあった。

『古今集』では三四首の夏の歌のうち、二八首にホトトギスが詠まれている。夏の巻ではホトトギスが圧倒的な存在感を示しているが、その後の勅撰和歌集も同様である。桜が春を、月が秋を、雪が冬を象徴するように、ホトトギスが夏を象徴している。ホトトギスは旧暦四月に渡来し、その鳴き声は夏の始まりを告げるとされたので、歌人はその初音を心待ちにした。『万

葉集』の時代からホトトギスは、懐旧の念と過去への憧《あこが》れと結びついていたが、それが『古今集』にも引き継がれた。

ほととぎす鳴く声きけば別れにしふるさとさへぞ恋しかりける　（古今　夏・146）

「ほととぎすの鳴く声を聞くと、別れてしまった（人ばかりでなく）その場所まで懐かしくなる」と詠んだ、よみ人しらずのこの歌もそうした歌の一つである。

『古今集』の夏の歌で重要な植物は橘である。春の歌における梅と鶯の組み合わせのように、橘はホトトギスとともに詠まれることが多い。夏に香りの高い白い花を咲かせる橘は、『万葉集』では縁起のよい花として、特別な力を持つとされた常緑の葉と黄金色の実に焦点があてられることが多かった。しかし、平安時代に入ると、『古今集』の歌人たちは花の香りに注目し始め、橘は記憶と結びつくようになる。

五月《さつき》待つ花橘《はなたちばな》の香《か》をかげば昔の人の袖の香ぞする　（古今　夏・139）

「五月を待って咲く橘の香りをかぐと、昔親しかった人の袖《そで》の香りがすることだ」と詠んだ、『伊勢物語』（六十段）にも登場する、同じくよみ人しらずのこの有名な歌のおかげで、橘はほととぎすと同じように個人の記憶や懐旧の念と深く結びついた。

『古今集』では天象に関係する題として、春の霞や冬の雪と並んで、夏の題のなかでは五月雨（梅雨）がもっともよく登場する。五月雨は平安時代に初めて重要なテーマとなり、憂鬱《ゆううつ》な思いを連想させるようになる。また、「五月雨」と「みだれ」という同音からの連想で、夏の雨と憂鬱（「思ひ乱れ」）や「乱れ」髪が関連づけられた。つまり、『古今集』の夏の巻は、ほととぎすと橘、五月雨と乱れ、恋、懐旧、憂鬱といった感情が織り込まれた風景を創り出したのである。

冬や早春の寒さとは対照的に、歌人たちは夏の暑さを語ることはなかった。歌の「題」としては耐え難いものだったからかもしれない。その代わり、平安時代中期以降、歌人たちは逆の方向、つまり、夏の涼しさ、あるいは納涼という題へと向かう。

　　河原院の泉のもとにすゞみ侍《はべり》て
　松影の岩井の水をむすび上げて夏なき年と思《おもひ》ける哉　（拾遺　夏・131）

恵慶《えぎよう》法師によるこの歌は、「木陰にある岩井の水をすくって、その冷たさに今年は夏は来なかったのではないかと思った」くらいの意である。さらに、歌人たちは涼しさを味わう時間とされた夏の夜にも重きを置いた。

夏の夜も涼しかりけり月影は庭しろたへの霜と見えつゝ　（後拾遺　夏・224）

民部卿長家《みんぶきようながいえ》のこの歌は、「月の光がまるで庭におりた真っ白な霜のように見えて、夏の夜も涼しかった」と詠んでいる。こうした歌では、寝ついてもすぐに夜が明けてしまう夏の夜は短すぎるとされた。

秋の優位

秋は『万葉集』や『古今集』、さらにその後の勅撰和歌集においてもっとも重視された季節である。八番目の勅撰集である『新古今集』（一二〇五年）の頃には、ほぼ三対二の割合で秋の歌のほうが春の歌よりも数が多い。

旧暦では秋は七月から九月にあたる。厳しい残暑が秋の始まりを告げ、それが七月の終わりまで続く。北米やヨーロッパで秋を思わせるような涼しさは、日本では秋も後半の八月か九月にならないと訪れない。

秋来ぬと目にはさやかに見えねども風の音にぞおどろかれぬる　（古今　秋上・169）

「秋が来たことは目でははっきりとわからないが、風の音ではっと気づいた」という、藤原敏行のこの有名な歌が示すように、『古今集』では風が秋の訪れを告げる。

中国の故事に由来する七月七日の七夕の節句も秋の到来を知らせた。『万葉集』の巻八と巻十に収められた七夕の歌の多くはおそらく、大伴旅人など宮廷人の屋敷で催された七夕の宴で作られたのであろう。

天の川相向き立ちて我が恋ひし君来ますなり紐解き設《ま》けな　（万葉　八・1518）

天の川、もしくは七夕を詠む場合、歌人は牽牛《けんぎゅう》か織女《しょくじょ》、どちらかの立場にたち、情熱的な思いを表現するのが通例であった。織女の立場で「衣の紐《ひも》を解いて恋人を待ちましょう」と詠んだ、この山上憶良《やまのうえのおくら》の歌はその一例である。『古今集』でも七夕は重要な題であり、歌の数でいえば秋の歌としては紅葉の次に多い。そのため、七夕は初夏におけるほととぎすと同じように、恋という主題を初秋と結びつけることになった。

しかし、『古今集』では秋の本格的な到来は、月の光とともに始まる。『万葉集』の時代から、秋の夜の月光は物悲しい思いにさせるものとして詠まれてきたが、その連想を確立させたのは『古今集』所収のよみ人しらずの次の歌である。

木《こ》の間よりもりくる月の影見れば心づくしの秋は来にけり　（古今　秋上・184）

「木の間から漏れてくる月の光を見ていると、悲しい物思いのかぎりを尽くさせる秋がやってきたなあ」くらいの意味である。この歌をはじめ、月は一年を通して詠まれたが、勅撰和歌集では月と秋の結びつきがきわめて強かったため、月が秋そのものを象徴するようになる。

さらに『古今集』（秋上・169－205）では、虫の音、特に、きりぎりす（こおろぎの古名）、松虫、蜩《ひぐらし》の鳴き声も、秋の孤独や哀しみを連想させた。

きりぎりすいたくな鳴きそ秋の夜の長き思ひは我ぞまされる　（古今　秋上・196）

藤原忠房《ただふさ》が詠んだこの歌は、「それほど鳴くな、秋の夜長と同じように私の長い物思いは、おまえのものよりまさっているのだから」とこおろぎに語りかけている。また、つがいの相手を探す姿が常に詠まれる雄鹿の鳴き声も同様である。

奥山にもみぢふみわけ鳴く鹿の声聞くときぞ秋はかなしき　（古今　秋上・215）

「奥山で紅葉を踏み分けながら歩いていて、鳴いている鹿の声を聞くときこそ、秋は悲しく感じられる」という、よみ人しらずのこの歌も鹿の鳴き声が秋の悲しさを連想させる。

『古今集』秋上の巻の主だった題としては他に、秋草がある。秋草は一般に秋の七草として知られ、『万葉集』には萩、尾花、葛花《くずばな》、撫子、オミナエシ、藤袴、朝顔の名が挙げられている（万葉　八・1537、1538）。寂しげで哀愁を帯びたこれらの「草の花」は、『万葉集』の時代から桜や梅など「木《こ》の花」と呼ばれる鮮やかな春の花と比べられたが、なかでももっとも重要な秋草は萩である。萩という文字は艸という文字と秋という文字を組み合わせて作られていることが示すように、秋と萩との結びつきは非常に強く、萩はしばしば秋萩とも呼ばれた。『万葉集』では萩を詠んだ歌が、他のどの植物を詠んだ歌よりも多い。

我が岡にさを鹿来鳴く初萩の花妻どひに来鳴くさを鹿　（万葉　八・1541）

「我が家の庭の岡に雄鹿が萩の初花を妻問うために来て鳴いている」と詠んだ、この大伴旅人の歌に見られるように、イメージの結びつきでもっとも多い組み合わせが、萩と雄鹿である。恋を暗示する鹿と萩という組み合わせは、『古今集』とその後の勅撰和歌集にも引き継がれた。『古今集』ではオミナエシという題を通しても、秋と恋の主題が結びついている（古今　秋上・226－238）。秋の初めに小さな黄色い花を咲かせるオミナエシを女性とみなすことは『万葉集』に始まり、「美人部師」という文字で表記されることもあった（万葉　十・2115）。平安時代に入ると、オミナエシは文字通り「女性の花」を意味する「女郎花」と書かれるようになる（「女郎」という語は、遊女ではなく、女性を意味していた）。オミナエシの詩的連想は、『古今集』に収められた一続きの歌（古今　秋上・226－238）で確立するが、それは僧正遍昭《へんじよう》の次の歌で始まる。

名にめでて折れるばかりぞ女郎花われおちにきと人にかたるな　（古今　秋上・226）

「女郎花よ、いい名前に惹《ひ》かれてつい手折っただけだ、堕落した（「おつ」）と言ってくれるな」くらいの意である。

女郎花秋の野風にうちなびき心一つを誰に寄すらむ　（古今　秋上・230）

「女郎花は秋の野に吹く風に吹かれるまま靡《なび》いているが、そのただ一つの心は誰に思いを寄せているのだろうか」と、藤原時平《ときひら》が詠んだこの歌も、オミナエシをめぐる一続きの歌群のなかの一首だが、オミナエシが秋風に靡くさまが描かれ、軽薄で浮気な女性が暗示されている。

ところで、「秋」という語は「明《あき》」と同音であり、七世紀以降、秋は木の葉が鮮やかに色づき、「五穀」が収穫される時期と考えられていた。しかし、天平年間になると、秋を挫《ざ》折《せつ》、老化、死と結びつける漢詩の強い影響を受け、秋は哀しみの色合いを帯びるようになり、九世紀には秋は悲哀の季節となる。特に生者必滅や無常観といった秋の暗いイメージが、『万葉集』後期の歌や『懐風藻』の詩歌に見られるようになり、『古今集』（秋上・184〜190）では悲哀は秋の主要な主題や連想の一つとなった。

ものごとに秋ぞ悲しきもみぢつつ移ひゆくをかぎりと思へば　（古今　秋上・187）

「紅葉した葉が次第に色あせて、散っていくのが最後だと思うと、秋はなにごとも悲しいものだ」と詠んだ、よみ人しらずの歌だが、キーワードは「うつろふ（色が変わる、あせる）」である。

春と秋の優劣を詠んだ『万葉集』の額田王の長歌は秋をよしとしたが、はっきりとした理由は示さなかった。しかし、平安時代には次のよみ人しらずの歌のように理由がより明確に示されるようになる。

春はたゞ花のひとへに咲く許物《ばかり》のあはれは秋ぞまされる　（拾遺　雑下・511）

「春は単に花が咲くだけだ。情趣は秋のほうがまさっている」と、季節の趣という点で秋をよしとしている。

同時に、秋の「鮮やかな」側面も平安時代に劇的に拡大する。鮮やかな葉を意味する上代語の「もみち」（平安時代には「もみぢ」）は「黄葉」と表記され、『万葉集』でも色づいた葉は黄色で表現された（奈良時代の宴では貴族たちが鮮やかな黄葉の枝を折り、髪飾りとした）。しかし、『古今集』では色づいた葉は黄色ではなく紅色で表現され、色鮮やかさという点で春の桜の色と響き合うとされた。『古今集』の巻四（秋上）までは秋草が支配的だったが、巻五（秋下）では紅葉に最大の焦点が置かれている（秋下・249–267）。さらに、紅葉は錦も連想させた。

龍田川紅葉乱れて流るめり渡らば錦中や絶えなむ　（古今　秋下・283）

「紅葉で散り乱れて流れる龍田川《たつたがわ》を渡ると、途中で紅葉の錦が断ち切られてしまうだろう」と詠んだ、よみ人しらずのこの歌のように、錦という比喩は秋が春以上に色彩豊かで鮮やかな季節であることを暗示する。もう一例挙げる。

みどりなる一つ草とぞ春は見し秋はいろいろの花にぞありける　（古今　秋上・245）

よみ人しらずのこの歌も、「春には緑色のただ一種類の草だと思っていたが、秋になったら色とりどりの花だとわかった」と、秋の色鮮やかさを描いている。

菊も秋の明るい面の拡大に貢献した。『万葉集』に菊の歌は一首もないが、漢詩の影響で、平安時代以降、菊は萩や女郎花を凌《しの》ぎ、和歌でもっともよく詠まれる秋の花となった。菊は多年草で開花の時期が長いため、中国で長寿の象徴となり、『懐風藻』にも登場する。さらに菊は清らかな香りがすることから、優雅で高貴な花とみなされるようになった。九月九日に催される重陽の節句は、桓武《かんむ》天皇の宮廷で取り入れられた中国伝来の年中行事だが、長寿を願って菊酒を飲む習わしがあった。

露ながら折りてかざさむ菊の花老いせぬ秋の久しかるべく　（古今　秋下・270）

「菊の花を露がおりたまま折って髪に挿そう。不老長寿の秋がいつまでも続くように」という、紀友則《とものり》のこの歌では露が菊水の比喩となっている。同じように、『古今集』には菊を詠んだ歌が一三首収められているが、その大半は若返りや不老長寿という連想と結びついている。『古今集』の秋の主要な題として最後に来るのが、落葉である（秋下・281－305）。もみじの主題に戻った形だが、一例挙げる。

見る人もなくて散りぬる奥山の紅葉は夜の錦なりけり　（古今　秋下・297）

「見る人もなく散ってしまう山奥の紅葉は、夜の錦のように無駄なことだ」と詠んだこの紀貫之の歌のように、もみじは散り乱れた落葉として描かれる。もみじを詠んだ二種類の歌――鮮やかな紅葉と散り乱れた落葉――は、春の主要な二つの題――咲き誇る桜と散りゆく桜――と呼応している。

『古今集』の秋の巻では秋草が大きな柱となり、月の光、虫、雁、鹿などが秋の寂しさをさらに強調するが、一方で、時を超える力を持つと信じられていた菊も数多く登場する。そしてこの両者の間に、色鮮やかだが寂寥《せきりよう》感や無常感を誘う紅葉のテーマが置かれた。秋はとりわけ重きを置かれていたので、歌人は秋の到来を待ち望み、秋が過ぎ去るのを惜しんだ。惜春に対して惜秋という主題も発展させている。

冬の連想

寒さに霜や雪が加わる冬は、古代の人々にとってもっとも厳しい季節であったかもしれない。旧暦では十月、十一月、十二月にあたる。『万葉集』が詩的、美的関心を冬にあまり寄せていないのは、おそらく冬の気候条件が厳しかったからであろう。『万葉集』の巻八と巻十には、春の歌が一七二首、夏の歌が一〇五首、秋の歌が四四一首あるのに対し、冬の歌は六七首しかない。『古今集』も同様で、四季を詠んだ三四二首の歌のうち、冬の歌はわずか二九首である。

『古今集』では、冬は基本的に寒さや孤独と結びついている。

山里は冬ぞさびしさまさりける人目も草もかれぬと思へば　（古今　冬・315）

「山里はとりわけ冬に寂しくなるものだ。人も訪れず、草も枯れてしまうと思うと」と、源宗《みなもとのむね》于《ゆき》が詠んだこの歌では、草が枯れることと人間の活動が減ることとが呼応している。

『古今集』の冬の巻は、時雨《しぐれ》と龍田川の紅葉で始まり（冬・314―316）、雪の歌がしばらく続き（冬・317―333）、次に雪の中の梅を詠んだ歌が来て（冬・334―337）、最後は、冬の終わりではなく、年の終わりを詠んだ歌でしめくくられる（冬・338―342）。この配列からわかるように、十世紀の歌人にとって、冬の歌を詠むことは、夏の歌と同様、重要な季節が過ぎ去るのを惜しみ、もう一つの重要な季節が訪れるのを待ち望むことであった。具体的にいえば、冬の巻の巻頭の歌（冬・314）は龍田川の紅葉の錦を詠んだもので、秋の名残についての歌である。一方で、巻末に近い歌では、草や木に積もった雪が花に「見立て」られ、雪は花のように見えるから美しいのだとする。

雪降れば冬ごもりせる草も木も春に知られぬ花ぞ咲きける　（古今　冬・323）

「雪が降ると冬ごもりをしている草にも木にも、春には知ることのできない花が咲いている」という、紀貫之が詠んだこの歌もその一例である。

季節の巻の構造

『古今集』では季節の巻はいずれも、「季節の初め、半ば、終わり」の三つの部分から構成されている。

みなづきのつごもり日よめる
夏と秋とゆきかふ空のかよひぢはかたへ涼しき風や吹くらむ　（古今　夏・168）

凡河内躬恒が「夏と秋がすれちがう空の通い路には、片方に涼しい風が吹いているのだろうか」と詠んだ歌だが、この歌が夏の巻の最後に置かれているように、季節の各巻の巻頭部と巻末部の歌は、季節の到来と終焉《しゅうえん》との間の「橋渡し」になっている。特に春や秋の始まりの部分は、季節の予感と到来の二つの段階からなる。消え残る雪と鶯は春を予感させ、若菜摘み、霞、青柳は春の到来を意味し、同様に風は秋を予感させ、月の光の寂しさは秋の訪れを示唆する。

季節の巻々では、鳥、虫、鹿は「鳴く」と「泣く」、いずれの場合も、その調べや音や声が愛《め》でられ、花は色と香りが褒めそやされる。また、平安時代に好まれた色は、梅、桜、卯の花、菊の花の色からわかるように白であり、月光、露、霜、雪もたいてい白とみなされた。白以外で好まれた色は、平安時代に親しまれるようになった紅葉や紅梅の色である紅であった。

恋と四季

『古今集』の季節の歌には、五つの主要な要素――天象の状態、鳥や虫などの動物、花や木などの植物、天体、年中行事――が登場する。天象の状態、特に春霞、雨、秋霧、雪を重視するのは、湿度の高い日本の気候が影響したのかもしれないが、感情を天象の状態と関連づけて考える傾向がみられる。また、朧《おぼろ》月夜といった歌の題が示すように、ぼんやりとした眺めや靄《もや》のかかった景色を大いに好んだ。たとえば、少なくとも三種類の雨（春雨、五月雨、時雨）は、それぞれ特定の季節と特定の心理状態――春と恋心、夏と憂鬱、秋冬とはかなさ――と結びついていた。

『万葉集』の巻八と巻十では、季節の歌はさらに相聞と雑歌に分けられており、和歌の伝統では当初から、季節と恋の題が関連していたことを示唆している。これまで見てきたように、『万葉集』と『古今集』における主な季節の題の多く（ホトトギス、五月雨、オミナエシ、鹿）は「恋」を強く連想させる。また、『古今集』では、季節の歌の六巻の構造と恋の歌の五巻の構造との間に強い相関関係がみられる。『古今集』の恋歌一と恋歌二（巻十一―十二）の歌の多くが、女性を追い求める男性の視点から詠まれているのに対し、恋歌三から恋歌五（巻十三―

十五）の歌では、男性に顧みられず、その訪れをむなしく待ち続ける女性が多く描かれている。つまり、恋の歌は、季節や鳥の訪れを待ちこがれるか、あるいは、木などの植物に花が咲くのをもどかしい思いで待つ様子が描かれる季節の歌と見事に照応するのである。

また、恋の歌では、訪ねてきた恋人が思いのほか早く帰ったり、恋人を失ったりすることに対する後悔や恨みも重要である。何かを待ち望むとは、まだ手に入れていないものを欲したり、失ったものを取り戻したいと願ったりすることだが、いずれも「しのぶ」——欲望を抑えるという意味と、過去を後悔しながら振り返るという意味がある——という動詞で表現されている。このような感情は春と秋の巻にもよく見られる。たとえば、季節の巻では春や秋が過ぎ去ることへの哀しみは重要な題である。また、桜の歌で重視されるのは満開の桜ではなく、花が咲きそうな予感や散りゆくことへの嘆きにある。

『古今集』では季節の素材がしばしば擬人化されたため、動植物の多くが性差を帯びた。多くの花や木などの植物、特に女郎花、柳、梅、桜、藤、山吹、卯の花、朝顔、萩、撫子は女性と結びついた。たとえば、朝顔は逢瀬《おうせ》の翌朝の女性の顔を連想させ、撫子は男性によって育てられる少女を意味した。一方、鳥は花を求めて飛び回ることから、男性と結びつくことが多く、男性が女性のもとを訪れる妻問婚を反映する傾向がみてとれる。また、鹿はつがいの相手を求める雄鹿で、相手の女性は萩で表現されることが多い。さらに、虫の音、特に松虫は「待つ」の語と掛けられて、男性の訪れを待つ孤独な女性を表現した。つまり、鳥や虫、その他の動物は、恋にまつわるものと同じ感情――落胆、裏切られた思い、喪失感、恨み、寂しさ――を表現したのである。

秋の訪れと恋の衰えの間にも相関関係がみられる。春が恋の始まりと呼応するとすれば、秋は別れや捨てられることの悲しみと呼応する。

わが袖にまだき時雨《しぐれ》の降りぬるは君が心に秋や来ぬらむ　（古今　恋五・763）

「まだその時期でもないのに袖に時雨が降ったのは、あなたの心に「飽き（秋）」がきたのでしょうか」という、僧正遍昭のこの歌は、恋の持つ「秋」の性格を明らかにしている。同音の「飽き」を暗示する「秋」が恋人の心に思いもかけず早く訪れ、その心変わりに歌人が涙する（「時雨」）のである。『古今集』、そして、日本の古典文学一般においてもっとも重要な題である恋と季節の密接な関係は、本章冒頭で触れたように、和歌に典型的にみられる「景」と「情」という、より大きな二重構造の一部だが、同時に歌集の題の配列にもみてとれる。

季節の題の多様化

季節のテーマは『万葉集』に初めて現れ、『古今集』で確立したが、題の持つ連想の範囲が定まるに伴い、さらに発展し、その数を増した。そして、贈答や独詠として私的な機会に自由に詠む、あるいは、予《あらかじ》め決められた題によって詠む（題詠）という和歌の二つの基本様式が生まれた。このうち、題詠は平安時代後期に盛んになり、宴歌、屏風歌《びょうぶうた》（たいていの場合、歌人は屏風絵のなかの人物の視点で詠むことになっていた）、歌会、百首歌などで行われた。

勅撰和歌集における四季の展開

季節によっては時とともに重要性を増したものもあり、また、季節の中で焦点が当たるものも変化した。秋の重要性が増したことは、八代集における各季節の歌の数に明らかである。『古今集』では春の歌（一三四首）と秋の歌（一四五首）はほぼ同数だが、『新古今集』は秋の歌（二六六首）が春の歌（一七四首）よりはるかに多い。秋はもっとも重要な季節となり、特に秋の夕べと秋の月に焦点があてられた。歌人はますます秋の題を好むようになるが、彼らが自然に潜む奥深さに関心を寄せるにつれ、紅葉への関心は薄れていった。

見わたせば花も紅葉もなかりけり浦の苫屋の秋の夕暮れ　（新古今　秋上・363）

「見渡すと春の花も秋の紅葉も何もない。海辺の苫屋《とまや》のあたりの秋の夕暮れよ」と藤原定家《ていか》が詠んだ、この有名な歌は幽玄の理想を表現した歌とされることが多いが、花も紅葉もないことが大きな特徴である。中世の歌人たちは秋の陰鬱《いんうつ》で静寂な美しさに引きつけられた。彼らは薄暮と夕方に重きを置き、平安宮廷文化の華やかさと暗に対照をなすモノクロの美学を創造した。この美学は風景や自然現象を超越する精神的な深さを意味していた。

秋ふけぬ鳴けや霜夜《しもよ》のきりぎりすやや影寒し蓬生《よもぎふ》の月　（新古今　秋下・517）

「秋も深くなった。鳴けよ、霜夜のこおろぎよ。蓬生《よもぎう》を照らす月の光も少し冷やかになってきた」というこの後鳥羽院の歌が示すように、平安時代の歌人が、色鮮やかだがその色を次第に変えていく「うつろふ秋」に関心を寄せたとすれば、中世の歌人は「深き秋」や一日が深まりゆくさまに惹きつけられた。この歌も、秋が深まり、月の光が次第に冷たく冴《さ》えていくさまに目を向けている。

冬への関心も平安時代後期から鎌倉時代にかけて高まる。七番目の勅撰和歌集である『千載和歌集』（一一八八年）には、初冬を詠んだ歌が一一首収められた。「初」という言葉は、桜の開花のように、冬の何らかの要素が待ち望まれていることを暗示している。また、平安中期から後期の歌人たちは冬の題の範囲を広げ、川や湖のほとりに生息する水鳥（特に鴨、鴛鴦《おしどり》、千鳥）も冬の題に含めた。『堀河百首』（一一〇五―〇六年頃）が水鳥を冬の題の一つとしたことにも、水鳥の重要性が増したことがみてとれる。

水鳥を水のうへとやよそに見むわれもうきたる世をすぐしつゝ　（千載　冬・430）

「水鳥を、水の上のものとしてよそごとのように見るだろうか。いや、私も水鳥が水に浮いているように、ふわふわと憂鬱な人生を過ごしているのに」と紫式部が詠んだこの歌では、「浮き」と「憂き」が掛詞となっている。

『新古今集』では、冬の歌は春の歌と数の上でほぼ互角である。冬の月光は、「きよし」や冷たさに価値を置く中世の新しい美学の一部となった。

冬枯れの杜《もり》の朽ち葉の霜の上に落ちたる月の影の寒けさ　（新古今　冬・607）

「冬枯れの森の朽ち葉に降りた霜の上にさしている月の光は寒々としていることだ」という、藤原清輔《きよすけ》のこの歌では、冬の月の冷たく清らかな光が俗世を照らしている。中世の歌人や連歌師は、「ひえ」、「ひえさび」、「やせ」といった同様の概念を発展させた。冬の題、特に時雨、雪、霜、氷、冴え冴えと照る月は、室町時代の水墨画や枯山水と多く共通するモノクロの風景を作り出した。

題詠

季節の題の発展は、二人の歌人が同じ題で歌を詠み、勝、負、持《じ》（引き分け）の判詞がそれぞれの番（組み合わせ）ごとに下される歌合においても続いた。初期の歌合でもっとも有名なものは、『天徳《てんとく》四年内裏歌合』（九六〇年）だが、その時は次の十二題しかなかった。

霞、鶯、柳、桜、款冬《かんとう》（山吹）、藤、暮春、首夏、卯花、郭公《ほととぎす》、夏草、恋

歌合はその後ますます盛んになり、手の込んだものとなっていったが、その判詞からは、ある歌題に期待されたり、連想されたりしたものがわかる。たとえば『天徳歌合』では、山吹の題で判者は、勝を得た歌の「一重山吹」に対して、負方が一重ずつ咲く「八重山吹」を詠んだことを批判している。また、藤の題で判者は、負方の歌は「藤波」という言葉を用いているが、藤を水に縁のある詞に寄せなかったので不適当だとした。藤波という言葉が水辺や池の近くにある藤を連想させることを無視してはならなかったのである。歌人が私的に歌を詠む時には、季節の題の用い方にそれほど制限があったわけではないが、平安時代中期以降、題詠がますます盛んになり、季節に関する連想に関する決まりごとができた。歌人はその決まりごとを理解したうえで従うか、わざとひねりを加えたり、あえて逸脱したりした。

季節の題の拡大に貢献した画期的な出来事は、一一九三年に藤原俊成（一一一四―一二〇四）を判者として、藤原良経《よしつね》（一一六九―一二〇六）の邸《やしき》で開かれた『六百番歌合』である。『六百

番歌合』は季節の題五〇と恋の題五〇の各題について六番ずつ行われ、合計で一二〇〇首の歌が詠まれた。そのなかで、一日の流れに沿った四季の題――春の暁、夏の夜、秋の夕、冬の朝――は、清少納言《せいしょうなごん》の『枕草子』の冒頭の「春は曙《あけぼの》、夏は夜、秋は夕暮れ、冬はつとめて」の一節からきている。その後、「秋の夕暮れ」は『新古今集』の重要な題となり、前に挙げた定家の歌を含む有名な「三夕《さんせき》」の歌が生まれた。

『六百番歌合』における季節の題の選択は、『古今集』とは著しい対照を見せている。『古今集』では梅、桜、秋の月、雪を中心に季節が展開するのに対し、『六百番歌合』では気象的な題、たとえば、晩立（夕立）、野分《のわき》、残暑、秋の雨、霙《みぞれ》などに焦点が置かれ、最新の季節の題ともあいまって、その後の勅撰和歌集、特に『新古今集』に大きな影響を与えた。

歌題の歴史をめぐるもう一つの重要な展開は、百首歌の登場である。一般に、百首歌では参加者が決められた題ごとに一首ずつ、合計一〇〇首の歌を詠む。もっとも影響のあったのは『堀河《ほりかわ》百首』（一一〇五-〇六年頃）である。これは五番目の勅撰集である『金葉和歌集』（一一二七年頃。以下、『金葉集』）の撰者であった源俊頼《としより》を中心とする十四人の歌人によるもので、堀河天皇に献上されたとされる。

『六百番歌合』は、さまざまな題を作ったという点で画期的催しであったが、季節の題の規範を作った点で、『堀河百首』はもっとも重要である。『堀河百首』は、春（二〇首）、夏（一五首）、秋（二〇首）、冬（一五首）恋（一〇首）、雑（二〇首）、合計一〇〇首の題に分類されている。『古今集』では季節の題は四〇種類ほどであったものが、七〇種類に拡大され、四季をより広く描き出している。さらに、「苗代」、「山田」、「早苗」、「刈萱《かるかや》」、「炭窯」といった題を用いて、一種の理想化された農事の風景が描かれていることも目を引く。十一世紀後半から、都の貴族が田舎を旅したり、都の外にある夏の住まいに出かけたりするようになり、農村の生活を見る機会ができたので、それを自分たちの和歌に取り込み始めた。その結果、描く風景が広がり、理想化された風景である山里が歌に描かれるようになった。

季節のアイデンティティと不確実性

和歌における自然の季節化は、文化の構築といってもよいだろう。先に触れたように、鹿は日本では一年を通して見られるが、和歌では秋の題となった。もっとも当然のことながら、動植物をある特定の季節と結びつけるのは、多くの場合、そう簡単ではなかった。

季節の題は一度確立すると、厳格な時間の秩序に従って並べられた。そして、この時間の秩序の中に新しい題が付け加えられ、あるいは消えていった。たとえば女郎花は『古今集』ではとても人気のあった題で、秋歌上の巻には一三首収められたが、次第に題としては用いられなくなり、『金葉集』には一度も登場しない。代わって、新たに登場してきたのはツツジである。ツツジは『後拾遺和歌集』（一〇八六年）に初めて用いられ、さらに『金葉集』にも登場したが、その後の勅撰和歌集からは姿を消した。また、新しい季節の題が、既に確立している時間枠にうまく収まるまでには時間がかかった。一例を挙げれば、夏草は六月、つまり、晩夏の題として、『万葉集』や平安時代の歌合で時折用いられたが、平安時代末近くから鎌倉時代になると、『永久百首』（一一一六年）や『六百番歌合』（一一九三年）では、夏の始まりを告げる四月に登場し、『新古今集』（一二〇五年）でも四月に置かれた。

時がたつにつれ、季節をめぐる連想は整理統合されることもあった。『古今集』では花という言葉は桜あるいは梅を意味したが、『後撰和歌集』（十世紀半ば。以下、『後撰集』）では桜の花だけをさすようになる。同様に、月は一年を通して見ることができるが、『金葉集』の頃までには月という言葉は、「夏の月」のように修飾句が付かなければ、秋を連想させるようになっていた。『万葉集』では千鳥は春（十九・4146、4147）と夏（六・925）に登場する。千鳥が冬を連想させるようになるのは、紀貫之が詠んだ、『拾遺集』所収の次の屏風歌以降のことである。

思《おもひ》かね妹がり行けば冬の夜《よ》の河風寒み千鳥鳴くなり　（拾遺　冬・224）

「恋しい思いに堪えられず、いとしい女のもとを訪ねて行くと、冬の夜の河風が寒いので、千鳥が鳴く声が聞こえる」というこの歌のように、『新古今集』には千鳥を詠んだ歌が一一首みられ、鎌倉時代までには千鳥は寒さに耐えることのつらさや孤独を連想させる冬の重要な題となったことがわかる。

『古今集』の季節の風景には、その後の大半の勅撰和歌集と同様、原野、蛇や狼などの野生の動物、つまり、奈良時代から中世にかけての説話に出てくるような動物はほとんど登場しない（「伏す猪《ゐ》の床」として猪が和歌に詠まれることはある）。また、農村で収穫される麦などの作物も出てこない。『古今集』では、歌人が登山をしたり、川や湖で魚釣りをしたりすることはなく、花の咲く木や草はそのほとんどが、寝殿造の庭、都、あるいは都の郊外に見られるものばかりである。火災、地震、飢饉《ききん》、洪水、干《かん》ばつも出てこない。つまり、『古今集』の世界は概《おおむ》ね調和のとれた宇宙であり、選《え》りすぐりの動物、虫、花、木、天などの自然が、多くの場合、人間の思考や感情を強く示唆する優雅な表現として機能しているのである。

平安時代に編纂された勅撰和歌集がきわめて重視したこのような世界観は、「四季のイデオロギー」と呼べるかもしれない。天皇が命じ、天皇に献上された和歌集は、畢竟《ひっきょう》、天皇の支配を寿《ことほ》ぐものであり、自然界における調和と、人間と自然との調和は、天皇の支配のありようをそのまま反映するものであった。この点で、『古今集』における季節の循環は、天皇の支配を慶賀し、国の平和と調和を願って宮廷で行われる五節句のような年中行事のサイクルと似ている。

『源氏物語』では光源氏《ひかるげんじ》が権力の頂点にある時に六条院《ろくじょういん》を築く。六条院は各季節を表現する庭を持つ四つの町（御殿）からなり、光源氏はもっとも重要な女性たち――秋好《あきこのむ》（源氏と皇統とを直接つなぐ女性）を秋の町に、紫上（源氏最愛の女性）を春の町に住まわせた。もっとも重要な二人の女性ともっとも重要な二つの季節が、六条院の南側のもっとも重要な位置を占めているのである。『古今集』では暗示されるに留《とど》まっていた四季のイデオロギーが、『源氏物語』では明示されている。季節の推移にそって六条院における四季の循環を描くことで、源氏の支配が寿がれる。しかし、「野分」の巻で台風に見舞われた際、源氏の息子の夕霧《ゆうぎり》が紫上を垣間見《かいまみ》ることになり、源氏と六条院の衰退を予感させる。また、「明石《あかし》」と「薄雲」の巻に明らかなように、雷、竜巻、日食などの天変は、道徳的、政治的混乱、特に天皇の支配がうまくいかない兆候とみなされていた。この考え方は、五経の一つである『礼記』にその起源を辿《たど》ることができるが、自然、特に天象の状態と天体の調和は、すぐれた王権による支配の証《あか》しとみなされた。

季節の連想の体系化は平安中期から後期にかけて盛んになり、連想の範囲に厳格な規則を強いた題詠によって強化され、制度化された。貴族、僧侶《そうりょ》、教養ある武士にとって、二次的自然は感情を表すイメージや比喩の宝庫となり、さまざまな社会的、政治的、宗教的機能に欠かせないものとなった。また、和歌は宮廷や天皇と密接な関係にあったおかげで、いわば王者のジャンルという特別な地位を得ることになる。その結果、和歌を用いることは高尚文化としての価値を帯びることになった。そして、和歌の季節の題とその連想は、もともとの起源を越えて、さまざまな視覚的メディア、特に絵画とデザインに広がっていった。

第二章　視覚文化と和歌・連歌のかかわり

和歌の全盛期は平安時代と鎌倉時代である。しかし、室町時代や江戸時代にも広く詠まれ続け、歌を詠む人々も武士や庶民にまで広がった。もっとも、室町時代に和歌は連歌に取って代わられ、連歌がもっとも人気のある詩型となる。連歌には和歌の流れを汲《く》む正風連歌と、のちの俳諧《はいかい》につながる俳諧連歌の二系統があった。また、和歌が発展させた季節の連想は、連歌と俳諧に受け継がれ、広く浸透していくが、和歌の優雅な言葉遣いと伝統的な題を継承した正風連歌とは異なり、俳諧は民衆文化や漢語などに由来する、和歌では一般に詠まれない表現も取り込んだ。

和歌、連歌、俳諧は視覚文化と物質文化に大きな影響を与えた。和歌は平安宮廷物語を描いた絵巻はもとより、平安時代の四季絵、月次絵《つきなみえ》、名所絵と密接に結びついている。また、和歌が発展させた季節や自然をめぐる連想――花や紅葉、吉野、龍田川など――は、その影響がきわめて明らかなものだけでも、女性の衣装、陶磁器、漆器、茶道具、いけ花などのデザインに用いられた。連歌はそうした和歌の伝統を受け継ぎ、題や歌語をさらに洗練させ、和歌の伝統を室町時代以降に隆盛した能などに結びつけた。

季節を着る

和歌が育《はぐく》んだ季節の連想、特に草花に関する連想のイメージは、平安時代の貴族文化に大きな影響を与えた。とりわけ印象的な例は、女性の十二単《じゅうにひとえ》の「襲《かさね》」といわれる色合わせである。衣の襲には、四季それぞれに特定の色の組み合わせ、いわゆる色目《いろめ》があった。襲の色目の解釈には諸説あるが、伊原昭《いはらあき》の説を挙げる。

春　紅梅　紅（表）、紫（裏）
　　桜　白（表）、紅花（裏）
　　山吹　薄朽葉（表）、黄（裏）
　　藤　薄紫（表）、青（裏）

夏　卯《う》の花　白（表）、青（裏）
　　花橘《はなたちばな》　朽葉（表）、青（裏）
　　杜若《かきつばた》　二藍《ふたあい》（表）、萌黄《もえぎ》（裏）
　　菖蒲　青（表）、紅梅（裏）

撫子《なでしこ》　紫がかった紅（表）、青（裏）

秋　朽葉　赤みのある黄（表）、黄（裏）

萩　紫（表）、薄紫（裏）

女郎花《おみなえし》　緑がかった黄（表）、青（裏）

紅葉　赤（表）、濃赤《こきあか》（裏）

移菊《うつろいぎく》　薄紫（表）、青（裏）

冬　枯野　黄（表）、淡青《うすあお》（裏）

氷　白瑩《しろみがき》（表）、白（裏）

通年　葡萄《ぶどう》　蘇芳《すおう》（表）、花田（裏）

襲の色目の名前の多くは、藤、卯の花、萩のように和歌にも広く登場する季節の植物に由来する。それぞれの名前は色の組み合わせを示し、衣ばかりでなく、手紙、歌、絵巻のための紙にも用いられた。

「葡萄」など、一年を通して着ることのできた少数の例外を除けば、襲の色目は特定の季節、時には特定の月を表している。平安貴族は襲の色目を用いて、和歌に詠まれる「季節」を日々の生活に取り込んだ。たとえば、紅梅の咲く春の初めには貴族女性は紅梅襲の衣を着て、紅梅襲の色目の紙で手紙を書くのが習わしであった。同じように、秋が来て木の葉が枯れると、貴族女性は朽葉襲の衣を着るものとされた。『枕草子』の「すさまじきもの（時期に合わない興ざめなもの）」の段で、清少納言は「昼ほゆる犬。春の網代《あじろ》。三、四月の紅梅の衣」を挙げている。当時、犬は夜に吠《ほ》え、網代は冬に魚を獲《と》るときに用い、紅梅襲の衣は紅梅の花が咲く一月か二月に着るものとされた。それゆえ、春の終わり（三月）か夏の初め（四月）に紅梅襲を着ることは「すさまじきもの」なのであった。

和歌は江戸時代の女性の最新ファッションにも影響を与えた。その代表が小袖《こそで》のデザインである。小袖は現在の和服の原形とされる、袖口の小さな普段用の着物である。小袖は直線裁ちで袖が身頃に縫い合わされた単純な構造のため、絵画のキャンバスのような平らな面が生まれる。そこにさまざまな図様が施されることによって、「着る芸術」となった。その図様は、吉兆のモチーフや『源氏物語』や『伊勢物語』などの古典を題材にしたもの、和歌の名所など、さまざまであった。このような華やかな小袖は、裕福な武家や商家の女性ばかりでなく、吉原《よしわら》などの遊郭の高級遊女も着用した。なかでもよく用いられたデザインは、和歌に詠まれる季節の花や木、その他の植物であった。典型的な春のモチーフは、梅の初花、柳、椿、満開の桜の木、藤波であり、秋は籬《まがき》の菊、秋の草花に覆われた武蔵野《むさしの》、紅葉の龍田川であった。

小袖のデザインで人気があった技法の一つは、散らし書きで和歌を縫い込むことであった。文字としてはっきり読みとれるのは二文字か三文字だけで、残りの文字は植物に似せた文字、いわゆる「葦手《あしで》書《が》き」で絵画風に表現され、着物の他の図様と一体化している。歌の一部分だけを文字として表すことで、見る人が見れば残りの部分を思い浮かべられるようにしたのである。図の江戸時代の振袖はその典型的な例である。山吹が波状にデザインされ、室町時代の勅《ちょく》撰《せん》和歌集『新拾遺集』に収められた藤原俊成の次の歌が示されている。

白綸子地波頭に山吹模様振袖　江戸時代（松坂屋コレクション 一般財団法人J.フロントリテイリング史料館蔵）

影うつす井手の玉川底清み八重に八重そふ山吹の花　（新拾遺　春下・177）

この歌は、底まで清らかに透きとおった井手《いで》の玉川《たまがわ》に八重咲きの山吹が幾重にも映り込む風景を詠んでいる。第二句「井手の玉川」は山城国《やましろ》（現在の京都府）の歌枕で、山吹の名所である。奈良時代に左大臣の地位にあった橘諸兄《たちばなのもろえ》（六八四―七五七）が井手の玉川の土手に山吹を植えたとされたため、玉川は歌枕として有名になり、多くの歌に詠まれることになった。

平安時代の十二単では、花や花の色にちなんでつけられた襲の色目は特定の季節の特定の時期を表していた。しかし、江戸時代の小袖では特定の季節ばかりでなく、特定の歌や場所も示した。小袖のデザインはそれを着る女性の美しさを強調するとともに、その女性の趣味や教養、特に季節への文化的感性を表したのである。

平安時代の襲の色や江戸時代の小袖のデザインは、次の季節の訪れを期待するものでもあった。特に、冬に春の色目の襲を着ることはよく行われた。『古今集』の冬の歌の最後のほうで白い粉雪を花と「間違える」ことで春を予感したように、春の色目の襲はそれを着る人が春を待ち望んでいることを示した。同じように、江戸時代の夏の小袖、いわゆる裏地のない単衣《ひとえ》の衣は、淡い色と軽い素材で清涼感を出し、朝顔や露、萩といった初秋のモチーフが用いられる特徴がある。夏に秋のデザインの小袖を着ることで、女性は秋の涼しさを待ち遠しく思っていることを表現した。十二単を着る場合も、表が薄紫で裏が青の「移菊」の襲を選ぶことで、過ぎゆく秋を惜しむ気持ちを表すことができた。あるいは、裏が蘇芳色の「白菊」の色目は、白菊が盛りを過ぎる頃、花びらがうっすらと蘇芳色になる様子を表すが、それを冬に着ることで、着ている女性は過ぎ去ったばかりの秋への心配りを示した。ヨーロッパでも衣服やファッションは季節ごとに異なるが、詩歌のモチーフによってデザインが決まることはない。また、次の季節を待ち望んだり、過ぎ去った季節を惜しんだりすることを表すようなモチーフもない。これに対し、伝統的な日本のデザイン、特に和歌と結びついたデザインは、時の移り変わりを強調し、季節を振り返ったり、予感したりする役割を担っている。

季節を描く

平安時代、貴族たちは季節を「着る」ばかりでなく、寝殿造の屋敷にしつらえた調度品でも和歌にちなんださまざまな季節を表現した。武田恒夫《たけだつねお》が論じるように、大和絵、特に大和絵の代表ともいえる四季絵、月次絵、名所絵は、四季を重視するのが大きな特徴である。四季絵は各季節を描いた四つの風景から、月次絵は月ごとの場面を描いた十二枚の絵から構成され、また、名所絵には春日野や龍田川のような和歌にもとづく季節的な連想と結びついた場所が描かれる。こうした絵は屛風絵《びょうぶえ》や襖絵《ふすまえ》に見ることができる。さらに、屛風絵に描かれた場面をもとに、場面の中の人物、あるいは、屛風を見る人物の視点から歌が詠まれた。そのようにして詠まれた歌は短冊に書きとめられ、屛風絵に貼り付けられた。平安時代中期の歌人である大中《おおなか》臣能宣《とみのよしのぶ》（九二一―九九一）の私家集『能宣集』には、月次屏風絵に描かれた月ごとの絵の題材が、その絵をふまえて能宣が詠んだ歌とともに記されている。

一月　子《ね》の日の小松引き
二月　田つくり
三月　散り果つる桜を惜しむ
四月　山さとの花さきたるところを旅人とまる
五月　五月五日にあやめ草をひく、ほととぎす
六月　祓《はらえ》
七月　七夕
八月　駒迎
九月　田舎の家の稲をとる
十月　網代と紅葉
十一月　神祭
十二月　雪降る

月次屏風絵は平安中期に盛んになったが、屏風絵の季節の題には、「田つくり」や「祓」、「七

夕」など、農事と年中行事が含まれている。その他の題としては、勅撰和歌集にみられる「花」や「紅葉」などの植物、「ほととぎす」などの鳥、「雪」のような天象がある。平安の貴族女性は外出することが稀《まれ》だったので、季節を描いた屏風や襖絵、それらに書かれた季節の和歌、あるいは、自然の風景を再現した庭が、彼女たちの「自然」であった。平安の貴族女性は屋敷の庭でその音を実際に耳にしたほととぎすではなく、屏風絵や襖絵に描かれたほととぎすを歌に詠んだのである。

江戸時代になると、季節を描いた画帖《がじよう》が流布する。複数の場面からなる屏風絵よりずっと小さく、通常、一つの絵ごとに一つの場面が描かれている。画帖でもっとも人気のあったテーマの一つが、藤原定家が道助《どうじよ》法親王のために詠んだ「詠花鳥和歌各十二首」（一二一四年　通称、「十二月花鳥和歌」）であり、月ごとに花を詠んだ歌一首と鳥を詠んだ歌一首からなっている。以下に各月の題材をあげる。

一月	柳	鶯《うぐいす》
二月	桜	雉《きじ》
三月	藤	雲雀《ひばり》
四月	卯花	郭公《ほととぎす》
五月	橘	水鶏《くいな》

六月　撫子　鵜《う》
七月　女郎花　鵲《かささぎ》
八月　萩　初雁《はつかり》
九月　尾花（薄《すすき》）　鶉《うずら》
十月　残菊　鶴《たづ》
十一月　枇杷《びわ》　千鳥
十二月　早梅　鴛鴦《おしどり》（水鳥）

重要なのは、定家の「詠花鳥和歌各十二首」が和歌に登場する鳥と植物を組み合わせ、季節の特徴と季節のイメージが連想させるものを平安の屏風絵よりさらに明瞭《めいりよう》に表現していることである。平安時代後期以降、月例の歌会、和歌所、名高い歌人の屋敷で月次歌が詠まれるようになり、南北朝《なんぼくちよう》時代までには、この慣習は貴族以外の階級にも広がった。そうした流れの中、定家の「詠花鳥和歌各十二首」は非常に人気のある画題となり、土佐《とさ》派や狩野《かのう》派の絵師、さらには琳《りん》派の陶工であった尾形乾山《おがたけんざん》（一六六三―一七四三）もしばしば取り上げた。十二枚の角皿を額縁に見立て、そこに「詠花鳥和歌各十二首」にもとづく絵を付けた、『色絵十二ヶ月歌絵皿』（MOA美術館蔵）もその一つである。このように、定家の「詠花鳥和歌各十二首」とそれをもとにした絵は、屏風、襖、画帖ばかりでなく、陶磁器や着物にもみられるようになった。

定家の「詠花鳥和歌各十二首」は江戸時代を通して人気のある画題であり続けた。その好例が、『鴫《しぎ》の羽搔《はねがき》』（一六九一年初版）に収められた絵である。これは古代から江戸時代までの数にかかわる歌を集めた和歌の手引書兼歌集であり、ここに収められた「詠花鳥和歌各十二首」には花と鳥の歌がそれぞれ一首ずつ描かれている。

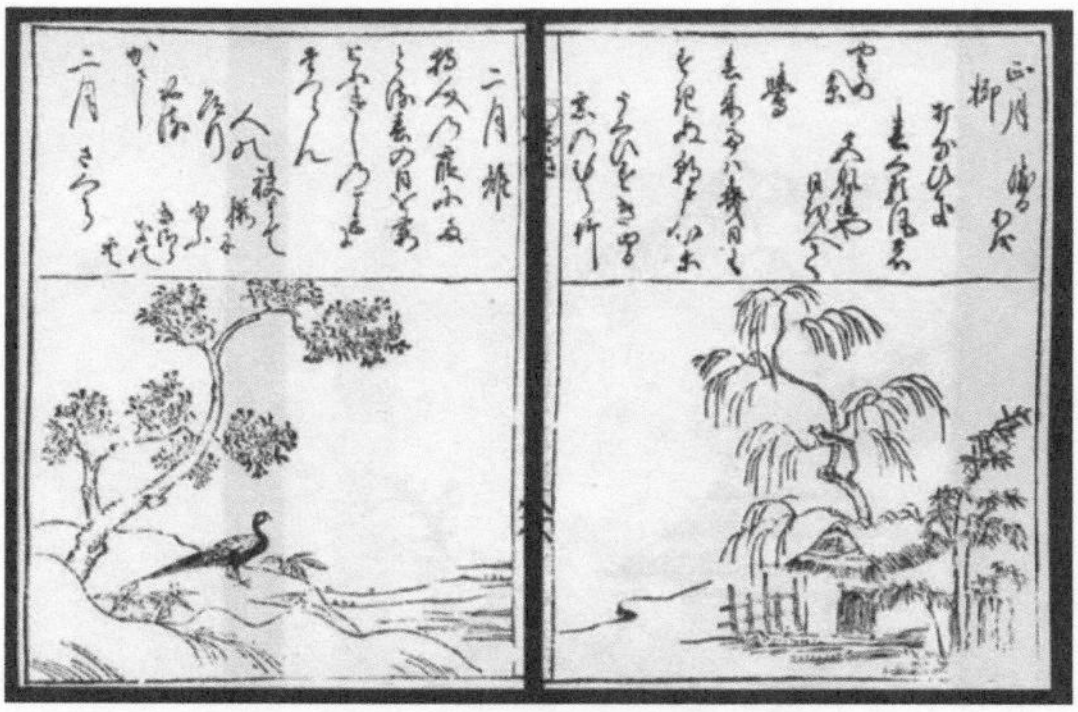

『鴫の羽搔』より「詠花鳥和歌各十二首」（著者蔵）

うちなびき春くる風の色なれや日を経てそむる青
柳の糸

「春が来たことを告げる風の色なのだろうか。日が経つにつれ、風になびく青柳《あおやぎ》の糸を染めてゆく」というこの歌は、柳を詠んだ一月の歌だが、青柳の新枝が風になびく様子など、初春の風景として古典的に和歌に詠まれてきたモチーフが描かれている。

江戸時代には、花や鳥に象徴される優雅な世界は庶民の文化的な場、とりわけ遊郭と歌舞伎に広がる。江戸時代前期の世相を描き、浮世草子の先駆けとなった浅井《あさい》了意《りょうい》の『浮世物語』（一六六六年）の冒頭近くの言葉を借りれば、花鳥風月は「月・雪・花・紅葉に打ちむかひ、歌をうたひ酒のみ、浮きに浮いてなぐさ」む世界の一部ともなった。

花鳥風月の伝統が広がる兆しは、江戸時代後半に登場した花札（花がるた）の流行にみてとれる。花札は十二カ月を表す一二種類の花、木、草で構成されている（一月は松、二月は梅、三月は桜、四月は藤、五月は菖蒲、六月は牡丹《ぼたん》、七月は萩、八月は薄、九月は菊、十月は紅葉、十一月は柳、十二月は桐）。それぞれの植物には点数の異なる四枚の札があり、合計で四八枚の札からなる。江戸時代になってから和歌の題の仲間入りをした牡丹を除けば、花札に用いられた植物は平安時代の和歌がもとになっているが、その他の月ごとの連想に関しては、江戸時代の庶民の知識も反映された。

歌枕

ある言葉が特定の連想を喚起するという点では季題も歌枕も同じだが、季節が時間の循環に従って展開するのが季題であるとすれば、空間的、地理的に展開するのが歌枕である。『竹園抄』（一二八五年）で藤原為顕《ためあき》が指摘しているように、和歌では本意と呼ばれる詩的連想の世界のほうが、その場所の実際の様子よりも重んじられた。

難波江の歌よまむには葦は見えずともよむべし。明石・更級にはくもりたる夜も、月の明かなるやうを詠むべし。吉野・志賀には花は散りて後も、花あるやうによむべし。
（歌枕を和歌に詠もうとするとき、たとえば葦の名所である「難波江《なにわえ》」であれば葦が目の前に見えなくても詠み、月の名所である「明石」、「更級《さらしな》」では月のあかあかと輝くさまを詠むべきである。「吉野」や「志賀《しが》」では花が散った後であっても、花が咲いているように詠まなくてはならない。）

室町時代の歌僧、正徹《しょうてつ》（一三八一－一四五九）は、『正徹物語』（一四四八年）に次のように記している。

人が「吉野山はいづれの国ぞ」と尋ね侍らば、「ただ花には吉野山、紅葉には立田を詠むことと思ひ付きて詠み侍るばかりにて、伊勢の国やらん、日向の国やらしらず」とこたへ侍るべきなり。いづれの国といふ才覚は、覚えて用なきなり。
（吉野はどこの国にあるのか尋ねられたとしても、「ただ花は吉野山、紅葉は立田山《たつたやま》だと思って詠むだけで、それが伊勢だとか日向《ひゅうが》だとかいうのは知らない」と答えるべきで、歌枕がどの国かを覚えるのは意味がない。）

吉野の桜（ジョン・C・ウェバー・コレクション　Photo：John Bigelow Taylor）

こうした指摘が示すように、歌人は歌枕の実際の姿や場所ではなく、その歌枕の持つ歌の本意を気にかけるべきであるとされた。つまり、難波潟は葦と、明石や更級は月と、吉野や志賀は桜と、龍田川は紅葉と、そして淀川《よどがわ》や住吉《すみよし》は松と結びつく。平安時代の歌人は都からほとんど出なかったので、歌枕は実際に旅することなく旅を楽しむ手段となることが多かった。

和歌をもとにした季節のモチーフと名所との結びつきは非常に強固なものとなったので、絵の唯一のモチーフが特定の場所とその季節的連想を想起させることもありえた。たとえば、地名としての吉野はすぐさま桜と雪を思い起こさせた。大和の国の歌枕である春日は若菜と鹿を、龍田川は川面《かわも》の紅葉を、井手の玉川は水辺の山吹を、武蔵野は秋草（特に薄）、月、野を、宇治川は橋と橋にかかる柳を、それぞれ想起させた。

この好例は、吉野の山深くに散る桜を描いた『吉野の桜』(十六世紀)である。吉野は山とその麓《ふもと》を流れる川を示唆する歌枕である。『古今集』やその後の歌集に収められた数多くの歌によって吉野は桜と雪と深く結びつくようになり、平安時代後期には隠遁《いんとん》とも関連づけられるようになる。山、川、桜という単純な結びつきが、見る者にその光景は吉野の山と川であると告げ、その題にもとづいて詠まれた数多くの和歌を思い起こさせた。

色絵龍田川文皿(サントリー美術館蔵)

同じように、川面の紅葉は秋の龍田川を意味した。実際、江戸時代までには、吉野の桜と龍田川の紅葉の組み合わせ——それぞれ春と秋を表す——は、雲に見まがう桜と錦《にしき》に見まがう紅葉という一対の見立てに基づく雲錦《うんきん》と呼ばれる人気のある画題となった。六曲一双の『吉野龍田図屏風』(根津《ねづ》美術館蔵)は、一隻《いっせき》に桜、もう一隻に紅葉が描かれているが、桜と紅葉という組み合わせだけで、吉野山(あるいは吉野川)と龍田川の組み合わせであることが示されている。また、白い下地に青色の波模様と緑色と紅色の楓《かえで》の葉が描かれた鮮やかな鍋島焼《なべしまやき》の皿は、どのようにして龍田川が陶磁器によく見られるデザインのモチーフになったかを示す例となっている。描かれている川が龍田川であるという但し書きなどはないが、紅葉と波の組み合わせが、これがどこの秋の景色なのかを紛れもなく示している。

歌《うた》銘《めい》

ある和歌から採った一語や一句が、その和歌、さらには、ひとまとまりの歌群や特定の歌題を想起させるため、盆石から茶の湯まで多くの芸術で、和歌にちなんで名づける歌銘が行われた。さらに、相撲の力士に春日山のような歌枕にちなんだ醜名《しこな》を付けることもよく行われた。

盆石はこの現象を説明する好例である。黒い漆の盆に小さな石や砂で風景を作る盆石は室町時代に盛んになったが、茶の湯やいけ花でよく用いられた。盆石は江戸時代には箱庭とも呼ばれるが、藤原定家の有名な歌からとった「夢の浮橋」や、和歌的な自然のイメージと似ていることを示す「残雪」といった名前がつけられた。また、黒髪山《くろかみやま》や富士山などの歌枕にちなんだ名前がつけられることもあった。そのため二重の見立てが生まれ、盆石はある特定の風景を表すとともに、和歌にちなんだ名前や語彙《ごい》を通して和歌的連想をも喚起した。

和歌が連想を生み出す力は、茶道具の名付けの習慣にも明らかである。茶道の先駆者である小堀遠州《こぼりえんしゅう》（一五七九―一六四七）は定家の和歌を学び、茶碗《ちゃわん》やその他の茶道具に名付けを行う慣習を広めるのに影響力があった。たとえば歌人の木下《きのした》 長嘯子《ちょうしょうし》（一五六九—一六四九）は、茶杓《ちゃしゃく》を次の歌にちなんで「松の緑（松緑）」と名付けた。

ときはなる松の緑も春来ればいまひとしほの色まさりけり　（古今　春・24）

「いつも変わることのない松の緑も春が来ると、よりいっそう色が鮮やかになることだ」という、この源《みなもとの》 宗于《むねゆき》の歌は、不変を象徴する常緑の松の緑が初春の訪れとともにさらに鮮やかになると詠んでいる。つまり、抹茶をすくうのに用いる一片の飾り気のない竹を、この歌や類似の歌を思い起こさせる文化的オブジェに変えたのである。茶会の際は、季節のある一瞬の「物語」を作り出すために、床の間の掛け軸、陶磁器、さらには茶会そのものと関連づけて、こうした名前を持つ茶道具を選ぶことが多かった。茶の湯は点前《たてまえ》の準備と披露に重きを置いたが、同じく、季節のある一瞬を表す和菓子を供し、紅梅や落葉などと「名付け」、味わうことも含まれた。茶会は、他のどの芸術様式よりも、より多くの芸術のジャンルや作品を取り込み、一つの参加型のメディアに仕立て、また、同時に特定の季節や場所を表すという点で日本の伝統文化の頂点に位置するといえるだろう。

連歌と四季

室町時代になると、和歌をしのぐ勢いで連歌が盛んに作られるようになった。連歌は中世後期のもっとも人気のある詩歌の形式となり、室町時代から江戸時代のはじめにかけて全盛期を迎える。連歌のなかで最初の句は発句として知られ、後に俳句と呼ばれる独立したジャンルを形成するようになるが、発句には季語を織り込む決まりであった。

一続きの連歌（一般的には三六首、五〇首、一〇〇首）で発句の後に続くそれぞれの句（付句）は、季節にもとづくものか、そうでないものかをはっきりさせる必要があった。連歌を巻くのに必要な変化と動きを確かなものとするために、句の流れが決められた方式で四季を廻《めぐ》ることを保証する規則が作られた。室町時代の連歌の手引書では、各季節の言葉は、各季節の三つの段階――初め、半ば、終わり――あるいは月ごとに分けて収められている。たとえば、「霰《あられ》」は和歌では冬の題だが、戦国時代の連歌師里村紹巴《さとむらじょうは》による連歌論書『連歌至宝抄』（一五八六年）、江戸初期の俳諧の作法書『毛吹草』（一六四五年）や北村季吟《きたむらきぎん》の『増《ぞう》山の井』（一六六二年）では、「霰」は仲冬、あるいは十一月に分類された。連歌や俳諧における季節の連想は、先に触れた藤原定家の「詠花鳥和歌各十二首」における季節のモチーフの連想に比べ、より厳密なものとなっている。さらに、季題と季語が区別され、季題が確立されたひとまとまりの詩的連想を伴うのに対し、季語は単にある特定の季節を指し示すだけで、詩的連想は伴わないとされた。

二条良基《にじようよしもと》による連歌学書『連理秘抄』（一三四九年頃）は「十二月題」として一一五の季題を載せている。そのうち、春の題は次のようなものである。

《正月》立春、子の日、芹《せり》つむ、若菜、鶯、解くる氷、雪消へ、焼野、冴《さ》へ返る風、梅（二月まで）

《二月》春日祭、柳、桜、蕨《わらび》、帰雁（二月十五日より三月の初めまで）、雉、田返す、苗代

《三月》蛙、春駒、雲雀、喚子鳥《よぶこどり》、杜若、款冬《やまぶき》、躑躅《つつじ》、遅桜、藤、暮春

この一覧は平安時代末期におこなわれた『堀河百首』の題と多くが共通する。第一章でも述べたが、『堀河百首』の歌題は、平安後期以降、和歌の季題の基本型として後の時代に影響を与えた。連歌師たちは基本的には『堀河百首』と同じ題を用いながら、少しずつ新しいものを加えていった。そして、『連歌至宝抄』で約二七〇の季語が網羅された後、それ以前に詠まれることのなかった「梨の花」のような新しい季語を加えながら、季語の数は一気に増加していく。

歌人は本意と呼ばれる確立された題の連想についてよく知った上で、その連想の範疇《はんちゆう》で歌を詠むことを求められた。歌人は各歌題の「本意」、つまり、伝統的に詠まれてきた理想的な和歌のイメージを十分に知っておかねばならない。そして、そこからの連想の範囲内で歌を詠む

ことを求められた。この「本意」が里村紹巴の『連歌至宝抄』で強調されている。

哥道に本意と申事御座候。たとへば春も大風吹、大雨ふり候事等御入候。春雨も春風も物しづかなるやうに仕事本意にて御座候。

紹巴は、歌道には「本意」があることを強調している。春でも大風や大雨のときはあるが、「春雨」や「春風」を詠むときは、あくまでも春らしく「物しづか」に表現することが「本意」だという。

また、「夏の夜」という題について、次のように記している。

夏の夜は、みしかき事をむねとして、或はくるればやがて明るなど読中候

「夏の夜」は、あくまでも「短い」ことを前提に「暮れたらすぐに明ける」などと歌に詠む必要があるとしている。こうした制約は、『古今集』以来の先例にもとづいていた。『古今集』が和歌の連想の中核となるものを確立し、後の勅撰和歌集がそれを洗練させた。言い換えれば、連歌師はありのままの自然を見ていたのではなく、季題の「本意」を理解するために、和歌に詠み継がれてきた「文化としての自然」に関する先例を見ていたのである。確立した連想に依

存することは束縛ではなく、むしろ創作のための豊かな土台であった。過去から共有されてきた題や歌語を通して文学的な過去へと旅することができるため、季題や季語が連歌の参加者(連衆《れんじゅ》)や読者との架け橋になるとみなされていた。

連歌の世界における秩序――天地人

季題は、厳密に定められた季節の循環に伴う順序ばかりでなく、一般に「天地人」といわれる世界の秩序にもとづくものでもあった。「天地人」という三つの世界(三才《さんさい》)は、古くは『万葉集』巻八と巻十に収められた雑歌の題の配列にみてとれる。たとえば、巻十の春の雑歌において、そこに配列された歌は天(大気の状態)から地(鳥や植物)や人(老いの嘆きや出会いの喜び)へと移行する。同様の世界観は、奈良時代以降、日本にもたらされた中国の類書(項目別百科事典)にもみられる。たとえば唐《とう》代初期の類書『芸文類聚《げいもんるいじゅう》』(六二四年)は四五(または四六)部に分類され、天(天体の現象)と歳時(季節の現象)を扱う「天」の項目から始まり、それに地、州、郡、山、水など「地」の項目が続き、その後、帝王や軍器といった「人」の項目へと移り、最後に、木、鳥、獣、鱗介《りんかい》、虫豸《ちゅうち》、祥異、災異といった項目で終わる。このような構造は、『古今六帖』、『和漢朗詠集』、『千載佳句』といった平安時代中期の類題詩歌集にもみられる。たとえば、『古今六帖』は次のような六巻からなっている。

巻一　歳時（春　夏　秋　冬　天）
巻二　山　田　野　都　田舎　宅　人　仏事
巻三　水
巻四　恋　祝　別
巻五　雑思　服飾　色　錦綾《にしきあや》
巻六　草　虫　木　鳥

巻一は「天」にあたる歳時、巻二は前半が山野などの「地」、後半が人間に関連する「人」というように、天地人が順に登場し、さらに植物や動物が続く。藤原定家らによって鎌倉時代に詠まれた百首歌『十題百首』（一一九一年）では十の題にそれぞれ一〇首の歌が詠まれている。題は『古今六帖』のものと似ているが、わずかに異なる順で配列され、天象、地儀、居処と始まり、神祇《じんぎ》と釈教、つまり、神仏とかかわる「人」が最後に来る。

古典的な連歌の進行は、季節の題と世界の秩序という二つの要素の組み合わせにもとづいている。光田《みつた》和伸《かずのぶ》が示しているように、連歌の進行に関する複雑な規則は、二種類の題――勅撰和歌集に由来する題と、天地人に由来する題――に適用された。連歌師たちは連歌の題を配列するための緻密《ちみつ》な式目を作り出した。たとえば、春と秋は最小で三句、最大で五句続けなくてはならず、その後、別の句が同じ季節を詠むためには、九句隔てなければならなかった。また、連続で五句まで使用できる題、三句まで使用できる題、二句までしか使用できない題という制限も設けられた。

次に挙げるのは、室町時代の連歌の規則をまとめた『連歌新式』における「天然界」と「人間界」の分類である。

天然界（自然界）
　光物《ひかりもの》、時分
　降物《ふりもの》、聳物《そびきもの》
　山類《さんるい》、水辺《すいへん》
　植物《うえもの》、動物《うごきもの》

人間界
　神祇、釈教
　恋、述懐
　旅、名所
　居所《きょしょ》、衣裳《いしょう》

太陽、月、星といった天体はここでは「光物《ひかりもの》」として扱われ、一方、天象は霧、雲、霞《かすみ》、煙《けぶり》のような聳物《そびきもの》と、雨、雪、霜、露といった降物《ふりもの》に分類される。これらの題は、次に用いる前に三句以上隔てなくてはならなかった。たとえば「雪」のあとに同じく降物である「雨」を詠む場合は、三句以上隔てる必要があった。その他の天体に関連する場合は、五句隔てる必要があった。植物《うえもの》や動物《うごきもの》、さらには、峰、岡、滝などの山類《さんるい》や海、浦、波などの水辺《すいへん》、里や庵《いほ》など居所《きょしょ》も同様である。これらの要素はさらに「体《たい》」（事物の本体）や「用《ゆう》」（体から生ずる働き）といった基準で細分化されることもあった。たとえば、海や浦は「体」であり、海水によってできる波や塩は「用」だとみなされた。

　さらに、春を表す桜の花、秋を表す月、そして恋は一定の間隔ごとに必ず詠み込まれなくてはならなかった。その結果、春と秋を中心とするもっとも重要な題と、夏、冬、述懐、神祇、釈教、旅などその次に重要な題とが、連歌に欠かせない基本要素となった。同時に、天体と天象に関する規則が示すように、連歌は参加者が天地人の三才を巡るようにして、次々と句が連ねられていく。つまり、題と天地人を進行させながら句を付けていくことで、時間と空間を越えた旅をするように作られたのである。

　室町時代を代表する連歌師の宗祇《そうぎ》、肖柏《しょうはく》、宗長《そうちょう》が一四八八年正月二二日に編んだ『水無瀬《みなせ》三吟百韻』は、こうしたさまざまな要素がどのように連歌に詠み込まれていくかを示している。

1　雪ながら山もと霞む夕べかな　宗祇（春）
2　行く水とほく梅にほふさと　肖柏（春）
3　川風に一むら柳春見えて　宗長（春）
4　舟さす音もしるきあけがた　宗祇（雑）
5　月や猶霧わたる夜に残るらん　肖柏（秋）
6　霜おく野はら秋は暮れけり　宗長（秋）
7　なく虫の心ともなく草かれて　宗祇（秋）
8　かきねをとへばあらはなるみち　肖柏（雑）

発句では、峰には雪が残っているが、山の麓には春霞がたちこめ、冬から春へと季節が変わりつつあることがわかる。脇句（第二句）は発句とあわせて詠まれるが、遠くを水が流れ、山の雪が解けつつあることを告げる。第三句も春の光景が続くが、動きが加わり、柳が風にそよいでいる。第四句は雑の句、つまり季節とかかわらない句で、春から秋へ移り変わるのに備え、川舟を取り上げ、棹《さお》さす音が夜明けの静けさのなかで聞こえると詠んでいる。第五句は連歌の規則で必ず秋（月）の句となり、天象の現象に戻る。ここでは降物（雪）の代わりに、聳物（霧）を取り上げている。第六句では前句の月を九月の有明の月（残月）へと変え、第七句は虫の音や枯れ草を織り込んで秋の終わりを描いている。

この一続きの八句は自然を中心とした風景（春の雪、梅）から人間を中心とした風景（柳の里、川舟）へ、そして再び、自然を中心とした風景（秋の月、霧、虫）を経て、最後に再び人間を中心とした風景（垣根を問ふ）へと移り変わる。時間の流れで見れば、夜の句（四句と五句）が二つの昼の句に挟まれている。いうまでもなく、和歌や連歌の連想の体系を知らなければ、参加者はこれらの句の根底にある季節、あるいは空間をめぐる動きについていくことはできない。

ある季節から次の季節へと推移しながら、めぐりゆく四季をすべて経験できるのが、連歌の大きな魅力である。連歌を確立させた一人である二条良基は、連歌の代表的歌論書『筑波《つくば》問答』（一三七二年）で次のように述べている。

昨日と思へば今日に過ぎ、春と思へば秋になり、花と思へば紅葉に移ろふさまなどは、飛花落葉の観念もなからんや。

「昨日かと思えば今日に、春かと思えば秋に、花かと思えば紅葉に移ろっていく。その様子から「飛花落葉」の観念を思うことになるのではないか」という。また、これに続けて、連歌は悟りの一助となりうるかという問いに対し、良基は「飛花落葉」という視点から自然を見ることは、この世の無常を知ることであると記している。

題によって世界を分類することは、江戸時代の俳諧の手引書にも受け継がれ、さらに現代の俳人のための歳時記にも残されている。戦後、もっともよく知られた歳時記の一つ『俳句歳時記』（一九五九年）は、春夏秋冬と新年それぞれで季語を七種類（時候、天文、地理、人事、宗教、動物、植物）に分類し、一覧を挙げている。秋を例にとると、「時候」であれば立秋、「天文」では満月、「地理」では秋の山、「人事」では七夕や花火、「宗教」では彼岸、さらに「動物」では鹿、「植物」では梨など、数限りない季語が季節別、項目別に分類されている。ここには『芸文類聚』のような中国の類書の構造がそのまま反映されている。俳人高浜虚子が編んだ『新歳時記』（一九五一年）は時候、天文、地理、人間活動、動物、植物の六つに分類され、人事と宗教は区別されていない。同じような題の配列は、水原秋桜子《みずはらしゅうおうし》、加藤楸邨《かとうしゅうそん》、山本健吉《やまもとけんきち》が監修した『カラー図説　日本大歳時記』（一九八三年）にもみられる。つまり、ある程度の違いはあるものの、同じような基本的分類が六二四年に編まれた『芸文類聚』以来、一五〇〇年近く続いているのである。

　四季に関する時間、空間、テーマがこれほど詳細に分類されていることには驚きを禁じ得ない。これほどの規模での徹底した季節の分類は、おそらく他のどの文学にも見られないであろう。結果として、日本の詩歌、特に連歌と俳句は、季節に対して過度に鋭敏になり、季節と関連しないものでさえ、いずれかの季節に分類してしまうこともある。

　さらにいえば、「天地人」の世界は、地表と同じ程に大気や天空にも目を向け、天象の状態に極端なまでの繊細さをみせる。「霞」や「霧」といった天象の動きにとりわけ注目する日本の詩歌は、「空から生まれた」といえるかもしれない。また、連歌や和歌の題に「月」が圧倒的に多く登場するのは、日本の歌人の「空を見上げる」という特徴をはっきりと示している。

天象と遠景の美——和歌や連歌と水墨画

これまで述べてきたように、日本の詩歌、とくに和歌は視覚文化に深く影響を及ぼした。しかし、そればかりでなく、絵画をはじめとする視覚メディア自体も、詩歌における自然の表現に大きな影響を与えた。たとえば、中世の和歌や連歌が詠む風景は、中国宋《そう》代の水墨画の様式に大きな影響を受けている。日本の水墨山水画の絵師は、十三世紀に活躍した牧谿《もっけい》をはじめとする中国の絵師の描く作品に惹《ひ》きつけられた。霧につつまれた遠くの山々を描くような水墨画では、山と水とともに描かれる霧や霞、光などが表現されている。

風巻景次郎《かざまきけいじろう》が説得力のある論を展開しているように、鎌倉時代後期に京極為兼《きようごくためかね》が編纂《へんさん》した勅撰和歌集『玉葉集』（一三一二年）では、季節の歌で自然の光がきわめて印象的に詠まれるのが大きな特徴である。雲間から射すかすかな光、春霞、雨が降った後の春の夜、秋の夕日のような天象の状態に焦点が当てられ、自然の光が重要な役割を果たしている。この傾向は、『玉葉集』の歌風を継承した南北朝時代の十七番目の勅撰和歌集『風雅和歌集』（一三四六–四九年頃）で頂点を迎える。たとえば、京極為兼の次の歌などにその傾向が顕著にみられる。

沈み果つる入日のきはにあらはれぬ霞める山のなほ奥の峰　（風雅　春・27）

沈みきろうとする夕日の入り際に、霞のかかる山のさらに奥にある峰が姿を現したことを詠んだ歌だが、この歌と同じような風景は室町時代の連歌にも認められる。先に紹介した『水無瀬三吟百韻』の冒頭が典型的な例として挙げられる。奥田勲《おくだいさお》が指摘するように、ここには山々や水を遠くから眺める視点がみられる。たとえば、宗祇の発句「雪ながら山もと霞む夕べかな」では霞のかかった山を遠くから見上げ、肖柏の脇句「行く水とほく梅にほふさと」では流れる水（淀川と桂川《かつらがわ》が水無瀬で合流する）が遠くに見えるさまが描かれる。鍵《かぎ》となる言葉は「みわたす」であり、発句の本歌である後鳥羽上皇の歌「みわたせば山もとかすむ水無瀬川夕べは秋となに思ひけむ」（新古今集　春上・36）にもみられる。また、水墨画ではよく知られた画題である「水上春霞のなかの舟人」は、『水無瀬三吟百韻』の五一句と五二句にも登場する。

「瀟湘八景《しようしようはつけい》」と連歌

連歌は暗示、含意の詩歌である。それぞれの句はどのようにでも展開しうる無限の可能性が開かれている。同様に、中国や日本の水墨画の靄《もや》のかかった水辺と遠い山並みも、はっきりと描かれないことによって、見る者の想像力をかきたてる。このような風景は、水墨山水画の代表的な画題の一つである「瀟湘八景」に顕著にみられる。「瀟湘八景」は中国の山水画の伝統的な画題で、風光明媚《めいび》な名所として知られる「瀟湘」の地の八つの風景を描いたもので、室町時代、特に禅僧の間で人気が高かった。その伝統的な画題は次のようなものである。

山市《さんし》晴嵐《せいらん》
漁村《ぎょそん》夕照《せきしょう》
遠浦《えんぽ》帰《き》帆《はん》
瀟湘《しょうしょう》夜雨《やう》
煙寺《えんじ》晩鐘《ばんしょう》
洞庭《どうてい》秋月《しゅうげつ》
平沙《へいさ》落雁《らくがん》
江天《こうてん》暮雪《ぼせつ》

「八景」は山や湖水ばかりでなく、一日のうちの特定の時間や特別な天象の状態にも着目する（これは俊成や定家といった鎌倉時代の歌人と共通する特徴である）。日本で作られた「瀟湘八景」の好例として、画僧蔵三《ぞうざん》の屏風絵がある。霞や霧、雲、夕日などに包まれた山水の風景に多くの禅僧が刺激を受け、「瀟湘八景」ばかりでなく、「近江《おうみ》八景」のような日本版「瀟湘八景」を主題とする漢詩を作った。

連歌では、付句は前句と結びつくことで新しい世界を作り出すが、同時に前の二句が作り出した風景からは離れることで、時間的にも空間的にも動きを作り出す。「瀟湘八景」の各風景も、連歌で句をつなぐ上での基本的な考え方と同様、「連続しつつも、なかば自立している」とみなされた。また、ある季節が次の季節へ、一日のうちのある時間やある天象の状態から別の状態へと移ることも重要であった。「瀟湘八景」の屏風絵は日本では室町時代に多く作られたが、右端に描かれた春から順に夏、秋と推移し、左端の冬で完結している。平安時代以来の四季絵との密接なつながりがうかがえるが、このような季節の推移もまた、連歌に通じるといえるだろう。

対比される風景――平安の風景と中世の風景

和歌と連歌は、平安時代から室町時代にかけての視覚芸術に大きな影響を与え、和歌と絵などさまざまなジャンルが互いに関連しながら発展した。室町時代頃までには季節や自然の体系化が進み、連歌師は詩的連想と複雑な規則を身につけなければならなかった。連歌師が発展させた本意の概念と優雅な詩的イメージの世界が示唆するように、中世の和歌や連歌は、自然を写実的に表現することより、むしろ、中国や平安時代の宮廷といった想像上の遠い世界や、水田で働く農民のような同時代にありながら自分たちからは遠い世界の風景を再現しようとした。

連歌の参加者はある世界から別の世界へ、田舎から都会へ、ある時代から別の時代へと自由に旅をする。連歌は戦いが日常となった時代、特に戦国時代に教養ある武士や大名の間で大いに人気を博した。京都が壊滅し、過去の伝統が物理的に破壊された応仁《おうにん》の乱（一四六七–七七年）以後の時代に、和歌や連歌は失われた過去を取り戻す方法を提供したのである。教養のある大名、権力を失った貴族、漂泊の歌人や僧侶《そうりょ》にとって、連歌は血生臭い過酷な現実から一時的に逃避する手段であった。この意味において、連歌は同じく室町時代に発展した茶の湯と似ている。茶室も都市や日常生活の喧騒《けんそう》からひととき離れ、休息する場であった。同じことは、書院造の床の間に掛けられた、山林に住む隠者が描かれた水墨画や、禅僧が発展させた枯山水にもあてはまる。これらの文化様式はしばしば、現実から逃避する手段として機能した。

第一章でもとりあげた藤原定家の次の和歌は、花や紅葉からなる平安時代的な風景と遠くから浜辺を眺める中世的風景とを対比させている。

見わたせば花も紅葉もなかりけり浦の苫屋の秋の夕暮れ　（新古今　秋上・363）

この歌は、秋の夕暮れの浜辺を見わたすと「花」も「紅葉」もなかった、と詠むことによって、粗末な苫葺《とまぶ》き小屋のある浜辺の夕暮れの風景を浮び上がらせている。平安時代中期には春や秋の色鮮やかな面を表していた花や紅葉を、「花も紅葉もなかりけり」とその不在を強調することで、平安という過去と中世という現在とを二重写しにしているのである。

このような対比は宋代の水墨画と禅を基盤とする世界観によってさらに深められ、室町時代までには風景画の二つの基本型が誕生した。桜、紅葉、雪といった「平安の風景」と、水墨画で多く描かれた遠い山並みと広く開けた水辺や寂寥《せきりょう》たる秋の夕暮れという「中世の風景」である。そして、いずれも建築、庭、いけ花をはじめとする、いわゆる「床の間芸術」に現れることになる。

第三章　自然の屋内化——花と社会儀礼

自然との調和という感性を作り出したのは、和歌や和歌に関連する形式ばかりではない。平安時代の寝殿造に始まる日本建築もまた、自然との親近感を作り出した。自然は庭に周到に再現され、多くの和歌の題ともなる。部屋が直接、庭に面する寝殿造の構造は、屋内と屋外の中間に位置する空間の文化を作り出し、平安宮廷文化の重要な舞台となった。中世の書院造も屋内と屋外の連続性を継承したが、庭はかなり小ぶりになる。また、さらに重要なことだが、書院造には掛け軸や供え物などを置く床の間のある居室があり、茶道、絵、連歌、和歌、漢詩、書、香、盆石、いけ花などさまざまな芸術の舞台となった。いけ花をいける重要な空間となった床の間は、文字通り自然を屋内に持ち込み、掛け軸の絵などの視覚芸術と自然とを並置する場となった。とすれば、二次的自然を創出するにあたって、庭やいけ花などが果たした役割はどのようなものであったのだろうか。

屋内と屋外の連続

平安時代の寝殿造は、屋内と庭とが直接つながる感覚を作り出した。庭は屋敷の南側に造られ、中央に中島のある池がある。屋敷の中央にある寝殿の両脇から延びる東と西の廊の南端には、池に臨んで造られた釣殿があり、人は池の真上に座るような感覚を得られた。

建築史家の川本重雄《かわもとしげお》は、日本建築には「壁の空間」の建築（空間は壁、扉、窓で囲まれ、閉じられている）と「柱の空間」の建築（空間は柱のみで囲まれるため、建物の内部と庭の間に空間的連続性がある）という典型的な二つの様式があると論じている。前者は奈良時代に中国からもたらされ、寺院に広く用いられた。一方、後者は日本古来のもので、当初は儀礼空間として発展し、寝殿造の基本構造となった。

この開放的な建築は、屋内と屋外の連続性も含め、絵巻物に明瞭《めいりよう》に描かれている。たとえば『北野《きたの》天神縁起絵巻《てんじんえんぎ》』（十三世紀）には寝殿と東の廊の間の庭が描かれ、渡殿の下から南の池へと遣《や》り水《みず》が流れている様子がうかがえる。庭と居住空間は直接つながり、屋根はあるが壁のない解放的な廊を通って庭をまたぎ、巡り歩くことができた。また、山々の間を川が曲がりくねって流れる川辺や谷の様子を遣り水で表現することで、ミニチュアの自然の風景が庭に持ち込まれた。

建築空間は通常、壁によって屋内と屋外に分けられる。しかし、建築評論家の伊藤《いとう》ていじの論によると、伝統的な日本建築のモデルとなった寝殿造と、その後継である書院造には、屋内と屋外という区別をなくす「軒下」が存在する。軒は建物や廊から外へとせりだした箇所だが、もともとはモンスーン気候にあわせて、長雨や激しい雨から屋内や壁を保護するために作られたもので、屋内を夏の強い日差しから守る役割も果たしていた。また、軒のすぐ下には縁（簀《すの》子《こ》）が作られた。軒下の空間は、廊や廂《ひさし》に連続するものとして用いるときには屋内の延長とみなされ、庭に接する空間として用いるときには屋外の一部とみなされた。つまり、寝殿造は住居と自然とが連続する空間を共有するかに見えるよう作られていたのである（寝殿造においては軒下の空間は身分差を示す指標でもあった）。屋内と屋外のこうした連続性は、障子、御簾《みす》、蔀《しとみ》のような可動式の建具によってさらに強められる。これらはすべて、屋内の空間を時と場合に応じて区切り直したり、換気したりすることができるように作られていた。障子をあけて屋内を開け放つことで、屋内は外の庭と視覚的にも空間的にも連続するようになる。

また、「自然」は屛風絵《びょうぶえ》や襖絵《ふすまえ》に描かれる形でも屋内に持ち込まれた。『源氏物語』をはじめとする平安宮廷物語や絵巻物では、庭は登場人物の内面をそのまま映し出している。庭の鶯《うぐいす》や梅を詠んだ和歌は、物語の登場人物や絵巻物に描かれた人物の思いや感情を表現することが多い。また、『源氏物語』の藤壺、夕顔《ゆうがお》といった女性たちは、屋敷や屋敷の庭を飾る植物にちなんで名づけられている、自然と人間が形作るこの二重構造は、屋内と屋外を同時に見ることができる吹抜屋《ふきぬきや》台《たい》の手法で描かれた『源氏物語絵巻』にもっとも印象的に示されている。

庭の持つ文化的、詩的機能は、平安時代の貴族が自分たちが和歌によく詠む花や木々を寝殿造の庭に植え、虫を放ったことにも明らかに見てとれる。たとえば、秋になると、秋の和歌によく詠まれた薄《すすき》、女郎花《おみなえし》、撫子《なでしこ》、萩が庭に植えられた。また、天禄《てんろく》三（九七二）年八月二八日に行われた規子《きし》内親王主催の前栽《ぜんざい》歌合では、松虫や鈴虫などの虫が庭に放たれた。鎌倉時代に橘 成季《たちばなのなりすえ》が編集した『古今著聞集』（一二五四年）の第六五二話は規子の庭を次のように描写している。

天禄三年八月二十八日、規子内親王、野の宮にて御前のおもに、薄・蘭・紫苑・草の香・女郎花・萩などをうゑさせ給ひて、松虫・鈴虫をはなたせ給ひけり。人々に、やがてこの物につけて歌を奉らせられけるに、おのが心々に、われもわれもと、或は山ざとのかきねに小牡鹿のたちより、あるは洲浜の磯に葦鶴のおりゐるかたをつくりて、草をもうゑ、虫をも鳴かせたり。

この歌合では、内親王が庭に薄や蘭などの植物を植えさせ、松虫や鈴虫などの秋の虫を放たせた。さらに、歌合の左方、右方双方がそれぞれ、州浜（島台）に山里や磯などを作り、草や虫も飾られた。州浜は祝儀や饗宴《きようえん》のための飾り物であり、洲《す》が入り組んだ浜辺の形にかたどられた台の上に松竹梅や鶴亀などが置かれた。また、この歌合のように、和歌における「自然」の要素である山里や野を表現するのにも用いられた。歌合では鶯や鶴などの小さな模型が飾られた州浜が中央の空間に据えられ、歌合の参加者たちは、州浜に置かれた事物に関連する題で歌を詠んだ。そして歌合の最後に和歌を書いた短冊が州浜に飾られることで、文字通り、和歌と風景とが渾然《こんぜん》一体となったのである。

自然の世界と人間の世界との空間的連続性は、室町時代に盛んになった能にも見られる。舞台奥の老松が描かれた鏡板を除けば、能には舞台装置がほとんどない。序盤にワキが橋懸りを通って舞台下手から登場し、旅をするいわゆる道行の場面があるが、旅の場所と季節はワキ、シテ、ツレ、地謡の語りによって明らかにされる。最小の舞台は、語りの役割を最大化する。特に和歌が織り込まれた語りによって、観客は和歌の連想にもとづき、さまざまな季節や場所を想像し、それぞれの頭の中にそうした自然の世界を現出させるのである。また、能作品の多くが特定の季節と結びつき、季節の主なモチーフと主題が関連している。さらに、能は季節に合わせて上演がなされる。たとえば、観世流《かんぜりゅう》では、「老松」は一月に、「梅」と「胡蝶《こちょう》」は二月、「西行桜《さいぎょうざくら》」は三月、「杜若《かきつばた》」と「藤」は四月、「芭蕉《ばしょう》」と「女郎花」は八月、「紅葉狩」と「菊慈童《きくじどう》」は九月に演じられる。

能の舞台装置がほとんど何もないのとは対照的に、江戸時代の歌舞伎の舞台は小道具や大道具を用いる。舞台上の建物（住居であることが多い）の構造は、屋外と屋内（奥）を同時に表現できるようになっているため、観客は多くの演技が屋内で行われる時でさえ、草木や雪景色など屋外を表す演出から季節を感じることができる。都市を舞台にする作品でも、演技が屋内や屋外へと行き来するため、季節が強調される。さらに、客席を縦断するように設けられた花道を通って役者が劇場入口から客席を通って舞台へ、文字通り外から内へ（あるいは逆へ）と出入りすることができるため、屋外の空間はさらに拡がりを増す。

『仮名手本忠臣蔵《かなでほんちゅうしんぐら》』（一七四八年　浄瑠璃《じょうるり》版）は、歌舞伎のなかでおそらくもっとも人気のある演目であろうが、全十一幕のうち第一幕から第四幕までは春、第五幕と第六幕は夏、第七幕は秋、第八幕から第十一幕は冬が舞台である（仇討《あだう》ちを果たすのは冬である）。十一幕すべてが一日で演じられることも稀《まれ》にあったが、今日同様、江戸時代でも通常は、各幕を実際の季節にあわせて上演することになっていた。別の例を挙げると、『弁天娘女男白波《べんてんむすめめをのしらなみ》』（一八六二年初演）は、有名な稲瀬川《いなせがわ》土手での勢揃いの場が、満開の桜の頃という舞台設定のため、初春（一月）に上演される。また、長唄《ながうた》を伴奏にした所作事も、特定の季節と結びついている。『鏡獅子《かがみじし》』や『藤娘』は春の舞踊であり、『菊慈童』や『紅葉狩』は秋の舞踊である。つまり、能であれ、歌舞伎であれ、観客は一年のなかで季節にあわせて観ることで、歌や舞踊を伴って繰り広げられる四季を経験するのである。

床の間といけ花

室町時代初期までに、寝殿造はもっと小規模な書院造へと取って代わられる。寺院の居室や客間、あるいは上層武士の住まいとして広く用いられた書院造は、今日まで続く日本建築の基本型である。書院造という名称のもとになった「書院」は庭に面した部屋で、客間として用いられた。書院の核となるのは床の間であり、連歌やいけ花など多彩な文化活動の中心となった。

室町時代初期に大量の絵画や装飾美術が宋や元《げん》からもたらされ、龍、虎、鷺《さぎ》、鴛鴦《おしどり》などが描かれた新たな風景画や、仏陀《ぶつだ》、観音菩薩《かんのんぼさつ》、文殊《もんじゅ》菩薩、竹林の七賢などが描かれた絵画が流入した。絵巻物や屏風絵はいつでも同じ場所に置かれていたわけではないが、宋や元からもたらされた絵画は掛け軸であり、壁に掛ける必要があったため、掛け軸、香炉、陶磁器、いけ花を飾る空間である床の間が発達した。

床の間の建築上の原型は、押板《おしいた》（居室の一段高くなっている場所）である。押板の壁には仏画が掛けられ、仏画の前に三具足（香、花、蠟燭《ろうそく》）が供えられた。香炉は掛け軸の正面、床の間の中央に置かれ、華瓶《けびょう》（花瓶）は左側に、鶴と亀が象《かたど》られた燭台《しょくだい》は右側に置かれた。その後、床の間が十分に発展を遂げると、仏画は花鳥画や書に取って代わられ、三具足はいけ花のみになる。近代ヨーロッパ絵画のほとんどが、一年中、壁に掛けられたままであるのとは異なり、掛け軸はしばしば取り替えられ、季節や催しごとに新しい掛け軸が掛けられた。

塀で囲まれた庭もまた、建築学的に重要な書院造の特徴である。寝殿造の庭に比べると小規模だが、書院の、特に窓や開け放たれた障子から眺めると、塀で囲まれた庭は額縁付きの風景画にも似た様相を呈する。寝殿造の大規模な庭とは違い、書院造の庭は歩き回るものではなく、観賞するものであった。龍安寺《りょうあんじ》の石庭に代表されるような、砂で水や川、海を表現し、岩が山や滝を想起させる枯山水の庭では特にそうである。いけ花など関連する他の多くの形式と同様、枯山水は、そのイメージや形が「見立て」の手法に基づいている。「見立て」とは「あるものを別のものとして見る」という意味だが、遠くの事物や風景をただ複製するというより、岩や砂の配置などを通して遠くの事物や風景を思い起こさせることを指す。つまり、枯山水はその形状は岩や砂のような自然のままのものに見えるが、同時に特定の、あるいはごく一般的な遠景を暗示することができる。また、枯山水の庭には花がないことが多く、花はむしろ、立花《りっか》の形式で屋内の床の間へと持ち込まれ、風景画のような庭や掛け軸とともに、屋内で自然を象徴的に表現する役割を担うようになる。

立花など、一定の形式に従って花を用いるのは、仏陀あるいは死者の霊への供花《くげ》として用いたのが始まりである。十二世紀頃には、仏教儀礼が個人の家でも行われるまでに浸透し、花は供物として仏画の前に置かれた。この風習が最終的にはいけ花となり、立花と投入《なげいれ》として発展した。立花は「たてばな」とも呼ばれ、一定の形式に従っていける型であり、十五世紀半ばに確立した。一方、十七世紀に確立した投入はより簡略な型だが、いずれも貴族が手紙に花を結びつけたり、花合《はなあわせ》を催して花の優劣を競ったことに起源を遡《さかのぼ》ることができる。

第二章でとりあげた連歌も床の間を前にして編まれた。床の間は季節や機会を表すとともに、歌聖とみなされていた柿本人麻呂《かきのもとのひとまろ》（生没年未詳）を祀《まつ》る祭壇としての役割も果たしていた。『仙伝抄』（室町時代の書。一六四三年に木活字本刊行）は立花に関するもっとも古く、かつもっとも高く評価されている秘伝書だが、次のように述べている。

連歌の花は、発句《ほっく》を聞《き》たらば。其体《そのてい》にたがはざるていに立《たつ》べし。

（連歌の花は、発句が詠まれたら、その句にあう季節の花を立てるべきである。）

つまり、発句の季語と同じく、いけ花もある季節の特定の時を示したのである。また、発句は連歌の席の主人や主客への挨拶《あいさつ》とされたが、それと同じような役割をいけ花も果たしていた。

立花の基本となる規則は、寛永《かんえい》年間（一六二四―四五）には確立した。これは立花の創始者である初代と二代の池坊専好《いけのぼうせんこう》（一五三六頃―一六二一、一五七五―一六五八）の功績によるところが大きい。立花の核となる要素は、中央にいけられた「真」（まっすぐ上に伸びる木の枝）であり、それに「副」（枝や草花）が添えられた。また、床に置かれた「台」はいけ花と花瓶とを固定した。この三つからなる構造は、次第に「七つ道具」、さらには「九つ道具」へと拡大し、いけ花という芸術の基本要素となる。概して、「木もの」は強さとつながると考えられ、一方で、「草もの」は優しさを表現した。また、「つうようもの」（藤、牡丹《ぼたん》、竹、山吹、紫陽花《あじさい》）は、木と草、どちらとも見なすことができた。

『池坊専応《せんおう》口伝』（一五四二年）は立花を体系的に解説した初めての花伝書だが、月ごとに

「真」として用いることのできる植物の一覧を掲げている。

春	正月	松、梅
	二月	柳、椿
	三月	桃、杜若
夏	四月	卯花《うのはな》、芍薬《しゃくやく》
	五月	竹、菖蒲《しょうぶ》
	六月	百合《ゆり》、蓮華《れんげ》
秋	七月	桔梗《ききょう》、仙翁花《せんのうげ》
	八月	檜《ひのき》、白槙
	九月	菊、鶏頭花《けいとうげ》
冬	十月	唐水木、南天
	十一月	水仙花、寒菊
	十二月	枇杷《びわ》、早梅

「真」には、松、竹、梅、柳、檜、伊吹《いぶき》など強い植物を用いることが多かった。立花でもっとも価値のある木とされた「三木」は、松、檜、伊吹であり、殊に松は高い地位を占めていた。「真」には二つの機能がある。一つは季節や月を表現することであり、もう一つは全体の構成上、骨格をなす柱として機能することである。和歌における植物と同じく、立花でも植物の持つ季節の連想は重要であったが、さらに「真」となる植物の物質的な形や強さが重んじられ、その基準を必ず満たす必要があった。たとえば、藤は和歌では主に晩春から初夏にかけての花だが、枝が垂れ下がり、ねじれているため、「真」に用いることはできなかった。

立花には、自然を凝縮し、身近に持ってくることで、自然を楽しむという目的がある。この点で立花は、高い山や川、遠くの海などをミニチュア化し、庭という狭い空間に表現する枯山水と似ている。枯山水と同様、立花は遠くの風景をすぐに手に届くところに持ってくる見立ての手法を用いる。実際、『仙伝抄』は、いけ花の「花を立てる」ことを枯山水の庭を造ることにたとえている。

草花瓶《くさくわひん》に木をたつる時は、にはに木をうゆる心に、先真を立て、其後《そのこう》可レ然下草をさすべし。

草花瓶とよばれる花器に木をたてるときには、庭に木を植えるような心で、まず真を立て、その後で下草をささなくてはならない、というのである。

医史学者の遠碧軒《えんぺきけん》（黒川道祐《くろかわどうゆう》　一六九一年没）は、随筆『遠碧軒記』（一六七五年）で次のように述べている。

立花は本《もと》、作庭より出たる事なり。相阿弥、東山双林寺の内の文阿弥が庭をも作る。さて浄土寺の庭は此相阿弥なり。それより立花の事を工夫を始む。今の砂の物は島の心にて略なり。立花は山水を写す。

立花はもともと作庭（庭の造営）の技から生まれたものである。時宗派《じしゅう》の僧侶《そうりょ》で、芸能に携わる同朋衆《どうぼうしゅう》として足利義稙《あしかがよしたね》に仕えた文阿弥《もんあみ》（一五一七年没）と、水墨画の絵師で同じく同朋衆であった相阿弥《そうあみ》（一五二五年没）はともに、作庭に携わり、立花の名手でもあった。浄土寺《じょうどじ》の庭は相阿弥が造営したものであり、その経験から、相阿弥は立花を考案したのである。立花の一様式である砂物《すなのもの》は、枯山水の小島に似せて構成され、標準的な立花が遠景にある山や川を表現するのとは対照的に、庭を間近で見るような視点を生みだした。

「華道」という言葉は誤解を招きやすい。というのも、全体としていえば、立花の役割は、薔薇《ばら》の花束のように花に焦点を当てることではなく、木、草、花、川、山、滝、空といった自然の基本要素を再創造することだからである。構成次第では、野生の自然を想起させることもできる。たとえば『池坊専応口伝』の序は、いけ花の主たる役割は「野山水辺をのづからなる姿を居上にあらは」すこと、つまり、野や山や滝を屋外で存在しているのと同じように屋内においても表現することであると述べている。序はさらに次のように論じる。

たゞ小水尺樹をもつて江山数程の勝概をあらはし、暫時頃刻の間に千変万化の佳興をもよおす。

（少しの水と短い枝だけで多くの川や山のある壮大な風景を表し、ほんの一瞬の間に多彩に変化する趣きを表現することができる。）

典型的な立花では、木の枝が山を、花瓶が川を、底にある草が野を表現した。さらに構成次第でより細やかな風景を表すこともできた。『仙伝抄』は「野中の清水の事」、「岩かげの花の事」、「野わけの花の事」のような風景に関する教えを含んでいる。

『立花口伝書』（成立年未詳）に記されているように、立花はきわめて象徴的で抽象的にもなりうるため、須弥《しゆみ》山《せん》（仏教で世界の中心にある高山）、仏陀、菩薩などを表現することもできた。貞享年間から元禄《げんろく》年間（一六八四−一七〇四）にかけて活躍した富春軒仙渓《ふしゆんけんせんけい》（生没年不詳）の作品のように、中央の松の枝と副と台のみで構成され、花を用いないことさえ可能であった。

贈り物と儀礼

立花は和歌と同じように、一回限りの行為や催しとして、挨拶、祝辞、弔意など、日々のコミュニケーションの手段であったため、繊細で洗練されている必要があった。贈り物は大抵、奥ゆかしく丁重な風情を醸し出すために、中身が見えないように包装されたが、和歌やいけ花などにおける自然の表現も、伝言や便りを、優雅で洗練された、さりげないものにする手段となった。たとえば連歌の最初の句である発句には、連歌の会を開いた主人への挨拶という重要な役割があり、発句における花や鳥などの自然のイメージは、通常、敬意を払われるべき主人か客を表現している。

また、社会的、政治的関係を結んだり、その関係を改めて確かなものとしたりするため、あるいは和歌や発句を贈る相手——時に死者の霊も含め——への賞賛、祈り、慰めを伝えるために、和歌や発句では自然のイメージが用いられた。同様に、茶の湯や立花も、社会的関係を築き、確かなものとするために用いられた。つまり、和歌や発句では、客、主人、武家の棟梁《とうりょう》、貴族など、誰であれ、相手に対して敬意を表し、その相手にふさわしい対応をすることが求められた。そのような機会に贈られたり、詠み交わされたりする和歌は、一回限りの行為や催しの一環であり、書や紙（色、材質、意匠）が重要な役割を果たした。また、書、紙、歌という三つの要素はすべて、季節、場所、参加者の社会的地位にふさわしいものでなくてはならなかった。今日でも日本では時候の挨拶から手紙を書き始めるのが礼儀にかなうとされるが、時候の挨拶は季節に言及した優雅な挨拶として、俳句の季語のような役割を手紙の中で果たしている。

　平安時代や中世の屏風絵の多くは、有力な大臣の娘の入内《じゅだい》のような吉事を祝って制作され、重要な政治的、あるいは社交的機会に貴族から貴族へ、中世になると守護大名から守護大名へも贈られた。それらの絵に描かれた自然や季節のイメージは、血筋、社会的地位、贈る側の権力、贈られる側の重要性を示していた。たとえば、『源氏物語』の「初音《はつね》」巻を想起させる屏風絵や調度は、室町時代や江戸時代には婚礼の際の祝いの品や嫁入り道具として人気があった。なぜなら「初音」巻が、新年や初春といった吉事や宮廷の優雅さを連想させたからである。いけ花は、掛け軸に描かれた神仏への供物、主人から客への挨拶、季節の節目への礼、さらには社交上の催しや宗教儀式の一部ともなりえた。立花に関する複数の花伝書が指摘するように、藤をからませた松（藤かけ松）は男女の睦《むつ》まじさを、松、竹、梅の枝は祝意を、さらに万《お》年青《もと》は万代《よろずよ》を表した。そうした連想はすべて現在にまで引き継がれている。

　鳥文斎栄之（一七五六―一八二九）の浮世絵『新年祝』には女性が縁起の良い花（冬と新年の花である水仙や福寿草、万年青など）を整える様子が描かれている。『池坊専応口伝』には、年中行事における立花の重要な役割が、五節句にふさわしい「真」をまとめた表に示されている。

一月一日（元三《がんさん》）　梅、水仙花、金銭華
三月三日（上巳《じょうし》）　桃、柳、款冬《かんとう》
五月五日（端午）　竹、菖蒲、石竹
七月七日（七夕）　桔梗、仙翁花、梶木
九月九日（重陽《ちょうよう》）　菊、萩、鶏頭花

これらの植物は各節句にふさわしい儀式的な役割——端午の節句では菖蒲が邪気を祓《はら》い、重陽の節句では菊が長寿を約束した——を担った。

立花の社交上の役割は、日常の行事に関する花の心得を記した『仙伝抄』の目録からもうかがえる。

元服の花の事
法師なり（出家）の花の事
少人など申す時の花の事
出陣の花の事
渡座《わたまし》の花の事

祈禱《きとう》の花の事

具体的には、「少人など申す時（子どもが話し始めた時）の花」としては、「衣の長い袖《そで》や裾《すそ》にひっかかるかもしれないので、棘《とげ》のあるものを選んではいけない。（子どもの愛らしさに合うように）特に明るい色のものを選ぶべきである」とし、「出陣の花」をいけるときには、椿、楓《かえで》、ツツジのような花や葉がすぐに枯れたり、散ったりするものは選んではならないとする。また、「渡座（転居）の花」では火を連想させる赤い色の花を用いるべきではないとし、病気平癒を願っての「祈禱の花」の場合は、多年草の常夏《とこなつ》（撫子の古名）は、「床」を連想させる名前がこうした折には不吉なので選ぶべきではないとしている。同じように、『池坊専応口伝』は、祝い事の席で用いるべき植物と、避けるべき植物を挙げている（たとえば、松、竹、椿、柳などは用いてもよいが、死と同音の四という言葉を連想させる四色の花や四葉の植物は用いるべきではないとする）。

立花を始めとして、一般にいけ花は、和歌、連歌、俳諧《はいかい》や茶の湯と同様、一回性の参加型芸術と定義するのがもっとも適切であろう。催しが終わると、いけ花はその主な役割を終える。天文《てんぶん》年間（一五三二-五五）の茶の湯の記録や、江戸時代の俳諧日記と同じく、立花の秘伝書や絵入り本の出版ブームが寛永年間（一六二四-四五）に突然、起こるが、これらの書籍には一回限りのいけ花の催しが記録されていた。社会的、宗教的、政治的な背景を持つ催しを完璧《かんぺき》に再現することは不可能だったが、それらの本は、その後、いけ花の催しを行う際の手引書や教則本として機能し、師から弟子へと知識や技を伝えるのにも役立った。

投入と茶の湯

茶の湯は千利休（一五二二―九一）の影響のもと、複雑な規則を持つきわめて厳格な中国式の儀礼から侘茶《わびちゃ》へと変容し、茶室も書院から非常に小さな空間へと縮小した。侘茶の茶室は草庵《そうあん》のミニチュア版であり、中世の和歌や連歌の重要なテーマである山里を都市に再現させるものであった。寝殿造の庭が書院造の塀で囲まれた庭となり、その後、枯山水の庭や盆石のなかの枯山水の風景へとさらに小さくなったのと似ている。もっとも、小さい形状のものが近づきやすいとは限らず、かえって複雑になることも多かったが、明らかにより凝縮されていった。「スリム化」は連歌から俳諧へ移行する際にも生じた。俳諧は連歌の複雑な規則を緩め、一〇〇首や一〇〇〇首から五〇句や三六句へ、最終的には十七文字の発句へと収斂《しゅうれん》し、きわめて短くなった。いけ花でも、高度に規則化された立花から、形式にとらわれない投入へと移行した。投入は、立花の社交的、文化的機能の多くを継承しつつも、もっと小ぶりで単純化され、人々が親しみやすい方法でそれらを表現した。

複雑な規則に沿った重厚な様式から、簡略で軽やかな様式へという動きを、いけ花に携わる人々はしばしば、書の用語である「真」、「行」、「草」という言葉を用いて説明した。一例を挙げれば、『挿花稽古《けいこ》百首』（一七六八年）は立花を真に、砂物を行に、投入を草にたとえている。立花が詳細な規則に基づき、また、針や針金を用いて木や花の枝を成形し、折り曲げることに大きな労力を費やしたのとは対照的に、投入は一つか、二つの花で形作られた。千利休が侘茶を確立させた十六世紀後半には、千利休も投入を採用し、それを茶花と呼んでいる。主人は客へのもてなしとして、掛け軸に代えて簡素ないけ花を床の間にいけることも多かった。小さな庵にふさわしい自然の趣きを表現し、その季節の瞬間を表すためである。

元禄年間には投入の人気が高まり、さらに投入と茶の湯とが不可分の関係になったため、初の花伝書『投入花伝書《なげいればなでんしょ》』（一六八四年）が出版された。投入では、仏画の前に香炉、花瓶、鶴亀を象った燭台を並べることを省略し、それらの宗教的、儀式的意味合いもなくした。また、立花の七つ、あるいは九つの役枝《やくえだ》からなる複雑な様式を、「真」、「副」、「台」という三つの基本型に簡素化した。しかし、投入は、立花の基本要素である「木もの」、「草もの」、「つうようもの」は継承している。より小さく、軽やかで、簡素な投入は、都市の庶民や農民の家の小さな床の間に適していたので、江戸時代の社会に広く浸透し、壁や柱に釘で小さな花瓶を掛ける「掛花《かけはな》」、天井から月、舟、籠《かご》の形をした花瓶を吊《つ》り下げる「吊花《つりはな》」、居間の違い棚に置くいけ花など多様な形式が現れた。

立花にせよ、投入にせよ、床の間にいけ花と掛け軸が一緒に置かれる場合は、両者は調和する必要があった。『仙伝抄』は次のように記している。

絵をうけてたつる花の事。
くわんおんにやなぎ。天神にさくら（異本に梅と有）。とらに竹。りやうにまつ。古人にふりたる木。（中略）山水に山野の木水辺草花。

『仙伝抄』は、柳は観音菩薩の絵と、桜あるいは梅は天神（菅原道真《すがわらのみちざね》）の絵と、竹は虎の絵と、松は龍の絵と、老木は古老の絵と、さらに岸辺の花や野山の植物や木々は山水画と組み合わせるべきであるとしている。梅の枝は道真の象徴であり、竹の強靭《きょうじん》さは虎の強さと引き合い、松は龍の長寿と幸運を反映する。同じような結びつきは、書院の開け放たれた障子や窓から眺める庭といけ花との間にも存在した。『投入花伝書』は、いけ花は庭を再現すべきではなく、むしろ、いけ花、居室、庭が互いに引き立てあうべきであるとしている。

茶の湯は、茶、和菓子、時に食べ物を、やや儀式化された所作で供することを通して、それらと結びついた。茶の湯は、床の間にいけ花、絵、漢詩や和歌などを飾り、陶器、漆器、金属器、掛け軸などを用いた。茶室のまわりの庭を利用したのは言うまでもない。これらの要素はすべて、季節と調和するように準備された。千利休が書いたとされる『利休百首』（一六四二年）は茶の湯の基本を一〇〇首にまとめたものだが、春という季節を表現するのに、花の絵に桜を描いたり、いけ花に桜を用いるべきではなく、たとえば春を暗示する和歌や、そうした和歌が書かれた掛け軸などで表現するべきだとし、また、季節は懐石料理の盛り付けや向付の磁器でも表現できるとしている。たとえば、磁器の名手であった琳派の尾形乾山（一六六三―一七四三）は、秋の本意を表現した『乾山色絵竜田川図向付』という向付の皿を制作した。第六章で改めて取り上げるが、茶の湯には季節を表す和菓子を供し、名づけ、食べることも含まれていた。

茶の湯は、社会的な結びつきや私的な楽しみの機会を提供すると同時に、文化的な感性を育てるという目的があったが、茶や食べ物の供応を芸術のレベルにまで高め、和歌や連歌といけ花や茶道とを融合させた。この意味において、都会生活からひととき逃れ、ささやかな形式的隠遁《いんとん》の場として発展した茶の湯は、二次的自然の発展の典型であり、屋内化された自然や四季の表現を歴史的にみてもっとも高いレベルにまで到達させたのである。

女性といけ花

江戸時代には、和歌といけ花は身分の高い武士や裕福な商家の娘の教育に必須《ひっす》とみなされていた。また、遊郭の高級遊女も、女性の教養として書道、琴、和歌、舞踊と並んで、まず立花を学んだ。彼女たちにとっていけ花は客を楽しませるのに欠かせないものであった。菱川師宣《ひしかわもろのぶ》（一六一八頃―九四）の『吉原の躰《てい》』（一六八八年）や、北尾重政《きたおしげまさ》（一七三九―一八二〇）と勝川春章《かつかわしゅんしょう》（一七二六―九二）による『青楼美人合姿鏡』（一七七六年。吉原の高級揚屋の季節別の案内書）

に、彼女たちのいけ花の技が描かれている。その後、いけ花は都市の庶民の妻や娘たちに広がり、教養を身につけるのに不可欠な手段となった。

女性向けの礼節書として広く用いられた『女重宝記』（一六九二年）は、女性は立花、香合、茶の湯、俳諧の連歌を身につけるべきであると記している。『女重宝記』と『男《なん》重宝記』（男性向けの礼節書。一六九三年）が記すように、男女ともに文化的、社会的、道徳的修練の一環として、茶の湯と立花を学ぶことになっていたが、男性は茶の湯を嗜《たしな》み、女性はいけ花、特に、民衆のために立花を簡素化した生花《せいか》という様式のいけ花を習った。その後、生花は女子教育に不可欠と考えられるようになるが、そうした見方は明治時代に入っても続き、一八八七年、明治政府は華道を正式に女子の公教育の一部とした。

浮世絵では一七六五年頃から錦絵《にしきえ》が発達するが、それはいけ花が江戸の庶民の間で人気が高まった時期と一致する。浮世絵は、町人の娘から遊郭の有名な遊女までさまざまな女性を、床の間、縁側、畳の上などさまざまな場所に置かれたさまざまな花瓶とともに描いている。そこに描かれたいけ花の様式は、立花から投入や生花《せいか》まで多彩である。北尾重政の『美人花活』（十八世紀）のように、女性がいけ花の稽古をしている姿——箱から花瓶を取り出したり、いけ花の師匠と一緒になって、花を切ったり、いけたりする姿——が描かれることもある。十八世紀後半の鳥文斎栄之《ちょうぶんさいえいし》の『風流五節句』（一七九四–九五年頃）や勝川春章の『婦女風俗十二月図』（一七八一–八九年）は、五節句のうち二つの節句に関わる花と女性を描いている。

浮世絵の多くは月ごと、あるいは季節ごとに描かれた続き物であり、平安時代の四季絵や鎌倉時代の月次絵《つきなみえ》のように、さまざまな季節が描かれている。しかし、四季絵や月次絵が屋外の風景を描いたのとは異なり、浮世絵は屋内にいる女性を描き、彼女たちの衣装、特にいけ花を引き立たせる色とりどりの小袖の意匠に心を砕いた。小林忠《こばやしただし》が論じるように、浮世絵師は美人画にいけ花を多く描くことで、庭や山の花などの自然を描いた月次屏風の伝統を屋内化し、「自然」を庶民の住まいに持ち込むことを可能にしたのである。

花の庭への回帰

日本では長い間、花や植物を育てることは高尚文化の一部であった。しかし、江戸初期以降、娯楽や美的楽しみのために花や植物を育てることが武士や都市の庶民の間で人気を集めるようになる。また、徳川家康《とくがわいえやす》（一五四二―一六一六）、秀忠《ひでただ》（一五七九―一六三二）、家光《いえみつ》（一六〇四―一六五一）が植木を大いに好んだため、大名や旗本もそれに倣った。寛永年間に椿が流行したのは、秀忠と家光、さらに後水尾院《ごみずのお》（一五九六―一六八〇）の趣味が反映された結果である。また、一六五七年の明暦《めいれき》の大火によって江戸の町の大半が焼失した後、多くの有力な武家や寺社が庭師を雇って庭を再建したり、新たに作ったりした。さらに、この時期、植物学や本草学が盛んになったことで、裕福な武士や庶民の間で園芸ブームが起こる。

平安時代から室町時代にかけて、もっとも高く評価された梅や桜などは、山や寺社の境内の木々に咲く花であり、宗教的な意味合いを持っていた。江戸時代になると、梅、桜、橘《たちばな》、椿などの木に咲く花から、桜草、菖蒲、菊のような草の花へと次第に人気が移った。低木のため庭木に最適なツツジは元禄年間に人気が上がり、菊は明和《めいわ》年間（一七六四－七二）に大流行した。菊の人気が増したことは、個人の庭でも簡単に育てられる草の花の人気が高まったことを示している。菊は十八世紀後半以降、女性といけ花を描いた浮世絵にも多く登場する。また、江戸時代の染井《そめい》（現在の駒込《こまごめ》）は多くの園芸屋があることで知られ、ツツジ、タンポポ、菊などの他、染井で品種改良されたソメイヨシノも扱っていた。そして、このソメイヨシノが近代日本を代表する桜となる。こうした新しい園芸文化によって、連《れん》など園芸の同好会が急増し、同時に都市の庶民が、花見や菊人形作りなど公共の場での「自然」活動に参加することにつながっていった。

都市における二次的自然は、八世紀から十六世紀という長期にわたって、少なくとも三種類の方法で創造された。第一に、二次的自然は詩歌の形式、特に和歌と連歌にもっとも明瞭に表れた。和歌や連歌は高度に体系化された季節の連想を発展させ、それが日常あるいは儀式的なコミュニケーションの基礎となり、さまざまな含みのある、間接的で洗練された語りかけの手段として機能した。第二に、季節や自然の体系化は、広範囲に及ぶ視覚的、物質的様式——衣装、絵巻、磁器、調度など——へと広がった。第三に、日本建築では壁や扉を移動させたり、取り外したりすることができるため、屋内と屋外の空間的連続性、特に居室と庭の連続性という感覚が、まず平安時代の寝殿造、その後、書院造で大きく発展し、書院造は日本家屋の原形となった。さらに、室町時代の書院の床の間芸術は、人間の空間と自然の空間との連続性という感覚を一層強めた。江戸時代に入ると、俳諧、いけ花（特に生花《せいか》）、浮世絵など、都市の庶民にも近づきやすい新しい文学や芸術が生まれ、和歌や絵巻が貴族のために担っていた社会的、宗教的機能の多くがそれらに引き継がれていった。

第四章　田舎の風景——社会的差異と葛藤

現在、平安の古典として知られる『源氏物語』、『伊勢物語』、三代集（『古今集』、『後撰集《ごせんしゅう》』、『拾遺集』）、『白氏文集《はくしもんじゅう》』は、十三世紀初頭までには、貴族の文学的伝統における季節をめぐる連想の基礎を形作った。平安時代末期以降、貴族の権力は政治的、経済的には衰えたが、和歌文化は以前と変わらず盛んで、貴族や僧侶《そうりょ》、教養ある少数の武士によって受け継がれた。たとえば『新古今集』は源平《げんぺい》の合戦からまもない一二〇五年に編纂《へんさん》されている。

貴族の政治的、経済的権力の急激な低下に加え、一二二一年の承久《じょうきゅう》の乱で朝廷そのものが回復不能なほどに軍事的にも敗北する。そのため、権力を失った貴族は価値ある文化的財産として和歌の伝統に固執し、利用しようとしたのかもしれない。和歌の伝統はより一層強固なものとなり、和歌と『源氏物語』は、朝廷と貴族の政治生命が絶えた後も久しく文化的権威を持ち続けた。さらに応仁の乱（一四六七—七七）で都が壊滅し、貴族が地方へと離散したのちも、和歌を中心とする宮廷文化は高尚文化の代表であり続けた。それは、お伽草子《とぎぞうし》から能にいたるジャンルで平安の宮廷文化が数多く再現されていることに明らかである。実際、教養ある貴族や僧侶が地方へ移り住んだことで、四季の文化は優雅で高度に体系化された自然のイメージとともに、貴族以外の階級、すなわち、高位の武士や都市の裕福な庶民、さらにさまざまな地域へと広がっていった。

一方、序論で「里山の風景」として述べたもう一つの自然観も、平安時代中期から後期にかけて荘園に見られるようになる。宮家準《みやけひとし》によると、中世における里山のコスモロジーは次のように要約される。

岳　仙人、天狗《てんぐ》、天女、白鳥
奥山　山人、山姥《やまうば》、鬼
山の麓《ふもと》　狐、狸、猿、兎、猪、蛇
里　犬、猫、鶏、牛、馬
田　蛇、蛙、虫

典型的な里は、灌漑《かんがい》のために川の近くに作られた田と、周囲の山の麓との間に位置していた。里山とは人の住む里と周囲の山からなる二次的自然の一形態であり、田や山の麓では穀物の刈り入れや草木の採取が行われた。山の麓には狐、狸、猿、兎、猪などが住み、田を荒らし家畜を襲うこともあった。周囲の山のさらに向こうに聳《そび》える奥山は、少数の山人を除き、基本的には人の住む場所ではなく、民話の世界ではこの世と異界の境界とされた。また、富士山のような標高の高い山の頂上は、異界への入口と考えられていた。もっとも里山であれ奥山であれ、そこに現れる動物や超自然的な生き物が、平安時代や中世初期の和歌や宮廷物語に登場することはほとんどない。貴族たちは鷹狩《たかがり》を除けば、狩猟や稲作に関心を寄せることはなかった。里山の文化的、社会的特徴は都の貴族の宮廷文化のものとは大きく異なる。この章では、里山が日本の文化的、宗教的自然観に与えた影響について考察する。

平安時代や中世の京都を中心とする風景とは対照的に、里山の風景は記紀にみられる風景に似ている。里山では周囲の山々（時には大木や岩）が、漁村では海が、農耕、狩猟、漁労などと結びついた多くの神々の住むところと考えられた。稲作に従事する農民は、山の神は春先になると麓に降りてきて田の神となり、秋が来ると山の住まいに戻っていくと信じていた。神社は山の麓に建てられたが、海に近い場合は、浜辺に神社か鳥居が海に向かって建てられた。このように山や海は、神々が住む異界、あるいは大いなる力や財宝の源を表現した。また、記紀、中世の説話、お伽草子では山を越えて行き来する鳥が神の使いとして描かれるように、鳥、動物、植物はしばしば、人間の世界と神々の世界との架け橋として表される。

貴族の鳥と庶民の鳥

都を中心とする自然の表現と田舎を中心とする自然の表現では、鳥の扱い方もきわめて対照的であり、それぞれ「貴族の鳥」と「庶民の鳥」に分けられるだろう。日本列島が南北に長く、また気温が季節によって大きく変動するため、日本の鳥の多くは渡り鳥、あるいはそれに類する鳥である。ある計算によれば、日本にはおよそ三五〇種の野生の鳥が生息し、さらにそれらは、雀、カラス、鳩、雉《きじ》のように定住している留鳥、鶯《うぐいす》のように季節によって、山と里、暖地と寒地など地域内を移動する漂鳥、ホトトギス、雁《かり》（もしくは雁《がん》）、鴨、白鳥のような定期的に渡来する渡り鳥の三種類に分類される。雀やカラス、また昔から食料にされてきた鳩などの渡り鳥ではない鳥は、農業と密接に結びつき、記紀や説話にもよく登場するが、一方、鶯、ホトトギス、雁などの渡り鳥とそれに類する鳥は、季節と結びつき、和歌や大和絵など貴族文化の代表的なイメージとなった。

鳥を歌に詠むことは奈良時代に始まったが、平安時代に、数種類の鳥が特定の植物や天象と結びつき、各季節をイメージするようになると、鳥は広く詠まれるようになる。季節ごとにもっとも重要な鳥は、春は鶯、夏はホトトギス、秋は雁、冬は千鳥や鴛鴦《おしどり》など水鳥である。『万葉集』にはホトトギスを詠んだ歌が一五〇首、雁は六七首、鶯は五一首ある。この三種類の鳥はすべて、平安時代と中世において主要な季節の題であり続けた。和歌は特に鳥の声に重きを置き、鶯やホトトギスや雁の「初音」が、それぞれ春、夏、秋を表す重要な詩的指標となる。つまり、ある鳥を「聞く」ことは季節のアイデンティティを確認することであった。松虫や鈴虫など多くの虫と同じく、これらの鳥は季節の歌のみならず、恋の歌にも登場し、抑えがたい欲望、あこがれ、孤独の比喩《ひゆ》として機能した。

和歌や宮廷物語などに登場するこれらの鳥は、雀、鳩、鷹、燕《つばめ》、鶏など、庶民の鳥といえるであろう鳥とは著しく異なる。庶民の鳥は農民や田舎の武士の日常生活に欠かせない存在であり、記紀、説話文学、軍記物、お伽草子に頻繁に登場する。たとえば、雀は中世の説話やお伽草子では大きな役割を果たしているが、八代集の中には一度も登場しない。ホトトギスや雉、雁や鶴といった鳥は、和歌にも説話やお伽草子にも見られるが、それぞれ異なる機能を果たしている。ホトトギスを例にとると、農民たちは田植えの季節を告げる鳥として、ホトトギスを田植歌で歌った。一方、平安時代の歌人も、ホトトギスを農事とからめて歌に詠むことはあったが、ホトトギスを詠んだ歌の多くは夏の最初の訪れを告げるものとして、その初音を待ち望むものであった。

和歌での雁の詠まれ方と農村での雁の扱われ方が異なることは、狂言の滑稽《こっけい》な主題にもなっている。雁の鳴き声は「ガーン、ガーン」と聞こえるため、雁という漢字の音読みが「がん」となり、それが雁を意味する日常語になったが、古代の人々には「カリ、カリ」と聞こえたので、歌語では雁は「かり」となったといわれる。狂言の「鴈雁金《がんかりがね》」では、摂津《せっつ》の国の百姓（アド　狂言の脇役）が、年貢として雁を都の主人に納める際、和歌を引用しながら、雁金《かりがね》という歌語を使う。一方、これも同じ主人に年貢として雁を納めようとした和泉《いずみ》の国の百姓（シテ　能や狂言の主役）は「初鴈《はつがん》」と日常語を用いて対抗する。結局、ともに同じく祝い酒をもらうのだが、この作品の面白さは、自然に対する二種類の文化的視点――一つは農村を基盤とする視点、もう一つは和歌を基盤とする視点――のズレから生じている。

中世のお伽草子に出てくる庶民の鳥のもっとも顕著な役割は、親の愛情、家族の秩序、夫婦間の貞節の証《あかし》や象徴であることかもしれない。和歌では雉《きじ》（あるいは雉子《きぎす》）は春の鳥であり、野で餌を探しながら、つがいの相手を求めて鳴く。しかし、説話、軍記物、お伽草子では、雉はわが子に対する母の愛情の象徴である。中世初期の説話集である『発心集』（一二一六年?）には、雛《ひな》をあたためていた時に野火に遭った雉が一旦は驚いてその場を離れるものの、雛を残していくことはできず、煙の中に戻ってわが子を救い、自らは焼け死んでしまう話が収められている。「焼け野の雉子」として知られるこの話は、親は子のためには命を犠牲にし、危険も顧みないという意味の「焼け野の雉子、夜の鶴」という諺《ことわざ》のもとにもなっている（「夜の鶴」も親の情愛の象徴である）。

家族愛を連想させるもう一種類の庶民の鳥は、燕（あるいはツバクラメ）である。燕は春の終わりに南からやってきて、秋に帰っていく。家の軒や屋根の端に巣を作る燕は古代からよく知られる鳥だが、和歌に詠まれることはほとんどない。燕は繁殖能力の高い鳥としても知られ、平安中期の『竹取物語』では、かぐや姫の求婚者の一人が安産のお守りとなる燕の子安貝を見つけてくるという難題を与えられる。一年を同じ相手とすごす燕はまた、相手に誠実であり、雛の面倒をよくみると考えられたので、夫婦や家庭の平和の象徴となった。中世後期の説経節

「苅萱《かるかや》」には、石童丸《いしどうまる》が燕の親子を見て父を恋しがる場面がある。『宇治拾遺物語』の「雀報恩の事」（巻三第十六話）では、子供たちに石を投げられて怪我をした雀が、怪我がよくなるまで世話をしてくれた老女に恩返しをする。雀が運んできた瓢《ひさご》の種のおかげで老女は米の詰まった瓢簞《ひょうたん》を手にする。隣人が真似をして、わざと雀を痛めつけてから、世話をしようとすると、逆に懲らしめられてしまう。「腰折れ雀」や「舌切雀」などの民話の土台となったこの話では、雀が人間の世界に報恩や正義をもたらしている。

獲物や犠牲としての動物

鳥は、民衆の物語では獲物あるいは食料としても登場する。江戸の価値観を示した『料理物語』（一六四三年）は大きな影響力のあった料理書だが、鳥を価値の高い順に、鶴、白鳥、雁、野生の鴨、雉、ヤマドリ、そして最後の鶏まで十八種類を一覧にしている。鶴は幸運や吉祥を連想させるばかりでなく、鷹狩の際、第一の獲物と考えられ、また、武士たちの間ではもっとも美味な鳥として称賛された。江戸時代、鶴は貴重な贈り物として大名から将軍へ、あるいは将軍から朝廷や特に選ばれた大名へと届けられた。猟鳥としての鶴の価値が非常に高かったため、庶民は鶴を獲《と》ることを禁じられ、幕府は鶴を保護するために特別な手段を講じた。その結果、稲穂を食い荒らす鶴を害鳥と考える農民と幕府との間に対立も生じた。

また、鷹が捕らえる雉も最高の珍味と考えられた。『徒然草』（一三三〇–三一年？）の百十八段は、雉の肉は魚のなかでもっとも高貴な魚である鯉に匹敵するとしている。実際、中世末期までには武家社会では雉は鶴や雁と並んで「三鳥」とみなされるようになる。『宇治拾遺物語』巻四第七話には、雉が羽根をむしりとられて皮を剝《は》がれ、生きたまま料理されるのを見た大江《おおえの》定基《さだもと》がただちに出家したという有名な話が収められている。

また、農民は作物に害をなす動物や虫を殺す必要があったが、自分たちが殺した虫や動物を供養する風習もあった。まず、松明《たいまつ》をともし、鉦《かね》や太鼓を打ち鳴らして、作物の害虫を村の外に追い払う「虫送り」を行った後、殺した虫を供養する「虫供養」が行われた。同じような供養は、鯨、魚、猪、鹿、その他の狩猟で捕えられる動物に対しても行われた。民俗学者が指摘するように、この風習は日本各地に広くみられる。多くの中世説話、お伽草子、能の作品には、自然を管理する必要性（特に狩猟を行い、害をなす動物や虫を殺し、森を開墾せざるを得ないこと）と、神々が住む世界とされた自然を慰撫《いぶ》し、敬意を表したいという願いとの間の根本的対立が描かれている。この緊張状態は、仏教思想——特にある種の動物の殺生を禁じる教えとすべての生き物は悟りを開くことができるという考え方——が次第に浸透するにつれ、さらに一層複雑になった。たとえば、殺生の罪は、殺された動物の供養をしたり、捕えた動物を放したりすること（放生《ほうじょう》）によって、少なくともその一部は償うことができるとされた。

殺生や狩猟に対する仏教的な罪の意識は、早くは奈良時代の『日本霊異記』に現れるが、中世になるとより顕著にみられるようになり、狩りの獲物に対する同情の念が生まれる。たとえば、中世初期の『古今著聞集』所収の「馬允某《うまのじようなにがし》、陸奥国赤沼《みちのくにあかぬま》の鴛鴦を射て出家の事」（巻第二十、魚虫禽獣　第三十、七十三話）にはそうした姿勢がはっきりと描かれている。あらすじは次のようなものである。

「陸奥国田村《たむら》郷に住む馬允某という男が赤沼で鷹狩に出かけた帰り、つがいの鴛鴦の雄を射て、袋に入れて持ち帰る。次の夜、夢に女が現れ、夫が殺されたことを嘆き、「日暮るれば誘ひしものを赤沼の真菰《まこも》がくれの独り寝ぞ憂き（日が暮れると誘いあって共に夜を過ごしたのに、夫が殺され、真菰の陰に独りで寝るのが辛《つら》い）」という歌を詠み、去って行く。翌々日、馬允某は雌の鴛鴦が雄と嘴《くちばし》を嚙み合わせて死んでいるのを見つけ、哀れに思い出家する」

　この話は仏教説話の型に従い、殺生が最後に発心をもたらすが、生きるために狩りをせざるを得ない田舎の現実と、鳥や動物を殺すことは罪であるとする仏教の教えとの葛藤《かっとう》を表現している。また、鴛鴦は夫婦で長く連れ添うことから、相手への貞節と深い愛情を表す和歌的、文化的象徴でもあった。

　狩りをめぐる話では、動物が人の姿をして現れることが多い。中世後期のお伽草子であり、一六〇二年写の絵巻で現存する「雁草子《かりのそうし》」には次のような内容の話が収められている。

「宮仕えに上がっているものの、頼る人もない孤独な女房が石山《いしやま》観音への参詣《さんけい》に出かける。そこで中秋の名月の空を雁が一列に飛んでいくのを見て、「せめて雁なりとでも夫婦になれたら」と願う。すると、ほどなく、狩装束の若い男が現れ、二人は夫婦となり、男は毎夜、女のもとを訪れる。しかし三月十日過ぎのある夜、女のもとを訪れた男は「故郷へ帰らなければならない（雁は春に北へ帰る）。だが、秋には必ずまた戻ってくる」と約束して、翌朝早く旅立った。女は雁が軒端から飛び立つのを見て、男が雁であったことを知る。女はそれでも男を想い続けるが、ある夜、男が手紙を届ける夢を見る。目覚めると実際に手紙が枕元にあり、雁が帰郷の途中、狩人《かりうど》に射殺されたことと、後世を弔ってほしいという雁の願いが記されていた。その後、女は出家遁世《とんせい》して、やがて往生を遂げる」

このお伽草子は異類婚に分類されるが、雁行、帰雁《かえるかり》、孤独、夕月など、雁の持つ和歌的な連想を用いていることと、鳥を擬人化するという手法が注目に値する。また、雁は不幸な犠牲者として描かれ、その死によって女がこの世に幻滅するように、この話は狩猟の罪に対する仏教的な問題も示している。

「雁草子」のような異類婚のお伽草子では、植物、動物、魚が人の姿になって人間と関係を持つことがある。「雁草子」とよく似た話である「鼠草子」の場合、ある写本では恋人と正式に結婚したいと望んでいた娘のところに、その恋人が突然、訪ねてくる。そこで母親が将来の娘婿に会うことになるが、母親の飼っていた猫が飛びかかったため、恋人は本来の姿であるネズミに戻る。こうした異類婚の話は中世後期にとても人気があった。

このように動物を擬人化し、繊細に描くことは狂言にも見られるが、「蟹山伏《かにやまぶし》」、「蚊相撲」、「蟬」、「蛸《たこ》」、さらに「野老《ところ》」（ヤマノイモ科の植物）のように、狂言では動物ばかりでなく、植物も主人公を演じることがある。

能と植物の主人公たち

室町時代に植物や動物、さらには天象の状態までもが擬人化されるが、もっとも驚くべき事例は、植物や動物が精や神として登場する数多くの能作品であろう。代表的な作品としては、「胡蝶《こちょう》」、「梅」、「西行桜」、「墨染桜」、「遊行柳《ゆぎょうやなぎ》」、「藤」、「杜若《かきつばた》」、「芭蕉《ばしょう》」、「半蔀《はじとみ》」、「薄《すすき》」、「楓《かえで》」、「雪」などがある。平安時代や中世の和歌では、自然はよく擬人化されたが、植物や動物が死者の霊や神として登場することはなかった。この点で、能は記紀に似て、植物、動物、岩などに神が宿るという土着の信仰を表現している。一方で、自然の精が数多く登場することは、自然を擬人化し、人間の仲間として扱う和歌の長い伝統を能が受け継いだことを示してもいる。

植物の精が登場する作品は、次のいずれかになる傾向がある。一つは、和歌に詠まれた木や植物をめぐる話や伝説を用いて、能に仕立てるものであり、もう一つは、草や木などあらゆる植物には救いや悟りに到達する力が備わるとする仏教の考えを説くものである。また、この二つが組み合わされることも少なくない。和歌や『伊勢物語』、『源氏物語』などの古典をもとにした能では、木や花の精はしばしば美しい女として登場する。夢幻能の二重構造に従い、前半（前場《まえば》）で、通例では旅の途中にある僧として登場するワキ（能の脇役）が、土地の女として登場するシテと出会う。シテは実は自分は草や木の精であるとワキに告げ、後半（後場《のちば》）では植物の精として登場する。和歌をもとにした作品の好例が、「藤」である。『万葉集』巻十九所収の大伴家持《やかもち》らの和歌により、藤の名所となった越中《えっちゅう》の国の多祜《たこ》の浦を旅人が訪ねる。旅人（ワキ）が藤を詠んだ古歌を口ずさむと、土地の女（シテ）が現れ、その歌を咎《とが》め、よりふさわしいという藤の歌をそらんずる。後場で女は藤の精として現れ、法華経と藤を褒め称《たた》えて舞を舞う。「藤」は、松との関係や藤という色の意味などの古典的連想を用いながら、藤の持つ豊かな文化の歴史に敬意を表した作品となっている。

　和歌をもとにした能のさらなる特徴だが、『連歌寄合』などの連歌の手引書にまとめられた花や木などの植物に関する和歌的な連想が、能の謡や舞の部分に巧みに組み合わされている。「西行桜」の後半の謡にある桜の名所尽くしはその一例である。同じように、「遊行柳」の謡にも、中国や日本の柳をめぐる故事尽くしがあり、『源氏物語』の「若菜《わかな》上」で柏木《かしわぎ》が柳の近くで女三宮《おんなさんのみや》を垣間《かいま》見《み》る場面も含まれている。

　植物の精を描いた能のなかで、草木をはじめ、あらゆるものが成仏するという考え方（「草木国土悉皆《しっかい》成仏」）を強調した代表的作品はおそらく、金春禅竹《こんぱるぜんちく》（一四〇五－七〇頃）作の「芭蕉」であろう。舞台は中国の楚《そ》国で、女（シテ）が山居の僧（ワキ）の前に現れ、僧が読誦《どくじゅ》する法華経を聴聞し、女や草木のような非情のものも成仏できるのかと問う。僧は法華経の「薬《やく》草喩《そうゆ》品《ほん》」に非情の草木も成仏できると書かれていると答え、前場が終わる。後場で女は芭蕉の精として登場し、四季を抒情《じょじょう》的に描写しながら、あらゆるものが成仏の相を示すという法華経の教えを述べ、世のはかなさを嘆く。そして最後には、葉と花がばらばらになり、散っていくさまが次のように語られる。

山おろし松の風　吹払ひ吹払ひ　花も千草も　ちりぢりに　花も千草も　ちりぢりになれば　芭蕉は破れて　残りけり。

（山から吹きおろして、松に音を立てた風が庵《いおり》の庭を吹払い、吹払い、花も千草もちりぢりになり、花も千草もちりぢりになってしまったので、芭蕉の葉は風に破れて、あとにはただ破れた芭蕉の葉だけが残ったのだった。）

この作品では、芭蕉は諸行無常の象徴であるばかりでなく、女性のように成仏は困難と考えられていた存在の表現でもある。

法華経の「薬草喩品」が草木成仏という教義を生み出した。天台宗《てんだいしゅう》の第九祖荊渓湛然《けいけいたんねん》（七一一─七八二）は、「すべてのものが基本的で不変の性質を有するのだから、非情のものも成仏できる」と論じた。この天台宗の見解は、中国ではかなりの論争を巻き起こしたが、日本では有力な宗派すべてで受け入れられ、「草木国土悉皆成仏」という言葉が生まれた。そして、この言葉は草木の精が登場する作品に繰り返し用いられるようになる。「芭蕉」という作品は、草や木の絶えず変化する性質と、非情のものも仏性を得られるとする考えとを同時に表現することで、不変の仏性を持ちながらも、他のすべての現象と同様、絶えず変化しつづける植物のありようを通して、人間が悟りを開ける可能性を示唆している。

草木の精が出てくる作品はまた、和歌に価値があると説く。『伊勢物語』の和歌をもとにした「杜若」が、その好例である。三河《みかわ》の国の八橋《やつはし》を旅する僧（ワキ）が咲きほこる杜若を眺めていると、若い女が現れ、在原業平《ありわらのなりひら》が東下《あずまくだ》りの際に詠んだ杜若の歌について語り、やがて女は、業平の歌にある唐衣をまとって再び現れる。そして女は、自分が杜若の精であることを明かし、業平はこの世に現れた菩薩であり、その歌には妙法の力があると述べる。そして草木まで成仏できる業平の歌の恵みによって自らも成仏したいと語る。作品は次のような謡の詞章で締めくくられる。

杜若の、花も悟りの、心開けて、すはや今こそ、草木国土、すはや今こそ、草木国土、悉皆成仏の、御法を得てこそ、失せにけれ。

（杜若の花も悟りの心を開いて、まさに今こそ、草木国土、まさに今こそ、草木国土悉皆成仏の御法を得て成仏し、姿を消してしまったのだった。）

業平が菩薩の化現であるという考え方には、土着の神々を本地である諸仏や菩薩などの化身（垂迹《すいじゃく》）とする本地垂迹信仰が反映している。中世後期には本地垂迹説はしばしば逆転し、土着の神々（ここでは業平）のほうに高い価値を与え、土着の神々を垂迹ではなく本地とした。「杜若」は仏教思想を利用しながらも、和歌をより優位に置き、神仏の本源であり顕現であるとした。

能は庶民の物まねや歌舞といった庶民の娯楽として始まったが、観阿弥《かんあみ》と世阿弥《ぜあみ》が和歌の伝統を能に取り込み、将軍の前で定期的に演じるまでに能の地位を高めた。能を新たに作り直していくなかで、能作者たちは古代の神話から説話、仏教に関する文書まで利用可能なあらゆるものを用いた。その際、彼らは特に、特定の歌題や言葉に関する語彙《ごい》的、文化的連想を与えてくれる連歌の手引書と、和歌に登場する場所や花などの植物の「歴史的由来」や、和歌の背後にある「歴史上の人物」を探り出そうとした中世の和歌の注釈書という二つの資料を大いに利用した。たとえば、高砂《たかさご》と住之江《すみのえ》の松に関する秘伝が相生《あいおい》の松を詠んだ歌と組み合わされ、能の「高砂」のもととなった。能作者はこの種の注釈を本地垂迹説と結びつけ、文学を「狂言綺語《きご》」とする仏教側の非難に対抗し、観客の悟りを開く手段としての和歌の重要性を強調した。

植物、殊に木の精が神である能も少なくない。景山春樹《かげやまはるき》によると、神は元来、ある特定の岩や木に宿る、形のない存在と考えられていた。枝や木の葉も含め、樹木は神の依代《よりしろ》としても機能した。たとえば、榊《さかき》は古くは『日本書紀』の、天岩屋戸《あまのいわやど》に籠《こも》った天照大神《あまてらすおおみかみ》を引き出すために、天鈿女命《あめのうずめのみこと》が頭に榊の枝を挿したという話にみられるように、神への供物、あるいは穢《けが》れや災厄を祓《はら》うものとして神事で用いられた。本来、神々の住む聖なる森が神社であった。また、神々が降臨する依代《よりしろ》は、多くの場合、神木あるいは神籬《ひもろぎ》と呼ばれる聖なる樹木であった。

こうしたアニミズム的信仰が、「老松」、「高砂」、「三輪《みわ》」といった能の背景にある。世阿弥の夢幻能のなかでも脇能物の「老松」では、都人の梅津《うめづ》某（ワキ）が北野天満宮の夢のお告げを受け、菅原道真の菩提寺《ぼだいじ》である筑紫《つくし》の安楽寺《あんらくじ》を参詣する。梅津某はそこで木守りの老翁（前ジテ）と花守りの男に出会う。二人は神木である老松と紅梅殿のいわれを語ると消え失せる。後半では老松の神霊（後ジテ）が御代の久しき春を寿《ことほ》ぎ、舞楽を奏する。「老松」は、大宰府に左遷された道真が詠んだ「東風《こち》吹かばにほひおこせよ梅の花あるじなしとて春な忘れそ（春になって東の風が吹いたら、その風に託して香りを私のもとに送っておくれ、梅の花よ。主人の私がいないからといって、咲く春を忘れるなよ）」という歌に応《こた》えて、梅が彼の後を追い、一夜のうちに都から筑紫に飛び、その後、松もそれに続いた——老松という名は、「老いた松」とも「追い松」とも読むことができる——という菅原道真の伝説を能の作品に仕立てたものである。また、「高砂」では、住吉明神が住吉の松に、高砂の精が高砂の松に宿っている。「三輪」では、僧都（ワキ）が女（前ジテ）に衣を与えると、その衣は翌日、杉の木にかけられていた。僧都がその杉の木の下で祈ると、三輪明神が女の姿で現れ、三輪山の神代の昔物語を語り、神楽《かぐら》を舞ったのち姿を消す。ここでは三輪明神は杉の木に宿っている。

こうした例からわかるように、能に登場する自然は、和歌に代表される平安宮廷文化の伝統と、中世のアニミズム的な農村の風景にその起源を辿《たど》ることができるが、一つの作品に両者が混ざり合っていることも多い。

抵抗と正当化

中世には、農民が新田を求めて開墾を行ったため、広範囲に森林伐採が進んだ。中世の説話が示すように、森を切り開きたい農民たちと大木に宿る精に対する長年の信仰との間には絶えず葛藤が起こった。中世の説話には二種類の森が登場する。一つは、里山を取り囲み、山の麓に広がる、赤松に代表される低木の雑木林である。この林は共同体の財産と考えられ、村人が肥料や建築資材、薪、その他の必需品として用いるために、絶えず伐採や採取を行った。もう一つは、山の奥深くにある森であり、樫《かし》や椎《しい》、その他の広葉常緑樹が広がっていた。高く聳えるこれらの木々は神聖なものと考えられ、神が宿ると信じられていた。

日光を遮る大木を切り倒すことを余儀なくされた農民たちは、助けを求めてしばしば天皇など高位の権力者を頼った。『今昔物語集』（十二世紀初め）の最後の話（巻三十一第三十七話）には次のような話が収められている。

然る間、その国の志賀、栗太、甲賀三郡の百姓、この木の陰に覆はれて日当たらざる故に、田畠を作り得ること無し。これに依りて、その郡々の百姓等、天皇にこの由を奏す。天皇、即ち掃守《かにもり》の宿禰《すくね》□等を遣して、百姓の申すに随ひてこの樹を伐り倒してけり。然れば、その樹伐り倒して後、百姓田畠を作るに豊穣なる事を得たりけり。

（近江の国の志賀、栗太《くりた》、甲賀《こうが》の三つの郡の農民たちは、大木の木の陰に覆われて日があたらないため、田畑が作れないでいた。そのため農民たちは天皇にそのことを奏上した。天皇はただちに掃守の宿禰たちを遣わして、農民の申請に従ってその木を伐採した。その後は、農民の田畑は豊かな収穫をもたらすようになった。）

この物語は、人々に繁栄をもたらす天皇の権威を高めるものとなっているが、現実の農民たちは大木を伐採することを恐れ、木の精の怒りを鎮めなくてはならないとも感じていた。北條勝貴《ほうじょうかつたか》が指摘するように、こうした葛藤を描いた神話、伝説、民話には長い歴史があるが、大木の伐採を正当化するか、樹木側の抵抗を示すか、いずれかのベクトルに向かう傾向がみられる。樹木側の抵抗を語る民話は、以下のような八つの要素を含んでいる。

（1）木の一部が切り取られても、すぐに元通りになる。

（2）木の切り口から血が流れる。

（3）木が切られることに抵抗する。
（4）切られる時、木が叫んだり、呻《うめ》いたりする。
（5）木の精が人間の形をして現れ、人間と結婚する。
（6）木こりが病に倒れたり、死んだりする。
（7）木を切ることで自然災害がもたらされる。
（8）木が切られても、動かされることに抵抗する。

こうした物語では、木は人間と同じような感情、身体、苦しみを持つ姿で描かれ、木の精が人間と結婚した場合、その夫婦に子が生まれるが、木が切り倒されると、木の精とその家族は離ればなれになる。さらに、切り倒されたり、動かされたりすることに木が抵抗した場合、家族がその木の精を慰めるための祈りを捧《ささ》げ、最後にその木が切り倒されることもある。

木の精をめぐる物語でもっともよく知られる作品は、「三十三間堂棟木由来《さんじゅうさんげんどうむなぎのゆらい》」である。宝暦《ほうれき》年間（一七五一―六四）に浄瑠璃《じょうるり》として登場し、その後、歌舞伎の演目として人気を博した。主人公は熊野《くまの》の山にある大きな柳の老木である。この柳の木はまさに切り倒されようとするところを、横曾根平太郎《よこそねへいたろう》という武士に救われる（熊野山系がヤマト王権の中心地に近かったためか、記紀では木の精に関する伝説はほとんどすべて紀伊《きい》の国が舞台となっている）。歌舞伎では木の精はお柳《りゅう》という美女として登場し、平太郎と結婚し、緑丸《みどりまる》という子をもうける。しかし白河《しらかわ》法皇の求めで、熊野にあるその木を切り倒し、京都の三十三間堂の棟木を作るという命令が下される。自らの死を悟ったお柳は平太郎と緑丸に別れを告げ、姿を消す。大木は切り倒され、都まで運ばれてくるが、平太郎の家の前で突然動かなくなる。しかし、緑丸が木にまたがり、歌を歌うとようやく再び動き始め、三十三間堂は完成する。

日本の神話では、人間と動物との結婚は、人間が約束を破って動物を見てしまったときに終わるのが一般的だが、人間と植物との結婚の場合は、植物は枯れるか、切り倒されることが多い。夫婦や母子の強い絆《きずな》を強調する「三十三間堂棟木由来」の浄瑠璃や歌舞伎は、白河法皇が治める国の権力と、犠牲となる木への庶民の同情との間の緊張関係を映し出している。また、多くの能と同じく、この作品は非業の死や不当な死を遂げた神々や精に祈りを捧げることが意図されており、鎮魂の役割を担っていた。

中世後期のお伽草子や能の特徴として、古代には広くみられたものの、平安宮廷和歌と物語からはほとんど姿を消していたアニミズムが再び大きく登場してきたことが挙げられる。お伽草子は、里山で村人と接触する狐や狸、その他のなかば想像上の動物についての民話を取り込んでいる。説話に植物の精や動物の霊がよく現れるのは、「草木国土悉皆成仏」という仏教の信仰がますます広まったことが一因かもしれない。『日本霊異記』のような奈良時代の説話集と異なり、お伽草子や能は動物を劣った存在と見るのではなく、動物や植物も悟りを開いて成仏できるとみなした。この考え方が、樹木や植物、動物などの霊を土地の神として畏《おそ》れ敬うという長年にわたる土着の信仰と重なり合い、しばしば異界への回路として機能した。さらに、自然と四季に対する、都の和歌的で優雅な見方もまた、お伽草子や能に大きな影響を与えた。その結果、和歌的な自然のイメージと農村の自然のイメージとが豊かに混じりあった作品が生み出されていった。

室町時代から江戸時代初期は、大規模な都市の建設、新田の開発、森林での過度な採取や伐採と貧弱な環境保全のために、自然が大きく破壊された時期であった。田舎の村々では禿山《はげやま》が生まれ、動物たちが本来の生息地から追い出され、狼などの動物が人間を襲う事態を引き起こした。お伽草子に登場する多くの動物や植物の精は、当時、既にひどく破壊されていた自然環境の代用品であったのかもしれない。人間と動物や植物との生態系のバランスが崩れてしまったため、社会的、文学的無意識において動物や植物の精がよりはっきりと現れるようになったのである。能に登場する大半の精と同様、お伽草子に出てくる動植物の精も、消えていったものたちの声と考えられるかもしれない。多くの能は、現に苦しんでいるか、既に死んでしまった動物や植物に対する救済の祈りで終わる。これは明らかに、死んだものを鎮魂し、さらに破壊されてしまった自然、特に本来の生息地から追われた動物や、木々が伐採されてしまった森や林を慰撫する必要があったことを示している。

このような葛藤は、特に大木をめぐって顕著にみられる。歴史的に見ても、日本は寝殿造や書院造、神社仏閣、城、舟、御所などの伝統建築において多くの木材を用いてきた。木材は実際、日本建築やデザインの「自然豊かな」外観に不可欠であり、人間と自然の調和という感覚に大きく寄与している。八世紀半ばの奈良の東大寺《とうだいじ》建立が大規模な森林伐採をもたらした初めての事例である。その後も大量の木材を消費することで、森林伐採の必要性とそれによって引き起こされる不安や恐怖との間に絶えず緊張関係が生まれた。説話を始め、大木の伐採をテーマとするいくつもの作品が、そうした破壊に対する抵抗と正当化を描いている。

宮廷と農村のいずれにあっても、自然は常に恐れられると同時に敬われてきた。そうした中、まずは宮廷文化、次いで民衆文化において、和歌、絵画、装飾、能などに描かれた秩序ある自然のイメージが、予測不可能な脅威に見舞われたときなどに慰めや安らぎを与えるものとして用いられ、自然がもたらす厳しい現実の世界にある種、調和の感覚を与えるようになる。

第五章　季節を越えて――護符と風景

日本の詩歌は、自然のはかなさや季節の移り変わりに対してきわめて鋭い感性を示す。雨の多い気候と植物の成長の早さがそうした感性を生みだしたのかもしれない。たとえば古代日本の象徴であった葦《あし》は、世界でももっとも成長の早い植物の一つである。しかし、諸行無常という仏教の教えが浸透させた、生ははかなく、この世は不確かであるという考え方を表現する比喩《ひゆ》として、自然の移り変わりが用いられるようになったと考えるほうがより説得力がある。そして、自然をはかなさや不確かさと結びつける視点は、平安時代から目立つようになり、咲くとすぐ散る桜の花などの歌の主題が示すように、自然や人生を詩的に表現する際に広く見られるようになる。

自然は常に変化するという考え方は、護符（お守り）、祝儀、吉兆などの役割を持つ自然のイメージ、あるいは、季節を超越する自然のイメージを伴う。命や自然のはかなさに抗《あらが》うためである。オックスフォード英語辞典は、護符（talisman）を次のように定義している。

数字や文字が刻まれた石、指輪、あるいはその他のもの。また、それが作られた時の星の影響や天体の現象の持つオカルト的な力を有するとされる。また、それを所持する者の魔除けとなり、幸運をもたらすお守りとして身につけられる。さらに、癒しを施す医術としても用いられる。つまり、魔力を付与されていると考えられるあらゆるもの。

日本では護符的な力はさまざまな自然から得られることが多く、自然の言語的、視覚的、演劇的な表現に護符的な機能が繰り返し現れる。文化的に重要な植物の歴史を詳しく見ていくと、三種類の基本形が確認できる。

・桜、萩《はぎ》、女郎花《おみなえし》など、はかなさ、もろさ、か弱さを表現するもの。
・桃、橘《たちばな》、藤、菊など、特定の季節と結びついているが、吉兆を表したり、護符や祝儀の機能を有しているもの。
・松や竹など、季節を超越し、非常に強い護符や祝儀の機能を持つもの。

自然のイメージの持つ護符的な力は古代に現れ、平安時代の宮廷文化で大きな役割を果たし、中世においても非常に重要であり続けた。室町時代の能では、五番立ての能の最初に演じられる脇能物が祝儀の役割を果たした。なかでも、「高砂」、「枕慈童」、「鶴亀」などがよく知られるが、自然のイメージを長寿や幸せを祈る手段として用いている。護符や祝儀といった役割は、「浦島太郎《うらしまたろう》」や「さざれ石」、「すゑひろ物語」などのお伽草子《とぎぞうし》にも広くみることができる。江戸時代初めにはこうした物語は、幸運をもたらすとして年の初めに若い女性に読まれ、嫁入り本として贈られることもあった。こうした縁起のよい物語（「祝儀物」）には、幸せな結婚、子供の誕生、蓄財、出世、その他の世俗的な成功への祈りが描かれるが、とりわけ長寿と若返りが祈りの対象となった。こうした物語では浄土、蓬莱山《ほうらいさん》、竜宮《りゅうぐう》のような、老化や死とは無縁のユートピア的な場所とともに、季節を超越し、吉兆を表す自然のイメージが大きな役割を果たしている。理想化された異界は、日本、中国、インドの神話にその起源があるが、それらの神話の要素が融合したものも多い。

もっとも頻繁に用いられる自然のイメージはおそらく、松、竹、鶴、亀、七草だが、すべて新年の儀式に欠かせないものである。唐を舞台にしたお伽草子の「七草草紙」では、七草がどのようにして縁起物になったのかが語られる。祝儀もののお伽草子は、祝儀物の能の作品と同じく、多くは古代中国が舞台で、きわめて長寿の皇帝が描かれるが、これもまた、幸福のイメージであった。また、「文正草子《ぶんしょうそうし》」や「一寸法師」など、低い身分の人物が高い地位に上りつめる話は、夢のような話として庶民を魅了したであろうが、そうした話を読むこともまた、幸運をもたらすと考えられていた。市古貞次《いちこていじ》が論じるように、室町時代にこうした物語に人気があったのは、戦いによる混乱、不安定な社会、毎日の生活の不確かさなどがもたらす、そこはかとない無常感が原因なのかもしれない。護符による加護を望む気持ちは、最下層から平安時代の宮廷や中世の権力の中枢にあった武家社会といった最上層にまで広がった。最上層のそうした感情は、屏風絵《びょうぶえ》、デザイン、衣装などに贅沢《ぜいたく》に表現されている。

緑の力

古代には、春に芽ぶく緑の葉と咲きみだれる色鮮やかな花は生命力に満ちていると信じられ、生い茂る木の葉や咲き誇る花々の歌を詠むのは、草花の生命力を称《たた》え、その力を引き出す手段であった。また、生命力が自分の身体にも宿るよう、花や葉や木の枝を折って、髪にかざした。この古代信仰は、八世紀には宴《うたげ》の際に柳、桃、萩、撫子《なでしこ》などの枝や花で髪を飾る習慣となる。寄生《ほよ》(宿木)、橘、杉、松といった常緑樹の葉は、生命力がとりわけ強いと考えられた。

あしひきの山の木末《こぬれ》のほよ取りてかざしつらくは千年《ちとせ》寿《ほ》くとそ　(万葉　十八・4136)

この歌は、七五〇年一月二日の新春の宴で大伴家持が詠んだもので、「山の木々の梢《こずえ》に生えている寄生を髪に挿したのは、皆の千年の長寿を願ってのことだ」と、当時の風習が描かれている。

同じような信仰は、儀式の際に神道では榊《さかき》の枝を、仏教では樒《しきみ》を用いることにも見いだせる。

春になると花見など一連の年中行事が続くが、もともと花見は、花の生命力を花見に集った人々に移すための行事と考えられていた。たとえば、もっとも重要な春の行事の一つである「野遊び」では、草の瑞々《みずみず》しい生命力を身体に取り込むために、草を摘み、茹《ゆ》でて食した。

花や草木の持つ特別な力に対する信仰は、七世紀から八世紀にかけて貴族の間で流行した、中国伝来の唐草文様にも明らかである。唐草文様の中でももっとも人気のあった文様は、蓮《はす》、忍冬《にんどう》、宝相華《ほうそうげ》などであり、どれも決して枯れることはないとされていた。このうち、宝相華文様には、牡丹《ぼたん》、蓮、柘榴《ざくろ》などの花から一部をとって組み合わせ、一つの美しい花を唐草文様風に浮かび上がらせたものもある。そうした花は中国では極楽や不老不死の世界に咲くと考えられ、日本では仏典を納める経箱に描かれた。

季節を超越する木とされたもののなかで、松はもっとも重要でとりわけ人気が高かった。日本に自生する松としては赤松と黒松がよく知られるが、赤松は山や開墾された野に、黒松は海岸近くに生育する。古代から松は材木や松明《たいまつ》として用いられたが、長命と常緑の色で知られるようになり、長寿を連想させる神聖な木となった。

茂岡に神さび立ちて栄えたる千代松の木の年の知らなく　（万葉　六・990）

紀朝臣鹿人《きのあそんしかひと》が詠んだこの歌も、「茂岡《しげおか》に神々しく栄え、千年たつともみえる松の木はその樹齢せて枯れる花を、永久に変わらない常磐《ときわ》の松と対比させている。また、大伴家持は色あも分からないことだ」と、松を長寿を連想させる神聖な木としている。また、大伴家持は色あせて枯れる花を、永久に変わらない常磐《ときわ》の松と対比させている。

八千種《やちくさ》の花はうつろふときはなる松のさ枝を我れは結ばな　（万葉　二十・4501）

「多くの花は色あせてしまう、いつまでも変わらない松の枝を私たちは結びましょう」という歌だが、古代において松の枝を結ぶことは、無事と長寿を祈る行為であった。また、松の根は永遠に変わらないもののたとえであった。

神さびて巌に生ふる松が根の君が心は忘れかねつも　（万葉　十二・3047）

この歌では、恋人が自分を裏切ることはないと信じる女性が、「神々しく大岩の上に根を張る老松のように変わらないあなたの心を忘れられません」と詠んでいる。

さらに松は、神が降臨する場所である「依代《よりしろ》」でもあった。新年の門松、能舞台の橋懸り手前の三本の松、鏡板に描かれた老松はすべて、護符や祝儀としての松に対する信仰に由来する。同じように、平安時代に一月の子《ね》の日に行われた小松引きも、長寿を祈る行事であった。また、松は寝殿造の庭の主な木であり、池に映る松の影は屋敷の持ち主の繁栄のイメージと考えられていた。さらに、慶事の折に作られる屏風絵にも松は欠かせない要素となった。和歌では、松は同音の連想から「待つ」と結びつき、恋人を待つ思いを表す掛詞《かけことば》として用いられた。

梅の花咲きて散りなば我妹子を来むか来じかと我が松の木そ　（万葉　十・1922）

この歌も、「梅の花が咲いて散ったら、来るのだろうか来ないのだろうか、と私が待つ、その松の木だ」と、「松」と「待つ」とを結びつけている。実際、平安時代に入ると、「松」と「待つ」との連想は非常に強くなり、十世紀半ばの『後撰集』（九五一年）では松を詠んだ歌の半数以上が恋の巻に現れるようになる。

護符的な機能を持つ重要な植物としては他に、複数の地下茎を持つ多年性の竹がある。中国同様、日本も日常生活で竹を多く用いた。竹は食料、建築資材、筆の柄、笛、弓矢、傘、団扇《うちわ》、箒《ほうき》、行燈《あんどん》、提灯《ちょうちん》などに利用され、筍《たけのこ》も食料として大切にされた。竹は成長が早く、縁起が良いと考えられたため、竹という語が長寿と繁栄を意味するようになったと考えられる。また、竹は常緑樹であることから、不老不死とも結びつき、『後撰集』以降の勅撰《ちょくせん》和歌集の「賀」の巻にしばしば登場する。

色変へぬ松と竹との末の世をいづれ久しと君のみぞ見む　（拾遺　五・275）

『拾遺集』（一〇〇五—〇七年頃）所収のこの歌は、中宮の五十賀を祝って九三四年に作られた屏風絵のために詠まれたものであり、「松と竹とどちらが久しいかを見ることができるほど長寿なのは、我が君（中宮）だけだ」としている。さらに、『千載集』（一一八八年）に収められた次の歌にみられるように、竹は茎に多くの節があることからも、長寿を連想させた。

植ゑて見るまがきの竹のふしごとにこもれる千世は君ぞよそえん　（千載　十・607）

「植えて見ているまがきの竹の多くの節ごとにこもっている千世の齢《よわい》は君こそがなぞらえることになるのでしょう」と、竹の持つ長寿のイメージを詠んでいる。

ところで、中国で竹林といえば、世俗を離れ、竹林の下に集って清談を楽しむ「竹林の七賢」を連想させたが、日本でも「竹林の七賢」は人気の高い画題となる。さらに、竹が常緑でまっすぐに伸びることから、忠義や貞節の象徴ともなった。

縁起の良い鳥と魚

日本文化において季節を超えてめでたい鳥は鶴である。鶴という語は普通、今でいう丹頂鶴を指す。丹頂鶴は川、沼、海の近くに生息し、魚を餌とする。鶴は『万葉集』では四六首に詠まれ、鳥としてはホトトギス、雁《かり》、鶯《うぐいす》に次いで四番目に多い。鶴を詠んだ初期の歌の大半は、海辺を旅した貴族が詠んだものである。

若の浦に潮満ち来れば潟をなみ葦辺をさして鶴《たづ》鳴き渡る　（万葉　六・919）

「若《わか》の浦に潮が満ちてくると潟がなくなるので、葦の生えている岸辺をめざして鶴が鳴きわたっていく」と、山部赤人《やまべのあかひと》が詠んだこの歌のように、鳴きわたる鶴が旅人の孤独の比喩となっている（『万葉集』では、ツルではなく、タヅが歌語として用いられた）。

また、鶴のつがいは夫婦円満で、一緒に子どもの世話をすると考えられたので、鶴の鳴き声はつがいの相手や子どもを思う気持ちを表した。

夜の鶴みやこのうちにはなたれて子を恋ひつゝもなきあかすかな　（詞花　九・340）

「夜の鶴は籠《かご》の中で子を思って鳴くというけれど、私は都の中に遠ざけられ、夜となると子を恋い慕って鳴きあかす」くらいの意である。『詞花和歌集』（一一五一–五四）所収のこの歌は、罪を得て明石にある息子伊周《これちか》を思う高内侍《こうのないし》の心情を詠んだ歌であり、家族を強く思う気持ちと鶴とを結びつけることは平安時代も続いた。鎌倉時代には、阿仏尼《あぶつに》（一二八三年没）が息子の冷泉為相《れいぜいためすけ》の行く末を案じ、歌論書『夜の鶴』（一二七六年頃）を書いている。

平安時代に鶴は長寿の象徴になる。鶴が鳴きわたる鳥から縁起の良い鳥へと変化したのは、おそらく中国の影響があるだろう。嵯峨《さが》天皇の時代（在位八〇九－八二三）に中国の影響を受け、菊が縁起の良い花となったのと同様である。賀の歌では、鶴はよく亀や松と組み合わされた。

高砂の松にすむつる冬来れば尾上の霜や置きまさるらん　（拾遺　四・237）

この清原元輔《きよはらのもとすけ》の歌も、「松をねぐらとする白鶴の尾羽に霜が降りて、白鶴がその白さを増すので、松の持つ永遠の命もさらに強まる」と、鶴を松と組み合わせて詠んでいる（紅と同じく、白もめでたい色と考えられていた）。

第二章でも触れた藤原定家の月次歌「詠花鳥和歌各十二首」は、狩野派などの江戸時代の絵画でも非常に人気が高かった。「詠花鳥和歌各十二首」では十月の歌に鶴が詠まれていたため、尾形乾山や狩野永敬《えいけい》の作品にみられるように、十二カ月花鳥画では鶴は十月に描かれるようになる。つまり、鶴は季節的な鳥としても、また季節を超えた鳥としても機能するようになった。

天平年間（七二九－七四九）に、古代アッシリアやエジプト、ペルシャなどを起源とする装飾文物が、唐や新羅《しらぎ》から日本にもたらされたが、それらの文物の多くが、鳳凰《ほうおう》、迦陵頻伽《かりょうびんが》、鸚鵡《おうむ》、鴛鴦《おしどり》、孔雀《くじやく》といった、縁起のよい特別な力を持つ瑞鳥《ずいちょう》や花喰鳥《はなくいどり》などの文様で装飾されていた。

鳳凰は想像上の鳥だが、中国では麒麟《きりん》、龍、亀と並んで四霊とされた。『延喜式《えんぎしき》』（九二七年）には、鳳凰は鶴に似て、鶏の嘴《くちばし》、燕《つばめ》の顎《あご》、蛇の首、前は麒麟、後ろは鹿の胴体を持つと記されている。『枕草子』の「木の花は」の段には、「桐の木の花、紫に咲きたるは、なほをかしきに、葉のひろごりざまぞ、うたてこちたけれど、（中略）唐土にことことしき名つきたる鳥の、選りてこれにのみ居るらむ（桐《きり》の木の花が、紫色に咲いているのはやはり風情があるが、葉の広がる様子が、異様におおげさなのだが、（中略）中国で大げさな名前のついている鳥（鳳凰）が、選んでこれ（桐の木）ばかりにとまっているらしい）」とある。中国と日本では、鳳凰は平和と賢帝による治世の象徴となり、皇帝や天皇の袍《ほう》（表衣《うえのきぬ》）には桐、竹、鳳凰の文様が施された。日本では鳳凰はまず飛鳥《あすか》時代に手工芸品に描かれ、平安時代には、鳳凰堂の名で知られる宇治の平等院《びょうどういん》阿弥陀堂のように、絵画や建築の重要な題、モチーフ、文様になった。鳳凰は桃山《ももやま》時代に大名の間で人気が高まり、彼らは屏風に鳳凰を描かせたが、その風習は江戸時代も続いた。土佐光吉《とさみつよし》作とされる屏風絵『桐竹鳳凰孔雀図屏風』はその一例である。江戸時代には、夜の邪気を祓《はら》うために桐と鳳凰の文様が施された掛け布団も作られている。

また、迦陵頻伽は仏教で説かれる想像上の鳥だが、上半身が菩薩で下半身が鳥の姿をし、極楽浄土に住み、仏陀のような妙なる声で鳴くと考えられていた。鸚鵡も日本の絵画やデザインでは縁起の良いモチーフとされ、たいていは二羽の鸚鵡が向かい合うつがいの形で描かれた。

また、鴛鴦も雌雄がいつも一緒にいるので、貞節や夫婦円満を表す幸福の象徴として、陶磁器、絵、鏡、能の衣装、婚礼家具、衣服などに描かれた。さらに、花喰鳥は極楽から幸運をもたらすと信じられ、花喰鳥文様は天平年間に非常に人気があったが、平安時代になると鶴が松の枝を嘴にくわえた松喰鶴《まつくいづる》文様へと変化した。鶴、松、花をくわえた鳥という、いずれも長寿を表す三つの象徴からなるこの組み合わせは、平安時代から中世にかけての鏡、漆器、染物に多くみられる。これらの吉兆の鳥は、衣服や家具などの装飾では、松や竹のような縁起の良い木や植物と組み合わされることが多かった。

こうした異国風で神秘的な鳥の多くは、南北朝時代に始まり、江戸時代に盛んになった花鳥画の題材としても人気を博した。これらの鳥を描いた花鳥画、特に幕府や朝廷がパトロンとなった土佐派や狩野派の作品は、重要な場面で身分の高い人や権力者への贈り物として用いられたが、幸運をもたらしたり、贈られる側の徳や権威に感謝するという儀式的な役割を担ったりしていた。婚礼の祝いとして贈られる場合は、絵は幸運を祈るお守りであり、夫婦円満の生活が末永く続くことを確かなものとする意味があった。

植物や鳥と同じく、魚にも縁起の良いものがあり、特に鯉と鯛《たい》がそうであった。中国では「魚」という言葉は「余」と「玉」と音が同じなので、「幸運」や「子孫繁栄」を意味した。魚は大量に排卵するので多産豊穣《ほうじょう》の象徴となり、古代から日本でも人気のある文様であった。エビは漢字で「海老」と表記するように長寿を連想させ、鰹《かつお》は「勝つ」と音が同じなので、武士の間で縁起が良いと考えられた。黒豆が「まめ」（健康や強靭《きょうじん》な身体）を連想させるので、新年に食されるのとよく似ている。

中世には鯉は魚の王とされた。『徒然草』の百十八段で兼好《けんこう》法師は鯉を「やんごとなき魚（高級な魚）」としている。中国では鯉は龍門《りゅうもん》と呼ばれる急流を遡《さかのぼ》り、龍になると考えられたので、出世や成功のシンボルとして尊重され、日本では鯉は武士の元服の際に供された。端午の節句に鯉のぼりを掲げる風習は、この伝統が受け継がれたものである。

江戸時代には、政治的、経済的な力が、内陸の盆地から大きな港町に移ったため、美味で、姿形もよく、縁起も良い鯛が魚の中で最良の魚とみなされるようになり、魚の中の魚として鯉に取って代わった。『百魚譜』の冒頭の句で、俳人横井《よこい》也《や》有《ゆう》（一七〇二―八三）は「人ハ武士、柱ハ檜の木、魚ハ鯛とよみ置ける」と書いている。鯛は産卵のために遡上《そじょう》する前、大量のエビを食べるので赤い色が強くなると考えられ、桜鯛や花見鯛と呼ばれるようになり、春の季語となった（実際には鯛は産卵の時期にホルモンの影響で赤い色がさらに鮮やかになる）。また、縁起のよい色をし、「めでたい」という形容詞とも音が重なるため、鯛は七福神の一神である恵比須《えびす》と結びつき、恵比須は鯛を手にした姿で描かれるようになり、商売繁盛の神となった。商家では十月二十日に恵比須講を祝い、使用人、親戚《しんせき》、友人、客を招いて宴を開いた。また、武士は戦いで「斬られる」ことを避けようとすることから、祝い事の際、鯛は尾頭付きで出された。

吉兆の風景

平城京と平安京は、北、東、西を山で囲まれた盆地であった。『万葉集』の四季の歌では、春はまず、山にかかる霞《かすみ》として現れる。夏の前触れであるほととぎすは山のもう一方の側から姿を見せ、秋の鹿は山に住み、雁は山を越えていく。つまり、山は四季の移り変わりを示す重要な風景であった。それは「秋山」という歌語が紅葉を、「夏山」が五月雨《さみだれ》のもたらす深い緑色に生い茂る草木を意味することなどにも明らかである。また、『懐風藻』にみられるように、既に奈良時代には、山は不老不死の仙人の住む場所と考えられていた。仏教と民間宗教では、大きな山々、特に高く聳《そび》える峰々のある山は霊山とみなされ、参詣の場となった。

所有者や制作者に幸運や神仏の加護をもたらすと考えられた風景もある。もっとも顕著な例は、寝殿造や寺社の庭にある中島である。中島のある池は、神々が住む島とされた「常世（常世の国）」に関連する古代信仰にその起源を辿《たど》ることができる。庭の池に中島を作ることで、奈良時代や平安時代の貴族は神々の力を自分たちの近くに置こうとした。寝殿造の南面の中央に一つか二つの中島がある小さな池を配し、島の端はたいてい大きな波の打ち寄せる荒磯《あらいそ》のように作られた。また、潮が引いた後の浜辺に似せて石を並べて作った州浜も、海を連想させるものであった。

中島も州浜も、和歌、衣服、漆器、鏡、家具など、日本の伝統芸術で縁起のよいイメージとして多く用いられた。平安時代の歌合、新年や婚礼などの祝いの折には、持ち運びのできる州浜が寝殿造の中心である寝殿に置かれた。第三章でも触れたように、州浜は松竹梅や鶴亀などの飾りが置かれた州浜形の台で、なかには尉《じょう》や姥《うば》を中央に立たせたものもある。

さらに、六世紀後半から蓬莱、方丈《ほうじょう》、瀛州《えいしゅう》という三つの神山をめぐる中国の神仙思想が日本に伝わり、土着の常世信仰と融合する。平安時代にはこの想像上の三神山は、不老不死と幸運の象徴として昔からよく知られていた鶴島や亀島と結びつき、鶴島や亀島に姿を変えることもあった。室町時代には石で作られた鶴島と亀島が特に人気があり、枯山水にも表現されている。

四方四季

護符的な風景のもう一つの形式は、四方四季の庭である。四方四季の庭は平安時代に現れ、お伽草子に特に多く登場するが、四つの方角にそれぞれ違う色を配するという考え方は、一部、風水に由来している。中国と朝鮮半島から伝わった風水は奈良時代と平安時代の都市計画に影響を与えた。風水は、土地はそこに住む人々の繁栄を確かなものとする生命力を備えているという信仰に基づいている。理想的な地形は、北は山、東西は丘陵、南は海か川に面した平地からなるものであり、藤原京、平城京、平安京および鎌倉の地は、この条件を満たすように造られた。

風水は四つの方角を四神が司《つかさど》り、四つの色が応じるという四神相応を中心に展開する。橘俊《とし》綱《つな》の作とされる『作庭記』では、家から東へと向かう流水は青龍、家の西にある大道は白虎《びゃっこ》、家の南にある池は朱雀《すざく》、北側の丘は玄武と呼ばれている。平安京では東の流水は鴨川《かもがわ》、西の大道は山陰道《さんいんどう》、南の池は巨椋池《おぐらのいけ》、北の丘は北山《きたやま》がそれぞれ対応する。

青龍／東／春

玄武／北／冬

朱雀／南／夏

白虎／西／秋

古代には秋は西からやってくると考えられていた。平城京の北西の角に位置する渓谷を流れる龍田川が、もっとも有名な歌枕であったことは重要である。龍田が秋と結びついたのは、龍田神社の神が風を支配し、秋の収穫を左右すると考えられていたためであろう。また、龍田山が神格化された龍田姫は、秋の女神とされた。一方、平城京の東北に位置する佐保山《さほやま》は春の女神である佐保姫の住まいであり、佐保姫は佐保の山の麓《ふもと》にある佐保神社に祀《まつ》られている。つまり、春と秋の神が平城京の東西を司っているのである。

風水をもとに、東に春、南に夏、西に秋、北に冬を配した庭は文化的な理想となり、『うつほ物語』、『源氏物語』、『栄花物語』のような宮廷物語に描かれるようになる。藤原道長の生涯を描いた歴史物語『栄花物語』の「駒くらべ」の段には、藤原頼通《よりみち》が一〇一九年に再建した高《か》陽院《やのいん》（賀陽院）の描写があるが、それによると、その庭は「四季は四方に見」えるように造営されていた。また、『うつほ物語』の「吹上」の章では、神南備種松《かんなびのたねまつ》の屋敷にある四方四季の庭——春の庭（東）に春の山、夏の庭（南）に夏の陰、秋の庭（西）に木の林、冬の庭（北）

に松の林——が描かれている。風水にもとづくもっとも有名な屋敷は、『源氏物語』の六条院である。六条院は政治上の絶頂期にあった光源氏が、彼のもっとも重要な女性たちを住まわせるために建てた屋敷だが、源氏が春に出会った紫上は春の御殿（南東）に、秋好は秋の御殿（南西）に、花散里は夏の御殿（東北）に、明石の君は冬の御殿町（北西）にそれぞれ住んでいた。源氏がもっとも大切にした紫上が春の御殿を、政治的にもっとも重要であった秋好が秋の御殿を占めていたことになる。もっとも、六条院は、『作庭記』などに記された風水の基本型による季節と方角との対応関係にかなり忠実ではあるが、夏の庭が一町半、他の季節は半町となっているように、必ずしも厳密に沿っているわけではない。

お伽草子の主人公は理想郷の世界を訪ねる時、四つの方角に四季が同時に存在する場所を訪れることが多い。「浦島太郎」のよく知られた版の一つでは、浦島太郎が逃がしてやった亀が、美しい女性として姿を現し、彼を竜宮城へと連れて行く。常世の国や蓬莱山に相応する竜宮城が、海中に姿をみせる場面は次のように描かれている。

まづ東の戸をあけて見ければ、春のけしきと覚えて、梅や桜の咲き乱れ、柳の糸も春風に、なびく霞の中よりも、黄鳥の音も軒近く、いづれの木末も花なれや。
南面をみてあれば、夏の景色とうちみえて、春を隔つる垣穂には、卯の花やまづ咲きぬらむ、池のはちすは露かけて、汀涼しき漣に、水鳥あまた遊びけり。木々の梢も茂りつゝ、空に鳴きぬる蟬の声、夕立過ぐる雲間より、声たて通るほとゝぎす、鳴きて夏とは知らせけり。

西は秋とうちみえて、四方の梢紅葉して、ませのうちなる白菊や、霧たちこもる野べのすゑ、まさきが露をわけ〳〵て、声ものすごき鹿のねに、秋とのみこそ知られけれ。

さて又北をながむれば、冬の景色とうちみえて、四方の木末も冬がれて、枯葉における初霜や、山々や只白妙の雪にむもるゝ谷の戸に、心細くも炭竈の、煙にしるき賤がわざ、冬としらする景色かな。

ここには、「東の戸を開ければ春の景色が広がり、咲き乱れる梅や桜、春風に吹かれる柳の枝、たなびく霞が見え、鶯の音が聞こえる。南の戸を開ければ夏の景色が広がり、卯《う》の花、池の蓮、水鳥、木々の梢《こずえ》が見え、蟬《せみ》の声やほととぎすの声が聞こえる。西の戸を開ければ秋の景色が広がり、紅葉や白菊が見え、霧がたちこめる野の果てにものさびしい鹿の音が聞こえる。北の戸を開ければ冬の景色が広がり、周囲の梢も枯れて、枯葉に霜がおり、雪に埋もれた山々の谷の入口にある炭竈《すみがま》から煙が立ち上る」光景が描かれている。春から夏、秋、冬へと移りながら、七五調の和歌的なリズムで季節の代表的な和歌の題が織り込まれている。春は東に、夏は南に、秋は西に、冬は北に現れ、また、寝殿造と同じように、ここでも南に池、北に山がある。

同じような場面は、他に多くのお伽草子にも見られる。「胡蝶《こちよう》物語」、「酒呑《しゆてん》童子」、「釈迦《しやか》の本地」、「浄瑠璃十二段草子」、「すゑひろ物語」、「七夕」、「田村《たむら》の草子」、「諏訪《すわ》縁起事」などがそうである。この世における一種の理想郷を描いた『うつほ物語』や『源氏物語』のような平安宮廷物語とは異なり、お伽草子は異界を描く。異界における四方四季の庭や住まいは、時の流れが止まる、あるいは時が何度も繰り返されることを表す象徴となり、庭は理想郷、つまり、常世の国や蓬萊山、仙境、竜宮城、浄土、さらには桃源郷の詩的表現となった。

　徳田《とくだ》和夫《かずお》によると、室町時代には四方四季というテーマは祝賀や祈願の役割を担っていた。たとえば四方四季にまつわる民間の踊りや歌は、一族の繁栄を願うものであった。十六世紀の屛風絵によく描かれた洛中《らくちゅう》洛外図では、京都が縁起の良い四方四季の順序で、春は東、夏は南、秋は西、冬は北に描かれ、それぞれの季節や場所にふさわしい年中行事が描かれている。たとえば、祇園《ぎおん》祭は京都の南に位置する下京に夏の風物詩として描かれた。こうした屛風絵は、四季絵や名所絵の伝統と融合し、都を理想的な場所として褒め称えた。

　季節と方角が結びついた絵は、大徳寺《だいとくじ》塔頭《たっちゅう》の大仙院《だいせんいん》と聚光院《じゅこういん》の襖絵《ふすまえ》にも見られる。聚光院にある狩野松栄《しょうえい》の『瀟湘八景』では、「江天暮雪」の冬景色が部屋の北の角に、「洞庭秋月」が西側に描かれている。また、お伽草子の「浄瑠璃十二段草子」には、屛風絵に描かれた四方四季の異界を描写したくだりがある。四季が同時に存在する異界を描く慣習は、江戸時代にも受け継がれ、たとえば平賀《ひらが》源内《げんない》の小説『風流志道軒《ふうりゅうしどうけん》伝』の主人公浅之《あさの》進《しん》は桃源郷へ行き、四季が共存する場所を訪れる。

古代日本の貴族文化における護符的で縁起の良いモチーフの多くは、中国にその起源がある。たとえば、中国起源の梅は、花が優雅なことと、冬の寒さの中で他の花よりも早く咲くところから、力や忍耐を示す花として称賛された。宋の時代になると、常緑の松や冬でも葉を茂らせる竹と組み合わされて、梅は誠実さと不屈の精神を意味する「歳寒三友」という画題を形成するようになる。また、梅は菊、蘭、竹（いずれも風、霜、雪、氷を堪え忍ぶ）と組み合わされ、「四君子」の一つとされた。「四君子」は学問にすぐれ、高徳な人物の清廉さや高潔さを表現するのに用いられていた。また、漢詩や室町時代の漢画の屏風絵、さらに江戸時代の文人画のような中国の影響を受けたジャンルでは、梅の堅忍さや強い幹や枝に注目することが多く、梅は護符的な役割と同時に強靭さ、順応性、清廉さ、高潔さという道徳的な性質を帯びた。しかし、和歌でもっとも人気のある花が八世紀には梅であったものが、九世紀から十世紀にかけて桜へと変化していく過程で、中国を中心とする視点から、より日本の土地に根ざした視点へと大きく変化する様子がしばしばみられる。梅も護符的、道徳的な性質ばかりでなく、季節を表す花として、より日本的な特徴を示す役割も担うようになる。梅の持つ季節の花としての役割は、平安時代の勅撰和歌集や絵巻ではさらに顕著になるが、なかでも雪や鶯と組み合わされ、晩冬や初春の風景を表すことが特に重要な役割であった。また、梅よりも桜がより人気のある花となったとはいえ、どちらも春の重要な花——桜は仲春から晩春を、梅は初春を代表する花——

であり続けた。さらに、和歌や大和絵では、梅は主にやわらかな美しさを示す季節的なモチーフとして機能した。

菊や橘など、その他の植物も多面的な特徴を持っていた。菊は平安時代には秋の重要なイメージとなり、不死、清廉さ、皇室と強く結びつくようになる。はかなさの象徴としてよく用いられる桜も、永遠の輝きや栄光の象徴として機能することがあった。花や木が季節的、あるいは季節を越えた存在のどちらにもなりうるということが、広範囲に及ぶ文化的活動、特に年中行事における花や木の役割を考える鍵《かぎ》となる。さらに、いけ花、茶の湯、能などでは、この二つの特徴はしばしば結びついた。たとえば立花では、真に（季節を超えた）常磐木を、躰《てい》や添えに季節の花を用いることが基本である。

仏教の図像も季節的、あるいは季節を越えた自然のイメージを用いる。なかでも重要なのは蓮の花である。図像学的にいえば、蓮は仏陀の座る場（蓮台《れんだい》）であり、周りの泥に染まらない悟りや清廉さを象徴する。牡丹は仏への供花にふさわしい花と考えられ、また孔雀は極楽の園で遊ぶ鳥と信じられていた。これらの連想はおそらく中国起源のものであろうが、一方で日本土着の信仰も、桜や秋の草と結びついて生まれた。たとえば、満開の桜には人を酔わせる力があり、酔わされた者は魂をあの世へ運ばれてしまうと信じられていた。また、桜の花が補陀落《ふだらく》山《せん》（南インド、中国、日本では那智《なち》の山の南側などさまざまな場所がその場所として考えられた）に咲く時は、浄土との距離がなくなり、この世が浄土になると考えられた。

自然の持つ護符的機能を理解する鍵は、いけ花の起源に見いだせるだろう。仏典では浄土は花で満ちた場所として描かれることが多く、寺の内部もこの世に浄土を表現する花で飾られ、花は蠟燭《ろうそく》や香と一緒に仏画の前に供えられた。この慣習からいけ花が生まれたと考えられる。同時に、日本では古代から花は、自然の中に住むとされた神々の力を表現したり、別の場所に移したりすることができると信じられていた。年中行事や祭りで、花や松や、それらを描いたものが、土地の神々を礼賛したり、慰撫《いぶ》するために用いられた。正月に家の門に飾る門松には、もともとは歳神《としがみ》を家に迎える依代《よりしろ》としての役割があった。また、書院造の床の間にも同様の役割があった。つまり、仏教の儀式であれ、日本の神々への祭祀《さいし》であれ、そこでは自然、特に花のイメージは、この世のはかなさを思い出させるばかりでなく、病や死を追い払ってくれる仏や神が降臨する際の依代として機能した。こうした信仰は中国や日本のさまざまな護符的な伝統とも共存した。そして、自然の儀式的なイメージを幅広い文化現象とした護符的伝統は、さらに年中行事に重要な役割を果たすようになる。

第六章　年中行事、名所、娯楽

四季の文化に欠かせない要素となった年中行事は、場所、職業、共同体、時代によって大きく異なっていた。年中行事は毎年同じ日に行われるものもあれば、毎年行われるものの、日は固定されていないものもある。また、年中行事は、初詣《はつもうで》や盆のような宗教儀式から、田植えや稲刈りのような農耕儀礼まで幅広い活動に及ぶが、花見や月見、紅葉狩りなど季節の自然を観賞するものもあれば、三月三日の雛《ひな》祭りのように、時代を経るうちに娯楽的な行事になったものもある。ほとんどの年中行事には複数の役割があり、一つの役割が中心となる行事もあれば、ある役割から別の役割へと変化した行事もある。多くは五節句のように、もともとは宮廷の行事だが、衣更《ころもが》えのように家庭で行われた行事もあった。いずれの場合も、こうした年中行事は四季の推移と密接に結びついた独特の飾り付けや衣装、供物、食べ物などによって、日常の時間とは明確に区別されていた。

宮廷で年中行事が広く行われるようになるのは平安時代以降だが、農村で行われる行事とは大きく異なる。宮廷の儀式の多くが中国の風習に由来するのに対し、農村の儀式は土地に根ざし、稲作と関連するものが多い。神前で農民が田打《たうち》、代掻《しろか》き、田植え、鳥追い、穂ばらみ、刈上げ、倉入れまでの一連の農事を模擬的に演じ、豊作と家や子孫の繁栄を祈願する田遊びは、その好例である。この風習は鎌倉時代に起こり、江戸時代に廃れるが、一月、特に十四、十五日の小正月に行われた。貴族が一月一日から七日までの大正月を重んじたのに対し、農民は小正月を重んじた。中世の農民の年中行事には他に、五月の田植儀礼がある。そこで歌われる田植歌は豊作を祈願する歌であったが、江戸時代には娯楽化し、民衆文化に受け継がれた。

江戸時代には、宮廷の主な年中行事、特に五節句は、新興の都市庶民社会に欠かせないものとなる。都市の住民向けの年中行事暦には、都市に起源を持つ行事が既に山ほど組み込まれていたが、さらに八朔《はっさく》のような、農村に起源を持つ行事も付け加えられた。八朔はもともと農村で八月朔日《ついたち》に近所で贈り物をする行事だったが、一五九〇年八月一日に徳川家康が初めて江戸城入りしたことから、大名や旗本にとっても年中行事となり、将軍に祝辞を述べる日となった。このように、年中行事は階級や共同体、または地域ごとに異なる意味を持っていたが、いずれの場合も社会的、季節的な時を示す役割を果たしていた。

五節句

奈良時代に宮廷は中国の年中行事をいくつか取り入れた。正月七日の白馬節会《あをうまのせちゑ》、一月十四日から十六日の踏歌、一月十七日の射礼《じゃらい》、三月の上巳（三月最初の巳《み》の日、後に三月三日に固定）、五月五日の端午の節句、七月七日の七夕、七月十三日から十五日の盂蘭盆《うらぼん》などである。そして、桓武天皇による平安京への遷都の後、宮廷の権力を強固なものとするために、宮廷は中国の年中行事をさらに取り込み、一月七日の七草、一月十五日と十八日の左義長、一月最初の卯《う》の日の卯杖《うづえ》、四月八日の灌仏会《かんぶつえ》、九月九日の重陽、十月の最初の亥《い》の日の玄猪《げんちょ》、大晦日《おおみそか》の追儺《ついな》などを行うようになる。

これらの宮廷行事は、藤原北家による摂関政治が最盛期を迎えた一条《いちじょう》天皇の頃には、貴族の屋敷でも行われるようになった。『枕草子』などからわかるように、平安中期の貴族にとってもっとも重要な年中行事は五節句である。一月一日、三月三日、五月五日、七月七日、九月九日という奇数の重なる縁起の良い日として、重要な宴《うたげ》が催された五節句は、季節感を形作るのに大きな役割を果たした。

旧暦で新年は春の始まりであり、貴族にとって一年でもっとも重要な行事であった。平安時代の新年の儀式は元日から子《ね》の日（一月七日であることが多い）まで続いた。子の日には宮廷の人々は野に出かけ、小松を引き、長寿を願って若菜を摘んだ。この慣習は次第に地方や庶民にも広がり、正月に一組の小さな松を家の門に置く門松の風習となる。平安時代には、一月を代表する画題は「子の日の遊び」であり、春の野で小松を引く縁起の良い場面が描かれた。なかでも春日野の若菜や若菜摘みは、一月の重要な歌題ともなり、『古今集』の春と賀の巻で詠まれている。子の日の行事は鎌倉時代には宮廷では行われなくなるが、若菜を摘んで食べる習慣は七草として今日まで続く年中行事となっている。

古代中国では三月の最初の巳の日は水辺で祓除《ふつじょ》（穢《けが》れを祓《はら》う儀式）が行われた。日本ではこの儀式が曲水の宴となり、奈良時代に三月三日に行われるようになる。桃の日とも呼ばれ、五節句の一つとなるが、平安時代には巳の日の祓《はらえ》として、穢れを人の体から人形《ひとがた》へと移し、その人形を川か海に流す儀式へと変わった。着飾った人形で遊ぶ風習はここから生まれたもので、室町時代には雛祭りとなった。さらに江戸時代には庶民にまでこの風習が広がり、庶民の家でも雛人形を飾るようになり、また、俳諧《はいかい》の題ともなった。ぼんぼりや屏風《びょうぶ》などが並べられた雛壇に、平安貴族の装束に身を包んだ雛人形を飾る風習は今日も続いている。

振舞や下座になる去年の雛

これは芭蕉の弟子の向井《むかい》去来《きょらい》の発句（『猿蓑《さるみの》』の春の部所収）だが、人形たちは一年の間に古くなり、新しい人形のために下座に置かれるか、捨てられてしまうというひねりが加えられている。雛祭りと自然との文化的な結びつきは、寛永年間の作である鳥文斎栄之の浮世絵『風流五節句』の五枚物のうちの一枚に明瞭《めいりょう》に描かれている。旗本クラスの上層の武家の女性が、箱から人形を取り出している絵だが、彼女の前に置かれたいけ花の桃の木の枝や花は、当時、晩春の重要な年中行事となっていた上巳（桃の節句）が連想させる「自然」と符合する。

平安時代のもっとも重要な夏の行事は、五月五日の端午の節句である。もともとは邪気を祓う儀式であり、八世紀初め頃から邪気祓いのために、菖蒲《しょうぶ》やヨモギといった香りの強い植物を身体や髪、家の屋根や軒に挿した。平安時代になると宮廷でアヤメの葉によく似た菖蒲や、香と五色の糸で作られた薬玉《くすだま》を用いて端午の節句が行われた。五月五日と六日に騎射《うまゆみ》や競馬《くらべうま》も催され、その後、宴が開かれた。さらに、菖蒲酒を飲んだり、菖蒲湯に入ったりする風習も加わり、端午の節句は江戸時代に入っても続いた。『奥の細道』には餞別《せんべつ》として草鞋《わらじ》をくれた家の主人に対する感謝の印として芭蕉が詠んだ発句が収められている。

あやめ草足に結ばん草鞋の緒

都市の住民は軒下に菖蒲（あやめ草）を挿すが、旅を住処《すみか》とする旅人は菖蒲を草鞋に挿す、という俳諧的なひねりがみられる。また、菖蒲は武芸を尊ぶという意の尚武と音が同じであるため、端午の節句は男の子が武芸を披露する日ともなった。

漢詩と和歌の重要な題でもある七夕は、初秋の七月七日に行われた。七夕の原形である中国の年中行事の乞巧奠《きこうでん》は、日本では七五五年に初めて宮廷で行われた。中国の伝説では、恋人同士の牽牛と織女の二つの星は罪を問われ、いつもは天の川をはさんで引き離されているが、七月七日に一夜限り会うことを許される。古代中国では牽牛は農業と、織女は養蚕、糸、針と結びつき、七月七日は女性が裁縫の上達を祈る日ともなった。また、六朝時代までには七月七日の夜に詩を書く習慣が広がり、日本でも同じような習慣が奈良時代に始まった。平安時代以降は梶《かじ》の葉に歌を書き、二つの星に供えるのが習慣となる（梶は天の川を渡る舟の楫《かじ》と同音である）。そして、次の歌のように、二つの星のために祈りながら、天上での出会いが映し出されるように水をはった桶《おけ》が準備された。

袖ひちてわが手にむすぶ水の面に天つ星合の空を見るかな　（新古今　秋上・316）

「袖《そで》を濡《ぬ》らしてこの手ですくった水に、二つの星が出逢《であ》う空が映っている」と詠んだ歌である。興味深いことに、七夕を詠んだ漢詩では織女が天の川を渡るのに対し、和歌では日本の妻問婚の慣習に従い、牽牛が恋人に会うために天の川を渡るという違いがみられる。

江戸時代になると、七夕は庶民社会にまで広まる。裁縫などの技芸の上達を願い、歌が書かれた五色の短冊が笹竹に（ときには五色の）糸で結びつけられ、梶の葉の代わりに供えられた。七夕が女性にとって重要であったことは、奥村政信《おくむらまさのぶ》の初期の浮世絵『七夕祭図』に明らかである。絵の上半分には雲の上の天上世界が描かれ、牛をひく牽牛と織女が天の川によって隔たれ、その上をカササギが飛んでいる。絵の下半分には、若い女性が二つの星のロマンスを想像しながら、琴を弾く様子が描かれている。背後にある笹には短冊が飾られ、衣が掛けられている。

また、彼女の周りには鼓、琵琶《びわ》、笙《しょう》などの雅楽の楽器が置かれており、この絵が娘の音曲の上達を願ったものであることがわかる。今橋理子《いまはしりこ》が論じるように、おそらく江戸時代の都市に住む庶民はこの種の絵から年中行事の執り行い方を学んだのであろう。

一年の最後に来る節句は、晩秋の九月九日の重陽である。重陽は、中国では高山に育つ菊の露が川の水となり、その川の近くに住む人々は決して年をとらないという故事にちなんで、人々が山に登り、菊酒を飲んで災厄を祓う日であった。日本ではこれが重陽の節句となり、宴が催されるようになった。重陽の宴での菊酒を詠んだ漢詩は『懐風藻』にはあるが、菊を詠んだ歌は『万葉集』には見られない。和歌で菊がよく詠まれるようになるのは、嵯峨天皇の時代、重陽の宴が年中行事として定着した後のことである。『古今集』の秋の巻には重陽の節句を詠んだ歌が幾首かあり、第一章で取り上げた、次の紀友則の歌もその一つである。

露ながら折りてかざさむ菊の花老いせぬ秋の久しかるべく　（古今　秋下・270）

『枕草子』の「正月一日、三月三日」で始まる段に、「九月九日は、暁方より雨少し降りて、菊の露もこちたく、覆いたる綿なども、いたく濡れ、うつしの香もてはやされたる」とあるように、平安貴族、特に女性は、前日の夕方から菊花に綿をかぶせておき、九日に菊の露に濡れた綿で顔を拭《ふ》いて長寿と不老不死を願った。

つまり、五節句を始めとする年中行事は、松、若菜、桃、菖蒲、蓬《よもぎ》、菊、猪、白馬《あおうま》のような、特別な力を持つとされた樹木、草、花、動物の持つイメージと強く結びついている。たとえば、若菜は新しい生命、松、桃、菊は不老不死、猪は多産、菖蒲や蓬は邪気を祓う力を表している。植物の護符としての役割は、大晦日の追儺の桃の弓、卯の日の卯杖、巳の日の桃酒、端午の節句の菖蒲などに明らかにである。

同様の事例は、クリスマスの樅《もみ》や柊《ひいらぎ》、復活祭の兎などヨーロッパの風習にもみられるが、キリスト教の年中行事がキリストや聖人など、人間の身体のイメージにもとづくのに対し、日本の年中行事は自然や農耕のイメージに深く根ざし、それらが四季の風景と直接、結びついている。

お供えと和菓子

和菓子は平安時代の宮廷で行われた年中行事や、その後のさまざまな祝いごとや祭りに欠かせない要素であった。和菓子は本来、供物、豊穣《ほうじょう》祈願、厄除《やくよ》けの役割を担っていた。伝統的な和菓子の多くは小豆《あずき》入りの餅《もち》で作られるが、餅はもともと米の収穫の象徴であり、また、小豆(の赤い色)には厄を祓う力があると考えられていた。江戸時代には餅は彼岸、土用、盆などの年中行事で供えられた。

春の和菓子のよい例が、餅と蓬などの草をこねて作る草餅である。もともとは春の七草の一つである御行《ごぎょう》、つまり、母子草《ははこぐさ》が用いられた。中国で母子草の香りが邪気を祓うと考えられていたのを受け、日本でも平安時代初頭から、罪や穢れを祓う日とされた三月三日（上巳）に、巳の日の祓で身を浄《きよ》める儀式の一環として母子草の餅を食べるのが習慣となった（蓬を用いるようになったのは、室町時代頃と考えられている）。巳の日の祓が雛祭りに変わっても、穢れを祓い、厄除けができるとして草餅は食べ続けられた。

平安時代の貴族には、五月五日の端午の節句に餅を真菰《まこも》で包んで蒸した粽《ちまき》を食べる習慣があった。これもまた中国起源の習慣である。今日では餅を三角形や円錐《えんすい》形にしたものを笹の葉で包んで、イグサで結ぶ。しかし、江戸時代半ば以降、地域によっては粽より柏《かしわ》餅のほうが多く食べられるようになる。柏餅は小豆あんを餅で包み、柏の葉でくるんだ菓子だが、柏は新芽が育つまで古い葉が落葉しないことから、子孫繁栄という縁起をかついで武士や庶民の間で人気が出た。和菓子のこうした由来は、さまざまな種類の年中行事で食べ物が果たす護符的な役割が重要であったことを示している。

絵画と年中行事

宮廷で行われる年中行事は年中行事絵巻に描かれたが、なかでも平安時代後期に作られた『年中行事絵巻』がもっともよく知られている。後白河院が、当時、既にかなり衰退していた宮廷の年中行事の伝統を復活させようと、壮大な規模の記念碑的な絵巻として作成を命じたものだが、この絵巻の後も、年中行事の伝統に関する知識を保存したり、取り戻したりするために同様の努力がなされた。建武《けんむ》の中興の時代（一三三四―三六）に、後醍醐《ごだいご》天皇がまとめた宮廷行事の記録である『建武年中行事』もその一つである。

四季を視覚的に表現することに年中行事が果たした役割は、平安時代に始まる四季絵や中世に非常に人気のあった月次《つきなみ》屏風にはっきりと見てとれる。さらに室町時代後期から江戸時代初期には、現在、風俗絵と呼ばれる日常生活の風景を描いた絵が登場するが、その多くは年中行事や関連する社交的な活動を、四季や十二カ月の配列に沿って描いている。住吉具慶《すみよしぐけい》（一六三一―一七〇五）の十五メートルに及ぶ絵巻『都鄙図巻《とひずかん》』（奈良　興福院《こんぶいん》　一七〇五年）はその好例である。絵巻はまず、貴族の屋敷での春の祝い（初冠の儀、桜の花のもとでの詠歌や蹴鞠《けまり》）から始まり、武家屋敷での衣更え、さらに七月半ば、都市の庶民が街外れで行う盆の場面が続き、枯れた木々と積もった雪が描かれた農村の風景で終わる。『都鄙図巻』は四季を背景に、貴族、武士、町の庶民、農民という主だった社会階層が行う年中行事を描いている。年中行事絵巻が宮廷や貴族の行事を描いたのに対し、この絵巻は当時の民衆文学や詩歌とよく似て、都市と田舎の多様な社会を背景とする行事を描いている。

江戸時代の絵画における年中行事の役割は、勝川春章の『婦女風俗十二ヶ月図』に明瞭である。都市に住む若い庶民女性の生活が細長い絹地の掛け軸に描かれた作品だが、和歌をもとにした季節の花と鳥のモチーフと年中行事の描写とが組み合わされている（一月と二月の二幅は散逸)。三月には桜の木の下で蹴鞠を楽しむ女性たちが、四月は牡丹《ぼたん》の花とホトトギスを背景に琵琶を持つ女性が、五月は蛍の光で読書をする女性たちと花瓶に挿した菖蒲が、六月は夕涼みをしたり、行水を使ったりする女性が描かれている。七月は短冊で飾られた笹や星々を映す水盥《みずだらい》とともに、裁縫をしながら七夕を祝う女性たちが、八月には舟の上の女性が満月の空を雁《かり》が飛び過ぎてゆくのを眺める傍らで、おしゃべりに興じる二人の女性が描かれ、さらに九月は菊の花をいけた大きな花籠《はなかご》で重陽の節句を祝う吉原の遊女と禿《かむろ》が描かれている。

江戸時代には都市の裕福な庶民や位の高い武士の屋敷の床の間にはその月にふさわしい掛け軸がかけられていた。そして勝川春章の作品のように、一年の移り変わりに合わせ、月ごとに掛け軸を取り替えるのが習慣であった。たとえば一月であれば、吉兆を表す高砂の尉《じょう》と姥《うば》、蓬萊山の鶴と亀、松竹梅、波の上に昇る朝日などが描かれた掛け軸が掛けられた。つまり、江戸時代初期には、年中行事とその視覚的なイメージは、裕福な家庭の住居における四季の屋内化に不可欠な要素となっていたのである。

歌舞伎

茶の湯から能に至るまで、伝統芸術にはそれぞれ独自の年中行事があった。たとえば、江戸歌舞伎の季節は、新しい役者の顔ぶれを常連客に披露する十一月一日の顔見世から始まった。次に新年から始まる初春狂言、三月に始まる弥生《やよい》狂言と続き、さらに端午の節句と同じ日の五月五日からは皐月《さつき》狂言が上演された。また、六月と七月は主な役者が休暇に入るため、芝居小屋は開かれなかったが、時代が下ると、若手の役者がいつもであれば演じることのできない役を演じる機会としてこの時期を利用した。これが夏狂言であり、盆の月に演じられるので盆芝居とも呼ばれた。そして、季節を締めくくるのは九月九日からの菊月狂言であった。

享保《きようほう》年間(一七一六–三六)以降、江戸では三つの歌舞伎小屋が、初春狂言として「初曾我《はつそが》」、特に「矢の根」と「寿曾我の対面」を演じるのが恒例となる。仇討《あだうち》物の『曾我物語』では、父を工藤祐経《くどうすけつね》に殺された十郎《じゆうろう》と五郎《ごろう》の曾我兄弟が、十八年の艱難《かんなん》辛苦の末、一月二八日に富士野《ふじの》で祐経を殺して、父の仇を討つ。しかし、正月に上演される「初曾我」は、復讐《ふくしゆう》の場面ではなく、新年の初めに主な登場人物たちが一堂に会する場面を演じることで、兄弟が最後に成功を収める物語に表されるような幸運や幸福を願う儀式としての役割を果たしていた。曾我兄弟と工藤祐経が初めて出会う「対面」の最後に、縁起の良い見立てが行われる。富士山と鶴は新年にふさわしい縁起の良いイメージだが、五郎が舞台の中央に立って富士山を表し、その両側に十郎と小林朝比奈《こばやしあさひな》(兄弟の庇護《ひご》者)が富士山の麓《ふもと》を形作る。また、工藤祐経は右手に扇、左手に刀を持ち、鶴を視覚的に暗示する。このように初春狂言は、小松引きや若菜摘みなど新年の儀式と同じような吉兆の役割を担っていた。

花見、月見、雪見といった年中行事では、名所を訪ねることも多い。名所という言葉は、特に江戸時代によく用いられるようになったが、以下の四種類の場所を指す。

（1）歌枕の地
（2）古戦場のような史蹟《しせき》
（3）有名な寺や神社
（4）季節の景色で有名な場所

歌枕とは、名高い和歌に詠まれたことで、特定の景物やことばを連想させるようになった場所である。平安時代後期の歌人で歌学者の藤原清輔による和歌の手引書『和歌初学抄』は、たとえば次例のように、有名な歌枕が連想させるものを挙げている。

龍田山　紅葉、涙、衣、霧
春日山　松、藤
逢坂山《おうさかやま》　逢う、隔てる、春
宇治川　鵜飼《うかい》、橋、橋姫《はしひめ》、霧、網代《あじろ》

『和歌初学抄』はまた、一二項目にわたって季節のモチーフとそれらと結びつく名所も取り上げている。

春霞《はるがすみ》　み吉野、朝《あした》の原（蘆田の原）

月　更科の姥捨山、広沢《ひろさわ》の池、明石の浦

雪　吉野山、富士山、こしの白嶺《しらね》（白山《はくさん》）、甲斐《かい》の白根

桜　吉野山、滋賀山越《やまごえ》

この例が示すように、歌枕は特定の季節のモチーフと同一視されることが多い。両者の結びつきは非常に強く、たとえば、川と網代《あじろ》（冬の歌語）が描かれていれば、その絵の風景は即、宇治川を意味した。

季節と場所を結びつけることは、江戸時代になっても続き、名所詣が都市の庶民の重要な娯楽となった。季節のモチーフとそれと結びつく名所は、岡山鳥《おかさんちょう》（一八二八年没）の『江戸名所花暦』にも挙げられている。

春　鶯《うぐいす》　根岸《ねぎし》の里

梅　梅屋敷

椿　向島《むこうじま》

桜　上野《うえの》の東叡山《とうえいざん》、隅田《すみだ》川《がわ》の堤、新吉原

夏

藤　亀戸《かめいど》天満宮の池辺、上野山王権現の社地

郭公《ほととぎす》　駿河台《するがだい》　初音《はつね》の里

蓮　不忍池《しのばずのいけ》

納涼　両国橋《りょうごくばし》

秋

月　三派《みつまた》、浅草川《あさくさがわ》（隅田川下流、金竜山《きんりゅうざん》の麓）

虫　道灌山《どうかんやま》（日暮《ひぐらし》より王子《おうじ》への道筋）

紅葉　真間《まま》（真間山弘《ぐ》法寺《ほうじ》）

冬

寒菊　平河山法恩寺

枯野　雑司《ぞうし》が谷《や》より堀《ほり》の内《うち》へと至る路

千鳥　洲崎《すさき》

雪　愛宕山《あたごやま》、高輪《たかなわ》

『江戸名所花暦』は四三の季節のモチーフと一五四箇所の名所を取り上げている。有名な名所案内記としては他に、斎藤月岑《さいとうげっしん》（一八〇四-七八）の『東都歳事記』（一八三八年）があり、三七の季節のモチーフと二五三箇所の名所を取り上げている。この二冊に登場する名所のうち、もっとも数の多い項目は、桜の六一、雪の二三、梅の一九、紅葉の一八、月の一六であり、花見、月見、雪見という年中行事に関連する季節のモチーフが他を圧倒している。また、名所の七〇％近くが、桜、梅、椿、桃などの花に焦点をあて、残りの三〇％は鶯、ほととぎす、千鳥、水鶏《くいな》などの鳥、虫、月、雪に目を向けている。さらに、名所の四〇％は寺か神社であり、一二％が百花園のような庭園や染井の植木屋などである。

ここからは、奈良時代や平安時代の貴族が始めた、春の桜、秋の月、冬の雪を頂点とする和歌の題にもとづいた季節に関連する娯楽の多くが、江戸時代の都市の庶民にそのまま受け継がれたことがわかる。また、季節の娯楽に用いるために、多くの名所が新たに作られたことも重要である。そうした場所には桜の木が植えられ、鶯が放たれるなど、季節的なモチーフが作り出された。平安時代と中世の花見の主役は、山地や雑木林に咲く山桜であった。しかし、幕末に江戸の植木屋が売り出した園芸種のソメイヨシノが山桜に取って代わる。今日の東京で見る桜はほぼすべて、この園芸種のソメイヨシノである。

平安時代や鎌倉時代に花見を楽しんだのは、貴族とエリートの武士層にほぼ限られ、花見が庶民の娯楽となるのは戦国時代以降のことである。桃山時代に描かれた狩野長信《ながのぶ》の『花下遊楽図屏風』や雲谷等顔《うんこくとうがん》の『花見鷹狩《たかがり》図屏風』のような屏風絵は、庶民がさまざまな衣装をまとい、笛を吹き、鼓を打つ姿や、桜の木の枝や扇を持って熱狂的に踊る姿を描いている。また、狂言の「見物左衛門《けんぶつざえもん》」（別名「花見」）は、都市の庶民である見物左衛門（シテ）が、京都の桜の名所を次から次へと訪れる話であり、庶民の間でも花見が流行していたことがわかる。つまり、江戸時代までには花見は社会のあらゆる階層に広がった。宴を開き、酒や食べ物、踊りなどを楽しむ花見――幕府も花見の季節はそうした振舞いを大目に見た――は、庶民のエネルギーの主なはけ口となっていたのである。

江戸時代に人気のあった社交の風習としては他に、月見がある。月見は主に八月十三日、十五日、二六日、九月十三日の夜に行われた。特に、八月十五夜は、ただ十五夜とも呼ばれるが、この日は一年のうちでもっとも空が澄み、月ももっとも美しいと考えられていた。平安時代には宮廷で宴が開かれ、詩歌管絃の催しが行われた。名月という言葉を用いるようになった室町時代以降は、十五夜に月への供物が捧《ささ》げられた。喜田川守貞《きたがわもりさだ》の『守貞漫稿』（一八五三年）は江戸の風俗についての随筆だが、月への供物として芋（サツマイモ）、団子、枝豆、薄《すすき》を記している。これが農耕に関連する行事に由来しているのは明らかであろう。

月見はその後、庶民の間で花見と同じくらい重要な社交的行事となる。八月二六日の夕方、人々は景色の良い所に集まり、月の出を待った。また、酒や食べ物を楽しみ、漢詩、和歌、連歌、俳諧を作り、芸人の芸などに興じた。吉原では趣向を凝らした月見の会が催され、遊女たちは客の財布を空にすべく奮闘し、「家屋敷傾くまでの月を見る」という発句が作られるほどであった。斎藤月岑『東都歳事記』に収められた長谷川雪旦《はせがわせつたん》による挿画「良夜墨水看月《ぼくすいのつきみ》」は、月が照らす中に隅田川に浮かぶ、食べ物と酒が積まれた舟を描いている。おそらく舟の上の男たちはゆっくりと時間をかけて吉原の遊郭に向かうのであろう。さらに、日本各地の多くの場所が月見の名所となった。なかでも更級の姥捨山（長野県）、小夜《さや》の中山《なかやま》（静岡県）、近江の石《いし》山寺《やまでら》（滋賀県）、播磨《はりま》の明石浦（兵庫県）などがよく知られていた。

このように、都市の庶民や武士は、自然や四季を自分たちの家の床の間や庭ばかりでなく、彼らの住む都市や近隣の名所でも楽しんだ。名所に出かけることへの関心の高まりを反映し、江戸時代、特に享保年間（一七一六―三六）以降、名所の数が急速に増加する。名所詣でが人気のある娯楽であったことは、名所案内記が多く出版されていることからもわかる。『紫の一本《ひともと》』（一六八三年）、『江戸鹿子《かのこ》』（一六八七年）、『続江戸砂子』（一七三五年）、岡山鳥の『江戸名所花暦』（挿画は『東都歳事記』と同じく長谷川雪旦）などがあるが、最初の二冊は名所をただ列挙したのに対し、あとの二冊は重要な季節的モチーフごとに名所を分類している。たとえば、『江戸名所花暦』の春の部の「桜」の項目には次のようにある。

新吉原　山谷にあり。毎年三月朔日より、大門《おおもん》のうち中の町《ちよう》通り、左右を除けて中通りへ桜数千本を植ゑる。常には、これ往来の地なり。

江戸の遊郭であった新吉原には、桜の木数千本が三月一日に運び込まれ、夜には明かりが灯《とも》されて、見事な光景を作り出したのである（花が散ると、木は撤去された）。

年中行事は、一般的な祭りと同じく、季節と関連する少なくとも三つの基本的な役割がもとになっている。第一に神を迎え、祈ること。神を迎えるのは、新年あるいは春が多い。第二に災いを祓うこと。これは疫病や害虫の季節である夏に行われる傾向がある。第三に収穫を祝い、感謝することであり、通常は秋に行われた。

既に平安時代には、年中行事は菊や桃の花のような自然のモチーフを含むことが多く、それが和歌や絵画の季節の題となった。さらに、江戸時代までには俳諧の季語の大半が年中行事と結びついた。寝殿造の庭、季節の絵やいけ花が飾られた書院造の床の間などが、都市における二次的自然の屋内化に寄与したとすれば、花見などの屋外での活動による年中行事は、二次的自然の屋外化に寄与したといえよう。特に十八世紀以降、大都市に次々と作られた名所によって、二次的自然は誰にでも簡単に楽しめるものとなった。重要なのは、この屋外化された二次的自然が、桜、紅葉、満月のような和歌的なモチーフを中心に据えたことである。その結果、かつての宮廷の伝統が都市の庶民生活と結びついた。実際、連歌の式目（規則）や俳書が示すように、春と秋という文化的な季節を表す桜と月は自然の美しさを意味するようになり、都市の流儀でさまざまに楽しまれた。

平安時代と中世の和歌の伝統においては、歌枕を歌に用いることで、目の前に名所の風景が立ち上がり、その風景を通して歌人が思いなどを表現した。言い換えれば、歌人は歌枕を用いてその詩的風景を観賞し、歌枕を通して旅をした、つまり、歌枕は持ち運びのできる景色として機能したのである。一方、江戸時代の名所は、自分の庭を持つことなどほぼ不可能であった都市の庶民のための、いわば公に開かれた庭となった。手間や費用をほとんどかけずに、人々はきちんと手入れされた眺めの良い場所で自然を楽しむことができた。

中世の禅寺の枯山水が、静かに眺め、瞑想《めいそう》する場であったのに対し、江戸時代の名所は、無礼講や酩酊《めいてい》が許される場となった。『徒然草』百三十七段に花見をする人々の振舞いが記されているように、中世に既に花見は貴族以外にも広まりつつあった。また、鎌倉時代から室町時代初期にかけて行われた「花《はな》の下連歌《もとれんが》」は、連歌に興ずるために身分に関係なく老若男女が寺社のしだれ桜の下に集うという点で、江戸時代の花見につながる要素をみることができる。しかし、江戸時代の花見は、中世の花見とは比べ物にならないくらい多くの場所で、多数の庶民によって楽しまれた。都市の庶民にとって、花見は祭りのようなものであり、普段とは異なり、社会的な規則や境界が一時的に取り払われる時間であった。そこでは、緑の葉と桜の枝で身体を撫《な》で、髪や服に挿すと新たな生命がもたらされると信じられていた古代の花見の意味は、おそらく忘れ去られていたであろう。

第七章　季節のピラミッド、パロディ、本草学

広範囲に及ぶ俳諧《はいかい》の影響、食べ物への新たな関心、パロディの隆盛、さらに本草学の出現は、江戸時代における四季の文化に大きな影響を与えた。室町時代に起こり、十七世紀に全盛期を迎えた俳諧は、歌舞伎から不愉快な虫に至るまで多様な世界を季語に加えたが、同時に和歌が発展させた季節的な連想やイメージを継承した。政治の中心地が江戸に移り、大きな港町である江戸と大坂が文化と経済の中心地となったため、都市の風景が、奈良や京都のような内陸の盆地から、食べ物の重要な供給源であった海に面している江戸や大坂へと変化した。その結果、魚などの食べ物が視覚文化や文学作品の重要な要素となり、茶道や俳諧などで大きな役割を果たすようになった。民衆文化はまだ日本と中国の古典にもとづいていたが、古典の作られた時代や社会との隔たりが大きくなったため、視覚文化や文学作品では古典をしばしばパロディ化し、さらに見立ての対象とした。その結果、過去と現在、エリートと民衆の二重写しが作り出された。また、民衆文化の影響に加え、本草学の影響もあった。本草学は植物に関する詳細な図像と科学的な見方をもたらし、園芸の発展、桜の品種改良、大都市での花屋敷のような庭園

の流行に大きな影響を与えた。自然をめぐるこうした新しいイメージは、当時、広まりつつあった木版や版本にはっきりとみることができる。それらの新しいイメージは、以前の文学や文化が創り出したイメージに取って代わるというより、それらを補いながら、自然と四季をめぐるさらに豊かな表現を創り出していった。

季節のピラミッド

江戸時代に和歌を基盤とする季節の連想が民衆化した背景には、俳諧が誕生とともに瞬く間に流行し、十七世紀にはもっとも親しまれる文学や文化となり、大都市ばかりでなく、日本の津々浦々にまで広まったことがある。

俳諧は連句（俳諧之連歌）、あるいは単独で詠まれる発句（現在は俳句と呼ばれる）として作られた。俳諧では季語を詠み込むという規則があり、また、和歌から継承した季題についても知っておく必要があった。そして、十七世紀末までに、俳諧の季語は巨大なピラミッドを形成するに至る。ピラミッドの頂点には、花、ホトトギス、月、紅葉、雪など四季を表す和歌の代表的な季題が置かれ、その下には、和歌で用いられるその他の言葉――春雨・鶯《うぐいす》・柳（春）、橘《たちばな》（夏）、雁《かり》（秋）――や、連歌で用いられた言葉――たとえば夏の季題である桐《きり》の花など――が続いた。ピラミッドの底辺は俳諧で用いられるようになった新しい言葉（俳言）が占め、十七世紀の半ばにはその数は数千に達した。ピラミッドの頂点の、優雅で洗練されたイメージとは対照的に、底辺に位置する季語はタンポポ、ニンニク、ワサビ、猫の恋など、都市や農村の庶民の日常生活から採られたものであった。季語のピラミッドは、和歌や連歌に起源を持ちつつ、同時代の社会や文化を限りなく含み込むという俳諧の異種混淆《こんこう》性を表すとともに、江戸時代の文化全体をも象徴している。

俳諧が十七世紀に劇的に発展するにつれて、季語の数も急速に増加した。もっとも古い俳諧の手引書の一つである野々《のの》口立圃《ぐちりゅうほ》の『はなひくさ』（一六三六年）では月別の季語が五九〇以上、松江《まつえ》重頼《しげより》の『毛吹草』（一六四五年）には九五〇の季語と五五〇の連歌の季題が収められた。さらに、斎藤徳元《さいとうとくげん》の『誹諧《はいかい》初学抄』（一六四一年）では七七〇以上の季語が、北村季吟の『山之《やまの》井《い》』（一六四八年）は一三〇〇以上の季語が収録されている。そして、高瀬《たかせ》梅盛《ばいせい》の『便船集』（一六六九年）には、二〇〇〇もの季語が集められた。このように季語が驚くべきペースで増えていったのに対し、季題の数は比較的限られたままであった。

俳人は連歌師と同様、季語と季題を区別した。たとえば秋の雁の鳴き声や空を渡る姿が寂寥《せきりょう》というイメージを喚起するように、季題が本意《ほい》を中核とする確立されたひとまとまりの連想を伴っているのに対し、季語の大半は、たとえばニンニクは春というように、ある季節を指し示しはするが、季題のような詩的連想は伴わない。松江重頼編『犬子集《えのこしゅう》』（一六三三年）は北村季吟が率いた貞門《ていもん》派の俳諧撰集《せんしゅう》だが、春の部は梅、残雪、春草、春の月など、和歌や連歌で既によく知られた季題でほぼすべて構成されている。

時代を経るにつれ、季語が季題へと変化することもあった。俳諧の春の季題であり、江戸時代に人気のあった「猫の妻恋」(のちには単に「猫の恋」)という語はその好例である。松尾芭蕉は一六九一年に次の句を作り、『猿蓑』に収めた。

麦めしにやつるゝ恋か猫の妻

芭蕉は、貧しい農家の台所事情を反映して米ではなく麦を与えられ、さらには激しい交尾のせいで痩《や》せてしまった雌猫をユーモラスに描写している。

猫の恋やむとき閨の朧月

この一六九二年の発句では、交尾する猫の大きな鳴き声とその後の朧《おぼろ》月夜の静けさを対比させている。朧月は春を表す和歌の語であり、この句には二つのエロティックなムードが混じり合う。雄鹿が相手を求めるさまが寂しげな鳴き声で表現されるのが、恋をめぐる和歌の典型的な季題であるとすれば、相手を求めて盛りのついた声をあげる雄猫の恋は、俳諧の気取りのない、ユーモアに溢《あふ》れる滑稽《こっけい》な性質を表している。

近江出身の武士で芭蕉の弟子のひとりであった森川許六《もりかわきょろく》(一六五六-一七一五)は俳諧論の

『宇陀法師《うだのほうし》』（一七〇二年）で、季題を和歌の領域である「縦の題」と俳諧の領域である「横の題」に分けている。違いは特に本意の扱い方にあり、和歌では通常、本意を定めるが、俳諧では定めない。また、歌人は和歌の領域を離れられないが、俳人はどちらの領域にも自由に出入りし、探索することができた。結果として、俳人は二つの領域のうち、許六のいう「縦の題」のほうを好んだ。俳人は和歌の季題や歌枕——吉野、龍田川、須磨、明石、松島など豊かな連想群を持つもの——を重んじる傾向があり、桜、ホトトギス、月、雪など、季節のピラミッドの頂点に立つ和歌の季題に関心を寄せた。そうした季題は詩歌の土台となるものを提供してくれるので、俳人はそれをもとに発句を作ることができたのである。また、ピラミッドの底辺にある俳諧の季語よりも、はるかに容易にパロディにしたり、滑稽な句に作り変えたりすることもできた。何百年にも及ぶ和歌の歴史のなかで発展してきた和歌の季題には、当然のことながら歌人や歌の鑑賞者が共有する豊かな世界があり、それは俳諧の季語や季題が容易に真似のできないものであった。

このように、芭蕉をはじめとする俳人たちは季節のピラミッドの頂点のほうを好んで用いたが、歌枕に対してそうであったように、和歌の季題に対しても俳諧的な視点から取り組み、しばしば俳諧の単語や世俗の言葉を用いた。

牛部屋に蚊の声闇《くら》き残暑哉

この芭蕉の発句は残暑が初秋の季語である。和歌では残暑の本意は、秋の訪れとともに来るはずの涼しさを待ち望む思いと、残暑が続く耐えがたい現実との対比にある。しかし、芭蕉は牛部屋や蚊のような和歌風ではない言葉を用いて俳諧のひねりを加え、農民の視点から季題とその詩的連想に取り組んだのである。

俳人が和歌の季題に対して新たな取り組みを模索した方法の一つが、季題のありのままの姿を観察することであった。ホトトギスの和歌の本意は、待ち焦がれながら、なかなか聞くことのできないその鳴き声である。

ほとゝぎす消え行く方や島一つ

一六八八年に芭蕉が『笈《おい》の小文《こぶみ》』の旅の途中で詠んだこの句は、句の詠み手がホトトギスの声を聞いたことを暗示するが、その方向（「かた」）を見上げると、ホトトギスの姿はなく、代わりに一つの島が見える。おそらく、詠み手が須磨か明石から瀬戸内海《せとないかい》越しに見た淡路島《あわじしま》であろう。この発句は、矢のように瞬時に飛びゆくさまと、視界から消える前に一度だけ聞こえた鋭い鳴き声というホトトギスの身体的動作に焦点をあてることで、古典的な和歌と一線を画している。「消え行く方」とは、ホトトギスの声、あるいは姿を指しているのかもしれないが、水平線上で「島一つ」に取って代わられる。この句は『千載集』所収で、『百人一首』にもとられて有名な次の歌のパロディでもある。

郭公なきつるかたをながむればただ有明の月ぞのこれる　（千載　夏・161）

「郭公《ほととぎす》が鳴いている方角を眺めると、そこにほととぎすの姿はなく、ただ有明の月が残っているばかりだ」という歌である。芭蕉の句に描かれたホトトギスの飛びゆくさまやその声は、読者にこの和歌を思い起こさせ、一つの島ばかりでなく、俳諧のひねりが加えられた和歌風の過去へも読者を導くのである。

俳諧が自然や四季に対する見方を拡大させた手法は、「虫」の扱い方に明らかである。「虫」は和歌でも重要な題であったが、江戸時代の俳諧で人気が急上昇する。八代集にもっともよく登場する虫は、蛙《かはづ》、胡蝶《こちよう》、松虫、きりぎりす、鈴虫、蜩《ひぐらし》である（蛙は蛇と同じく、江戸時代以前は虫と考えられていた。もっとも、『枕草子』の「虫」の段に蛙は出てこない）。このうち、蛙（春）と胡蝶（夏）以外は、すべて秋の題である。さらに、胡蝶以外は、歌の本意である鳴き声と音色が重視された（実際にはこれらの虫の多くは鳴くのではなく、羽を擦《こす》り合わせて音を出す）。鳴く虫を詠んだ和歌が初めてまとまった数で登場するのは、『古今集』巻四（秋上）である。

わがために来る秋にしもあらなくに虫の音聞けばまづぞかなしき（古今　秋上・186）

和歌では春から夏にかけて小さな鳥が高い声で鳴く。その声はたいてい明るく、生命に満ち溢れているとみなされた。対照的に、虫の音はかぼそく、寂しげだとされ、季節の移ろいを象徴した。「私のためにやって来る秋でもないのに、虫の声を聞くとすぐ悲しくなってしまう」という歌も、そうした秋の歌である。また、虫は衰えや終わりを連想させる夕方になると鳴き始めることが多い。さらに、無常という仏教の考え方も影響し、蟬《せみ》のような虫がはかなさの象徴となった。

さらに、連歌の手引書も虫を秋に分類し、それが江戸時代の俳諧にまで続く慣習となった。虫と秋という結びつきが、虫を詠んだ句を理解する鍵《かぎ》となる。次の句は、宗因派《そういんは》の俳人であった大坂の来山《らいざん》（一六五四―一七一六）が詠んだものである。

行水もひまぜになりぬむしのこゑ

春の終わりから夏にかけ、庶民は戸外で行水をしたが、秋の訪れとともに行水も一日おきになる。この句では、虫の音が秋の涼しさが増していくさまと響き合っている。

十七世紀前半、俳諧は日常の小さな虫を句に詠み、庶民の社会のありさまを表現するようになる。たとえば、前述の『毛吹草』には、蟻、シラミ、ケラ、カタツムリ、ナメクジ、ノミ、蠅など日常生活で出会う虫が登場する。連歌で付句をするために縁のある言葉をまとめた「付合」の表では、シラミは乞食《こつじき》、病人、舟、藪《やぶ》、古い布子、花見頃などと結びつけられ、これらが俳諧におけるシラミの詩的連想となった。

和歌に詠まれる虫が主に秋の題であったのに対し、新しく登場した虫の圧倒的多数――蟻、トカゲ、毛虫、蠅、ミミズ、ムカデなど――は、夏の季語であった。『枕草子』で清少納言は蚊を「にくきもの」に分類したが、江戸時代には蚊、蠅、ノミは夏の季語として人気があった。『犬子集』の夏の項には「蚊と夏の虫」という下位区分が設けられ、八句が添えられているが、そのうちの一句が次の句である。

夏の夜は蚊の付《つけ》声《ごゑ》の謡《うたひ》哉《かな》

夏の夜の謡に合わせて謡っているかのような蚊の鳴く音（羽音）を詠んだ句である。和歌では虫が鳴くが、蚊が鳴くと詠むことで、「鳴く虫」という和歌の優雅な視点をパロディにしている。

平安時代から中世にかけては、蠅は不愉快な音を連想させるので歌の題とは考えられなかった。しかし、江戸時代になると俳人たちは、一八一九年に小林一茶が作った次の発句のように、蠅の弱さや無力さに目を向け、憐《あわ》れむべき犠牲者、つまり、共感の対象とした。

縁の蠅手を摺るところを打たれけり

また、一茶には蠅を詠んだ有名な次の発句もある（『八番日記』一八二一年）。

やれ打つな蠅が手を摺り足を摺る

手足をすり合わせて命乞いをしているかのような蠅の姿を描くこれらの句には、小さな生き物、特に虫に対して、人々が文化的により広く魅了され、また同情を寄せていたことが反映されている。また、虫は身分の低い庶民や農民たちの現状を表す比喩《ひゆ》としても機能した。

食べ物と魚

江戸時代にはさまざまな食べ物、特に旬のはっきりしている魚と野菜が季語となり、俳諧と民衆文化で大きな役割を果たした。十七世紀には茶の湯が、特に懐石と和菓子を通して、食べ物を芸術の域にまで高めたことで、食べ物は四季の文化の一翼を担うようになった。食べ物や魚の名前を季語に取り込んだ俳諧の影響も、同じほどに大きかった。一般的に、和歌と連歌では食は低俗なものとされ、歌に詠まれることはなかった。しかし、室町時代の俳諧がこの伝統をゆっくりと慎重に崩しはじめ、花鳥風月や恋といった雅《みやび》な題に、食べ物、セックス、身体、排泄物《はいせつ》といった俗なものを結びつけ、滑稽さを生み出していった。

北野どの御すきものや梅の花

これは『竹馬狂吟集』（一四九九年）の巻第一の冒頭に置かれた発句だが、「北野どの」という言葉は、菅原道真のことである。道真が大宰府に左遷された際に詠んだ歌で梅の花や追憶が思い起こされ、さらに、風雅なものに心を寄せた数寄者《すきもの》としての道真を連想させる。それと同時に、「北野どの」には北の対屋に住む妻という意味もあり、その妻が妊娠中で梅漬けのような「酸きもの」を「好き」ということも示唆している。複雑な「雅」の連想（道真、梅の花、和歌、数寄）が、これまた複雑に入り組んだ「俗」の連想（妊娠、食べ物）とユーモラスに混ぜ合わされ、一句のなかに織り込まれている。梅を文化史的に見れば、まず花から始まり、奈良時代には梅の花の人気が高かった。次に香りを愛《め》でるようになり、平安時代の和歌はもっぱら梅の香りを詠んだ。さらに、室町時代と江戸時代は梅の実と味に目を向けるようになった。

魚、特に海の魚が、江戸時代の俳諧の題として登場する。古代には川魚の鮎《あゆ》が塩蔵されたり乾燥させられたりして食用となり、宮廷への貢納品や神饌《しんせん》としても重要視された。また、『万葉集』の歌にも鮎は多く詠まれている。同じく川魚で、中国では「登竜門（鯉の滝登り）」の故事で知られ、魚類の代表とされる鯉も重んじられ、『日本書紀』、『常陸《ひたち》風土記』、『土佐日記』などに記述がみられる。鯉は室町時代には川魚の中でもっともよい素材であるとされた。これに対し、海の魚はあまり重んじられず、鯛《たい》は鯉よりも価値が低いとされた。また、『徒然草』百十九段に兼好法師は、鎌倉で最近、鰹《かつお》が珍重されるようになったが、鰹はかつては身分の高い人に供すような魚ではなく、身分の低いものでも頭などは切り捨てていたものだ、と記している。

しかし、こうした状況は、江戸時代に入ると劇的に変化する。江戸と大坂という海沿いの大都市の発展、漁業の発達、新たな輸送網の拡張などにより、海の魚が食べ物の生産から販売までの過程で重要な位置を占めるようになる。また、鮎などごく一部の魚を除き、魚が和歌などに登場することはなかったが、俳諧など江戸時代の庶民文化では魚、特に海の魚が大きな役割を果たすようになる。

『料理物語』（一六四三年）は、江戸の食文化を象徴する書物だが、食べ物に対する庶民の価値感や態度が反映されている。この本は「海の魚之部」で始まり、鯛を筆頭に七一種の海の魚を挙げ、次に二五種類の海藻を載せている。さらに、川魚（一九種）、鳥（一八種）、獣（七種）、キノコ（一二種）、最後に野菜（七六種）が続く。つまり、『料理物語』は「海の幸」に始まり、「山の幸」で終わっているのである。さらに、「獣之部」という項目があり、鹿、狸、猪、兎、カワウソ、熊、犬といった四つ足の動物が挙げられている。

中世には漁業が急速に発達する一方で、狩猟はあまり行われなくなるが、完全に廃れてしまったわけではなく、江戸時代以前は、今日想像される以上に四つ足の動物が食べられていた。六七五年、天武天皇が肉食禁止令を出した背景には、当時の過度な狩猟の習慣があるが、仏教の殺生を禁じる教えや、穢《けが》れという神道の考え方とあいまって、肉食を避ける習慣が次第に広がった。しかし、天武天皇の肉食禁止令が禁じたのは、牛、馬、犬、猿、鶏に限られ、鹿や猪は含まれていなかったので、鹿や猪は重要な食料であり続ける。また、貴族の多くは肉食を避けたが、庶民は肉を食べていた。しかし、江戸時代には肉食を避ける貴族の習慣が社会全体に浸透し、肉を扱う人々に対する偏見が広がる。さらに、鎌倉時代の禅寺に始まった精進料理が次第に普及し、江戸時代初めには懐石料理が生まれた。京都の貴族の料理が基本的に野菜主体であるのに対し、江戸の庶民の料理は魚、特に小魚と貝が中心であった。今日、和食を代表すると考えられている鮨《すし》、天ぷら、鰻《うなぎ》の蒲焼《かばや》き、貝鍋《かいなべ》、佃煮《つくだに》などは、江戸湾でとれた新鮮な魚介類（江戸前）が手に入ったおかげで作られたものである。

和歌では視覚、聴覚、嗅覚《きゆうかく》は優雅な感覚とされたのに対し、味覚は俗な感覚とされた。しかし、江戸時代には食べ物の拵《こしら》えと盛り付けが重要な文化的活動となる。また、多くの食べ物が俳諧の季節感の一部となり、特定の季節と結びつく。そして、江戸時代半ばまでには、食文化の発展が大きな要因となり、文化としての季節感が生まれた。それは食べ物に由来する季語が急増したことに見てとれる。藍亭青藍《らんていせいらん》が改訂増補した『俳諧歳時記栞草《しおりぐさ》』（一八五一年）は幕末にもっとも影響の大きかった歳時記だが、森川昭によるとこの歳時記に含まれる三四〇〇ほどの季語のうち、四八〇が食べ物に関する季語である、つまり、食べ物に関する季語が全体の約一四％を占めているのである。

春　雑煮祝、数の子、黒豆、七草、白魚、蜆《しじみ》、浅蜊《あさり》、桜鯛、白酒、蕨《わらび》、蕗《ふき》の薹《とう》
夏　柏餅《かしわもち》、初鰹、茄子《なす》、冷水売り、心太《ところてん》、筍《たけのこ》、早鮨《はやずし》
秋　新酒、芋、薩摩芋《さつまいも》、椎茸《しいたけ》、松茸、栗、菊花の宴、葡萄《ぶどう》、柿、西瓜《すいか》
冬　薬食い、河豚《ふぐ》、葱《ねぎ》、大根引き、鍋焼き

このリストは『俳諧歳時記栞草』に含まれた食べ物に関する季語のほんの一部だが、季節感を表す食べ物が俳諧に幅広く取り入れられていたことを示している。なお、肉食をしない風習の例外として、「薬食い（病気の治療のために鹿を料理し、食べること）」が挙げられている。

牛、豚、鶏など、肉が一年を通してほぼ変化がないのに対し、魚は野菜のようにある特定の季節に食べるものである。和食で重要な二つの言葉は、一つが魚、野菜、果物などがもっともおいしい時期を指す「旬」であり、もう一つが魚、野菜、果物が初めて現れる時期をさす「走り」である。「走り」は「初物」ともいわれ、新しく、おいしいものへの期待を表現している。

たとえば、熱帯や温帯の海に生息する鰹は、太平洋を黒潮にのって北上し、春先に九州から四国へ、さらに本州沿岸を経て、初夏に関東近海に辿《たど》りつく。初鰹はその年の最初の鰹であり、初夏の旧暦四月頃に釣り上げられる。「走り」という語は、魚を市場まで運ぶために走ることからきたとされるが、江戸時代には、鎌倉や小田原《おだわら》で獲《と》れた鰹をその夜のうちに江戸まで届けていた（夜鰹という語はここに由来する）。次の芭蕉の発句はこの風習を詠んでいる。

鎌倉を生《いき》て出《いで》けむ初鰹《ガツヲ》

兼好法師が下品な魚とした鰹は、江戸時代には旬を表す魚として庶民の強い支持を得る（「初《はつ》松魚《がつお》ナニ兼好が知るものか」という川柳がある）。

伝統的な和歌で「走り」に相当するのは、春の訪れを示す鶯の初音、または夏の到来を告げるほととぎすの初音である。次のよく知られた句は芭蕉と同時代の俳人である山口素堂《やまぐちそどう》（一六四二―一七一六）の作だが、「走り」にあたる要素をまとめて詠んでいる。

眼には青葉山ほととぎす初鰹

この句はまた、初夏を三つの感覚――視覚（山の新緑）、聴覚（ほととぎすの声）、味覚（初鰹の味）——でとらえてもいる。

見立てとパロディ

中国の絵画や詩歌にとって重要な題であり、第二章でもとりあげた「瀟湘八景」が、日本でどのように受容されたかということも、視覚文化や詩歌への俳諧文化の影響を知る好例である。日本の歌枕や名所とは異なり、瀟水、湘水、洞庭湖を除くと、「八景」は特定の場所と結びついていない。「瀟湘八景」の持つこの柔軟性のおかげで、日本の絵師、詩人、歌人たちは好みの場所を自由に八景にすることができた。その結果、「近江八景」、「江戸八景」、「金沢《かなざわ》八景」などが生まれ、さらに、江戸時代になると八景は大いに人気を博し、各地域にそれぞれの八景があったといわれている。こうした八景のうち、もっとも古く有名であり、その後の八景が生まれるきっかけとなったのが、「近江八景」である。

粟津《あわづ》晴嵐《せいらん》
瀬田《せた》夕照《ゆうしょう》
矢橋《やばせ》帰帆《きはん》
唐崎《からさき》夜雨《やう》
三井《みい》晩鐘《ばんしょう》

石山秋月《いしやましゆうげつ》
堅田《かただ》落雁《らくがん》
比良《ひら》暮雪《ぼせつ》

「近江八景」の空模様、天象、歳時のモチーフは「瀟湘八景」と同じだが、場所は近江の有名な橋や寺などの景観に置き換えられている。芳賀徹が指摘するように、「近江八景」の多くは、平安時代から名所絵に歌枕として描かれたものである。

「近江八景」を描いた作品としては、後陽成《ごようぜい》天皇に仕えた公卿《くぎよう》の近衛《このえ》信尹《のぶただ》（一五六五―一六一四）の手になる水墨画の軸物『近江八景』がもっとも古い。信尹は八景それぞれの画にふさわしい和歌を書き添え、「石山秋月」には次の歌を添えている。

石山や鳰《にほ》の海てる月かげは明石も須磨もほかならぬ哉

鳰《にお》の海（琵琶湖）を照らす月の光は、須磨や明石の月の光そのままだと詠んでいる。『源氏物語』に源氏が須磨で秋の月を眺める場面があり、須磨や明石の満月は平安時代にはよく知られていた。さらに重要なのは、紫式部が石山寺から琵琶湖に映る月を見たことがきっかけで、「須磨」の巻から『源氏物語』を書き始めたという中世の伝説である。浮世絵師の鈴木《すずき》春信《はるのぶ》

（一七二五頃–七〇）も、一七六〇年代初めの作品『近江八景』の「石山秋月」にこの信尹の和歌を添えている。

近江八景の画題は非常に人気があり、一七六〇年代までには見立てやパロディの対象となっていた。その代表例は、春信の一七六六年の揃物《そろいもの》『坐《ざ》鋪八景《しきはっけい》』である。近江八景のテーマがパロディとして解釈され、次のような題が付けられている。

扇晴嵐《せんすせいらん》
行燈夕照《あんどんゆうしょう》
手拭掛帰帆《てぬぐいかけきはん》
台子夜雨《だいすやう》
時計晩鐘《とけいばんしょう》
鏡台秋月《きょうだいしゅうげつ》
琴柱落雁《ことじらくがん》
塗桶暮雪《ぬりおけぼせつ》

『近江八景』の「石山秋月」がここでは室内に見立てられ、石山の景色は「鏡台秋月」となり、丸い月の形をした鏡を見る女性の姿が描かれている。窓の外で風になびく薄《すすき》が季節を表現し、鏡が仲秋の名月に見立てられ、さらに、石山寺の月をも暗示する。あるものを別のものに見立てるという、浮世絵の「見立て」の手法を用いて、春信は特定の天象や季節の連想と結びついた伝統的な「八景」の風景に、当時の江戸の庶民の住まいの室内の様子を重ね、ダブル・イメージを作り出した。二つのイメージは、和歌の伝統に則《のっと》って仲秋の名月を映す静かな琵琶湖と、愛らしい女性を映す丸い鏡という視覚的なひねりによって結びついている。

このようなパロディによる見立ては、歌舞伎から黄表紙にいたる多様なジャンルにみられる

鈴木春信　坐鋪八景 鏡台の秋月（アート・インスティトゥート・オブ・シカゴ蔵）

が、もともとは十八世紀後半にパロディの重要なジャンルとなった俳諧と狂歌から生まれた。俳諧の「見立て付け」の一例が、次の『紅梅千句』（一六五五年）にみられる。

こがねばなもさけるやほんの花の春
　　真鍮とみるやまぶきのいろ

前句は黄金花、すなわち山吹の花の美しさを表現するが、付句では黄金花は金貨へと変化する。山吹は春の季語だが、江戸時代には金貨も意味した。この二句は「山吹」で結びつき、見立て付けによって、高尚文化の優雅で詩的な黄色い花が、民衆文化の黄色い貨幣へと変化している。黄色い花が黄色い金貨へと置き換えられ、今では背景に漂っている高尚文化と、前景に押し出された民衆文化とが二重写しになっている。

パロディ的なひねりをさらに加えた例が、春信が秘蔵版で制作した春画の『風流座敷八景』（一七六九年頃）の「鏡台秋月」に見られる。この絵には、鏡の前で身支度を整えている半裸の女性を男性が後ろから抱き締め、彼女の性器を愛撫《あいぶ》する様子が描かれている。縁側には秋の七草の一つである撫子《なでしこ》の鉢が置かれているが、撫子という花の名は「なでられ、愛撫される子供や少女」を意味し、室内でのエロティックな行為を示唆する。絵の上部に次の狂歌が添えられている。

秋の夜の雲間に月と見るまでに台《うてな》にのぼる秋の夜の月

この狂歌に詠まれた「月」は、着物（雲間）から姿を見せつつも、男性によって着物をはぎとられようとしている半裸の女性と、月のような形の丸い鏡の両方を表している。さらに、月はまた、台《うてな》（女性器のメタファーである萼《がく》）によって象徴される女性に「のぼる（乗る）」男性も表現しうる。つまり、春信は歌と絵を用いて、さまざまなレベルの読解や鑑賞が可能な、複雑で互いに絡み合うパロディを作り出したのである。

鈴木春信　風流座敷八景 鏡台秋月（個人蔵）

民衆文化と高尚文化の双方にまたがりつつ、俳諧は二つの方向へと動く。すなわち、俗にあって雅を探し求めるか、雅にあって俗を探し求めるかである。狂歌と同様、俳諧はしばしば俗から雅へと変化する。十七世紀の松尾芭蕉は新しい種類の俳諧を提示した。芭蕉の俳諧は、庶民の日々の俗な題のなかに、精神的で美的な雅な価値を探し求めた。同じことは近江八景にもみてとれる。近江八景の風景は瀟湘八景と結びついて「めかし」こむ。見立て浮世絵では、名高い高級遊女が紫式部や小野小町、または女三宮のような『源氏物語』の主な女性登場人物、あるいは菩薩、仏、神に関連する雅な存在に扮《ふん》することもある。

しかし、狂歌と同様、時には糞尿《ふんにょう》など、俗なイメージを用いて、俳句は雅を俗に落とすことも多い。これには二つの方法があり、第一の方法は春信の『坐鋪八景』に見られるような、機知に富んだ優雅な「やつし」である。瀟湘八景という高尚文化に代えて、春信は都会の庶民女性たちが織りなす民衆の日々の文化を描いた。第二の方法は、春信の春画『風流座敷八景』のように、エロティックで、時にポルノグラフィックな方法である。

俗のなかに雅を見いだすか、雅のなかに俗を見るか、あるいは両方とも行うかという違いはあれ、自然と四季の古典的なイメージは作り変えられ、しばしばユーモアやパロディの対象となったのである。

本草学

江戸時代後期になると、自然の文化的、視覚的なイメージは本草学の影響を強く受けるようになる。一八〇三年に、曲亭馬琴が季節と月ごとに分類された二六〇〇以上の季語と句例を含む『俳諧歳事記』を出版する。出典の詳細な解説と引用が施されたこの本は、新たな文化の中心地となった江戸の文化や風物を中心とする初めての歳時記であった。さらに、一八五一年には改訂増補版の『俳諧歳時記栞草』を藍亭青藍が出版する。この改訂増補版は『栞草』という名で知られ、明治以降も広く用いられた。江戸時代末には、俳諧を作るために季語と季題を集めた歳時記と、日常生活のほぼありとあらゆる場面の情報を提供する百科事典的な歳時記という、二種類の歳時記が存在していた。『栞草』は後者の流れの頂点に位置する歳時記である。『栞草』は季寄せ、類題集、日本初の漢和辞典である源 順《したごう》撰の『和名類聚抄《わみょうるいじゅしょう》』（九三一―九三八年頃）のような辞書、さらには類書など多種多様な典拠にもとづいている。『栞草』が典拠とした類書には、本草学の集大成であり、一六〇七年に日本に伝わった李時珍《りじちん》の『本草綱目』（一五七八年）、日本で初めての挿絵入り百科事典である『訓蒙図彙《きんもうずい》』（一六六六年）、寺島良安《てらじまりょうあん》の『和漢三才図会』（一七一二年）などがある。

　中世には、軍記物語などによく見られるが、四生《ししょう》という考え方が広く浸透していた。生物を生まれ方から四つに分類したもので、母胎から生まれる胎生、卵から生まれる卵生、湿気から生まれる湿生、どこからともなく忽然《こつぜん》と生まれる化生の四種であった。母胎から生まれる哺乳《ほにゅう》類や卵から生まれる鳥とは異なり、虫は湿生あるいは化生と考えられたので、人間からはるかに遠く、低い階層に位置づけられ、殺生を禁じる力は虫にはあまり強く働かなかった。『本草綱目』もこの考え方にもとづき、虫を三種類に分類した。蜂、蚕、蝶、カゲロウ、蜘蛛《くも》、蟻、蠅、ダニ、シラミなどは卵生に、蛙、ムカデ、ミミズ、カタツムリ、ナメクジ、みずすましなどは湿生に、ジムシ、キクイムシ、蟬、コガネムシ、カマキリ、ケラ、ホタル、シミ、ワラジムシ、イナゴ、スズメバチ、ジガバチなどは化生にそれぞれ分類された。

しかし、江戸時代半ばになると、もともとは植物を中心とし、それに動物や鉱物が加味された薬学であった本草学が、現在、博物学とみなされる領域にまで広がる。その結果、俳諧における自然と四季の古典的な連想は、自然科学にもとづく新たな自然観と重なり始める。また、同時期に顕微鏡が日本に伝わったため、虫も交尾により生まれることが明らかになり、虫に対する見方は大きく変化する。平賀源内(一七二八−七九)は虫も交尾するのであり、その点で人間と変わらないと主張した。源内と同時代の絵師で浮世絵、狩野派、洋風画など多彩な絵を制作した司馬《しば》江漢《こうかん》(一七四七−一八一八)は顕微鏡を使い、ごく小さな虫を拡大して観察し、虫の正確な描写を行っている。顕微鏡の影響は、歌川国貞《うたがわくにさだ》(一七八六−一八六四)が山東京伝《さんとうきょうでん》(一七六一−一八一六)の合巻『松梅竹取談《まつとうめたけとりものがたり》』(一七八九年)に描いた挿絵などにも見てとれる。見開きの挿絵に、蚊、ノミ、シラミ、ボウフラが顕微鏡で拡大されて巨大化し、それらの虫に襲われる夢を男が見ている姿が描かれている。

伝統的な自然観に対する本草学の影響は、十八世紀後半の浮世絵にも明らかである。浮世絵はもともと「浮世の世界」、特に美人画や役者絵のような遊郭や芝居小屋を描くためのものであった。しかし、主に有力大名や皇室、豪商のために作られた江戸時代の土佐派や狩野派の花鳥画屏風《びょうぶ》の影響を受け、浮世絵師は次第に浮世絵花鳥画を制作し、より広く社会に流通させた。一七六五年に錦絵《にしきえ》が登場すると、浮世絵花鳥画は狩野派や土佐派の絵画のような魅力も持ち始

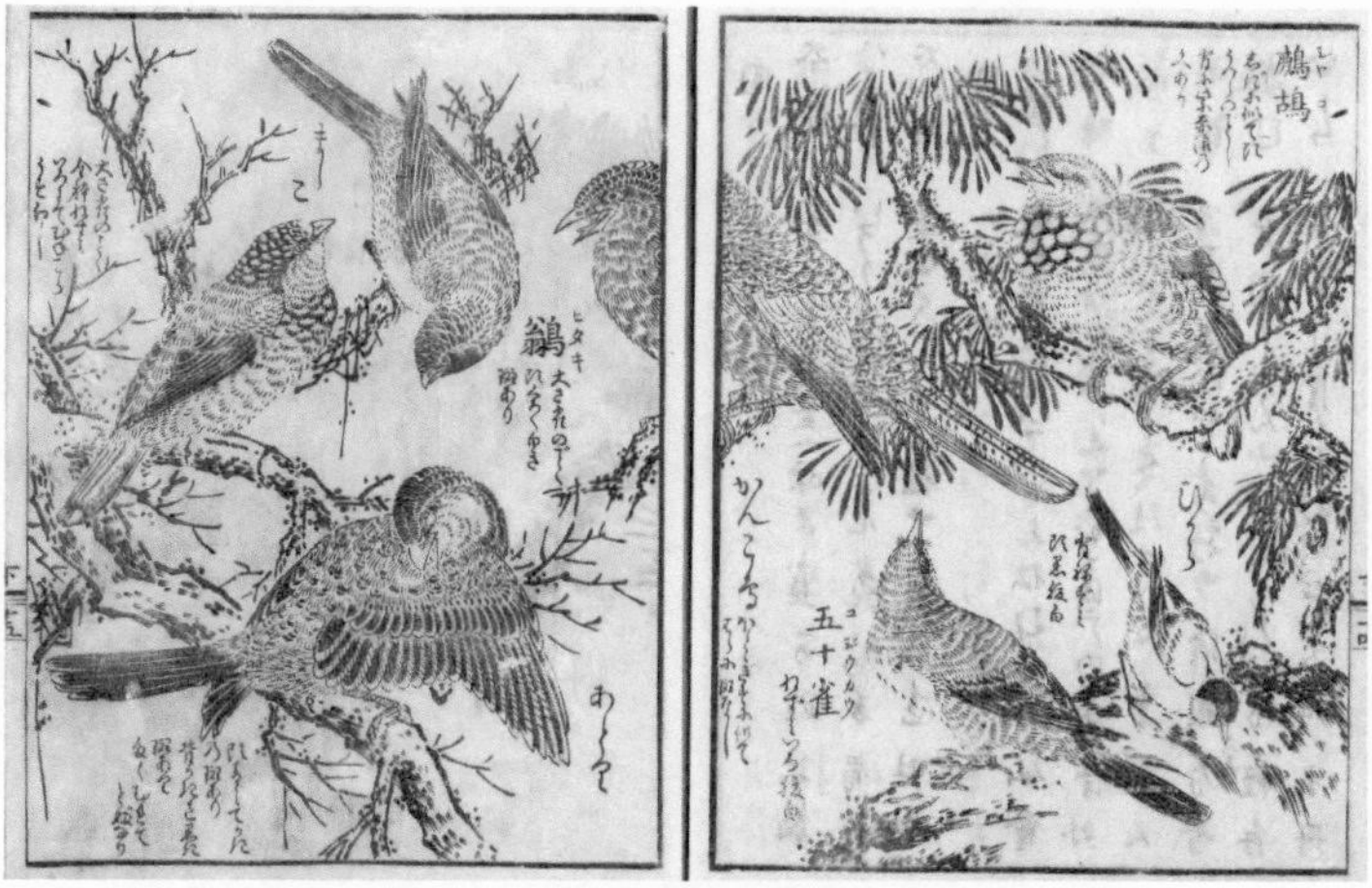

谷素外 編『誹諧名知折』二巻（国立国会図書館蔵）

める。

一七九〇年頃、初代喜多川歌麿《うたまろ》（一七五三－一八〇六）が狂歌絵本のために写実的な花鳥画を制作し、視覚芸術に躍動感にあふれる活気ある新たな分野を切り開いた。裕福な武士や庶民は、仲間内で編んだ狂歌集の挿絵を歌麿のような浮世絵師に依頼した。狂歌絵本の分野での歌麿のもっともよく知られた作品は、虫と花を描いた『画本《えほん》虫えらみ』（一七八八年）、貝を描いた『潮干のつと』（一七八九年頃）、鳥を描いた『百千鳥狂歌合』（一七九〇年）の三部作である。『百千鳥狂歌合』には、雲雀《ひばり》、鶉《うずら》、雉《きじ》、鷺《さぎ》、鵜《う》など三〇種の鳥を二種一組にし、古典的な鳥だけではなく、庶民の日常生活に登場する鶏、鳩、雀、燕《つばめ》なども描かれている。きわめて写実的な手法で描かれた鳥には、歌合の形式で狂歌が添えられ、「雲雀と鶉」の挿画に描かれた雲雀には次の狂歌が添えてある。

大空におもひあがれるひばりさへ夕べは落つるならひこそあれ

「おもひあがれる」は「思いあがる」という意味と「高く上がる」という意味の洒落《しゃれ》になっている（雲雀は空高く飛ぶ鳥と考えられていた）。今橋理子が指摘するように、科学的、医学的な目的から鳥、虫、植物を可能な限り正確に模写した、絵入りの俳書や絵入りの本草学の書物がもとになって狂歌絵本が生まれた。そして、その狂歌絵本が新しいタイプの浮世絵花鳥画を生み出したのである。

俳諧や狂歌の世界における本草学の視覚的影響は、谷素外《たにそがい》（一七二三―一八二三）編の『誹諧名知折』（一七八〇年）にもみられる。この歳時記は、鳥の特徴を明示し、さらに北尾重政（一七三九―一八二〇）による科学的で写実的な正確さで描いた絵を添えている。つまり、俳人が名前は知ってはいるが、見たことがない動植物を確認できるように作られていた。また、魚の絵にも同様の視覚的正確さがみられる。魚も江戸時代に浮世絵花鳥画の主題として広く取り上げられたが、もっとも注目すべき作品は、歌川広重《うたがわひろしげ》（一七九七―一八五八）の晩年の作、多色刷のいわゆる「魚づくし」である。広重は、天保《てんぽう》年間（一八三〇―一八四四）頃、代表作の名所絵を次々と描き始めるが、ほぼ同時期に花鳥画にも関心を寄せた。広重が本草学の影響を受けてい

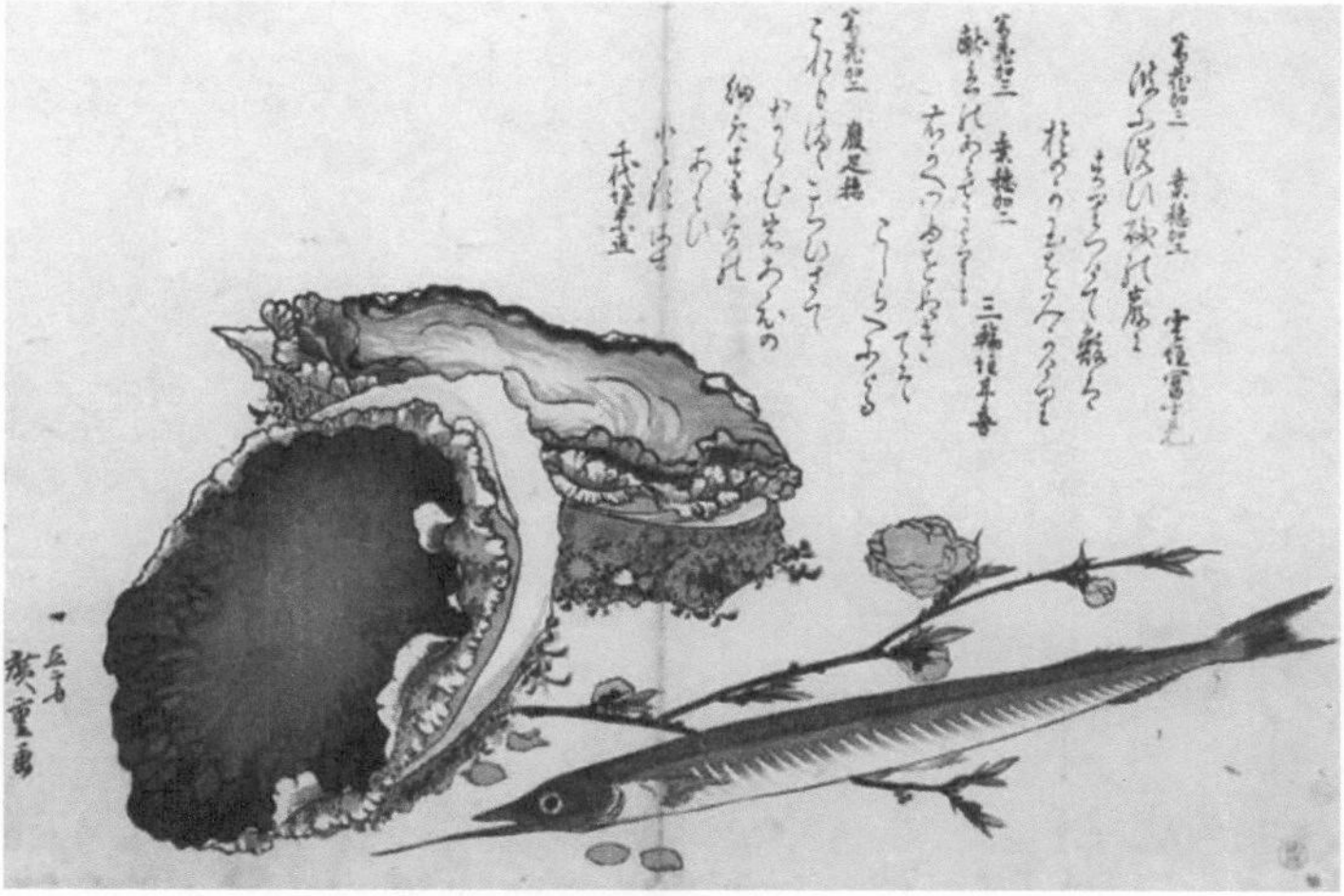

歌川広重　魚づくし（海の見える杜美術館蔵）

たことは明らかであり、「魚づくし」では伝統的な花鳥画や浮世絵花鳥画が描いた定番の鳥の代わりに多種多様な魚を描いた。「鮑《あわび》、モモ、細魚《さより》」の図には次のような狂歌が添えられている。

献立のあはせさよりも衣かへわたをぬ
きてぞこしらえにける

和歌で花や鳥が擬人化されたのと同じように、広重の絵では魚が擬人化されている。「献立にあわせて、サヨリが自分のワタを抜いて衣替えをし、〈合わせサヨリ〉をこしらえる」と、サヨリを擬人化し、食文化と結びつけることで滑稽なひねりが加えられている。

江戸時代に都市が発展し、都市の住民が

自然環境から隔てられるにつれ、本草学は実用的な薬学としての役割が減り、本草学とその関連分野は自然に関するあらゆる知識を含み込み、拡大していった。現在、博物学と呼ばれる領域にまで拡大した本草学は、多くの分野に影響を与え、特に、園芸、農業、愛玩《あいがん》動物、動物の見世物などはその影響を強く受けた。また、本草学の影響を受け、植物、虫、爬虫《はちゅう》類、魚、そのほかの動物の挿画や浮世絵が大量に制作されたが、すべて不気味なほどの正確さで描かれていた。そうした浮世絵や絵入本に描かれた自然や、花屋敷、いけ花、名所などに再現された自然によって、ある程度、「自然」が取り戻され、再生産される傾向もみられた。

日本の四季の文化のもっとも驚くべき要素の一つは、和歌とその季節の連想が深く浸透していることである。和歌の連想は、室町時代から江戸時代にかけて都市と農村の庶民社会へ広がる。その影響は非常に大きく、商業を基盤とする都市の文化が栄えた十七世紀半ばまでには、和歌を基礎とする連想は都市の庶民の教育に欠かせないものとなるとともに、俳人や浮世絵師などによるパロディの対象となった。パロディは、元の形式や内容からは遠ざかったが、まだ十分に元の形や内容が残っているため、ほんの少し作り変えることで機知に富んだ滑稽な響きが生み出される時にのみ成立する。和歌の連想が教育の基盤でもあり、ユーモアの対象でもあるという二重性は、俳諧にもっともよく表れている。俳諧は伝統的な季節の連想を庶民も利用できるようにするとともに、有名な歌題やモチーフを用いて素朴で庶民的な句を作り出した。

その結果、四季の文化が拡大し、活気づいていった。俳諧の多層的な役割は、季節のピラミッドにも見ることができる。季節のピラミッドでは和歌の連想が頂点を占めているが、底辺には同時代の平易な言葉やイメージが大量に存在する。俳人たちは「和歌の領域」か「俳諧の領域」、あるいはその両方を同時に探索しながら、このピラミッドを旅することができた。

こうした動きを象徴するのが、虫や魚に対する新しい見方である。俳人の手にかかると、和歌の伝統に則って詠まれていた虫が、夏の耐えがたい暑さや湿気といった、農村や都市の庶民の日々の厳しい暮らしの具体的表現や比喩となった。俳諧はまた、魚をはじめとする海産物にも目を向けた。それらは古典的な伝統には決して含まれなかったが、環境の変化、本草学の登場、新たな民衆文化の影響などにより、視覚文化や文学の重要な要素として台頭した。

パロディと滑稽による反転という俳諧の精神も、浮世絵のような新たな視覚文化を活気づけた。「近江八景」をもとにした鈴木春信の一連の作品は、和歌と新たな視覚的イメージとを結びつけ、絵でも文学でも日本と中国の手本とされるものを暗示しつつ、それらをパロディにした。複数の詩歌――和歌、俳諧、漢詩、川柳、狂歌――が共存した結果、視覚文化や文学における自然や四季のイメージは、古典的な連想に依《よ》りつつも、その時代の生活や出来事が織り込まれた多層的なものとなったのである。

さらに複雑な状況として、本草学や自然科学の影響が一層拡大したことがある。十八世紀までに本草学や自然科学では、顕微鏡などで自然現象を科学的に観察するようになり、絵師たちに大きな影響を与えた。本草学は日本人の自然に対する理解、特に種の分類に対する理解を変化させ、殊に十七世紀に始まる印刷文化において、植物、動物、その他の自然現象に関する視覚的表現に大きな影響を及ぼした。科学的に観察された鳥、花、虫、その他の自然現象と、詩的パロディ、機知、暗示とを組み合わせるという驚くべきことが、狂歌絵本に明瞭《めいりよう》にみてとれる。そこには、江戸時代の半ばから後半にかけて現れた自然と四季の新たなイメージが描かれていたのである。

結論　歴史、ジャンル、社会的共同体

本書は、特に都市環境における二次的自然という問題にさまざまな角度――言語芸術、視覚芸術、建築、年中行事、社会宗教上の儀式など――から取り組み、和歌、連歌、俳諧《はいかい》、立花、盆石、茶の湯、屏風絵《びょうぶ》、浮世絵など互いに密接に関連しあうさまざまな芸術様式を通じて、二次的自然がどのように展開したのかについて考察を試みた。そこから浮かび上がってきたのは、「日本人」の単一の季節観や自然観ではなく、ジャンル、社会共同体、時代、環境によって大きく異なる機能や表現からできあがった多種多様な季節観や自然観であった。これまでみてきたように、奈良時代から江戸時代までの千年以上の長きにわたる自然の表現は、それらを生み出し、消費した人々、特に平安貴族のように権力や影響力を持つ地位にいた人々の社会階層や価値観を反映している。そして、古い表現やイメージは新しいものに完全に置き換えられるのではなく、作り変えられ、新しいものに取り込まれた。その結果、互いに重なり合う表現から構成され、次第に厚みを増す多彩な織物となった。古代から奈良時代にかけて現れた自然の持つ護符的な力に対する信仰は、平安時代の貴族社会で発達した色、香、音を中心とする優雅な自然のイメージと共存し、さらに中世にはそれらは中国の影響を受けた水墨画とも共存した。江戸時代にはそれまでの自然観が、本草学の登場で生まれた新たな自然観と共存した。本草学は虫や魚などを含む動植物の科学的で写実的な描写と深く関連し、それらは浮世絵や狂歌絵本に見られるようになった。

近代の学者や批評家は、日本文化が四季と自然との調和をきわめて重視するのは、日本の気候の影響であり、かつ、日本社会が農耕を基盤とするためであるとした。しかし、記紀や『風土記』には、現在、日本文化の大きな特徴と考えられている「自然への愛」はほとんど見られない。むしろ、未開の自然は人間にとって脅威として描かれ、自然の神々は災禍や死をもたらす恐怖の存在として繰り返し登場する。しかし、平安中期から後期にかけ、地方の荘園で農民たちがそれまでよりも土地を制御し、管理できるようになると、自然の神々は次第に鎮守の神や農耕の神へと姿を変える。さらに仏教の影響が増すにつれ、土着の神は新しい仏教の諸仏や菩薩に取って代わられ、あるいは融合した。農耕に起源を持つ民話や神話も、仏教的解釈を加えられていった。

和歌が創った自然

日本文化と関連づけられる自然との調和という感性や四季を重視する姿勢は、七世紀後半から八世紀初め、『万葉集』に初めてみられるようになる。『万葉集』の季節を詠んだ歌は、風景

（「景」）と自然を用いて人間の感情（「情」）や思考を表現する漢詩の伝統の影響のもとに生み出され、さらに、川や滝を遡《さかのぼ》る鯉が成功や吉兆を意味するように、何かを象徴するのに自然の形象を用いるという中国の伝統からも影響を受けた。日本の詩歌、絵画、また都市文化に見られる季節や自然にまつわる連想の多くは、中国の様式に由来するものである。それらは奈良時代から平安初期にかけて六朝と唐から、また、室町時代に宋から、漢詩や漢詩に関連するジャンルを通して日本にもたらされた。また、八世紀の和歌に現れる梅、桃、橘《たちばな》のような自然のモチーフの多くは、野生に見られる植物ではなく、もともと中国から伝えられ、貴族の屋敷の庭で育てられたものであった。

さらに、十世紀から十一世紀にかけ、都を中心とする平安宮廷文化が、きわめて複雑で高度に体系化された季節観を発展させ、確立させた。そして、その季節感が、その後の千年にわたる優雅さのモデルと自然の文学的な表現となった。いわゆる「花鳥風月」の風景が、優雅な季節のモチーフとともに圧倒的な力を持ちえたのは、宮廷の文学や文化がきわめて大きな影響力を持っていたからである。とりわけ、『古今集』に始まる勅撰《ちよくせん》和歌集や『源氏物語』のような平安宮廷物語は、宮廷の伝統となり、平安貴族の文化的血統を手に入れたいと望んだ室町時代の大名など、後世のさまざまな階級や社会共同体のなかに浸透していった。

和歌と女性文化の間にも密接な結びつきが形成された。平安時代の十二単《じゆうにひとえ》や江戸時代の高級な仕立ての着物など、女性の身体を飾る衣装のデザインには和歌を連想させる要素が広くみられる。また、室町時代や江戸時代の大奥に暮らした女性たちや、江戸時代の大都市にある遊郭の高級遊女は、平安時代の女御や女房の名前や『源氏物語』に由来する古典的で優雅な名前を用いた（源氏名《げんじな》という言葉はここから来ている）。特に、和歌や、主に女性のために女性が書いた『源氏物語』にもとづく連想の中には、性差が生じるものがでてきた。

十二世紀から十三世紀にかけて、貴族は既に政治的権力を失っていたが、平安宮廷文化が新たな権威を帯び、古典復興が起こる。この新古典主義の傾向を一言でいえば、『新古今集』の主な特徴である本歌取りである。『新古今集』では、平安中期の有名な和歌、あるいは『伊勢物語』や『源氏物語』の一節から新しい和歌が作られた。

津の国の難波の春は夢なれや蘆の枯葉に風渡るなり　（新古今　六・625）

「摂津の国の難波の春は夢だったのか、今はただ葦《あし》の枯れ葉に風が吹きわたっているばかりだ」という、西行（一一一八―九〇）のこの歌は、平安中期に能因《のういん》（九八八―？）が詠んだ次の歌の本歌取りである。

心あらむ人に見せばや津の国の難波わたりの春のけしきを　（後拾遺　一・43）

「情趣を解する人に摂津の国の難波あたりの春の景色を見せたいものだ」という意の歌である。西行は平安時代の和歌に描かれた、このような春の景色は今はもう存在しないことに触れ、「蘆の枯葉に風渡る」冬の景色を対比させた。

和歌がきわめて広範囲に影響を及ぼしたのは、和歌が文化的語彙《ごい》や人々が共有できる言語を作り出し、それが教養、血統、優雅さと結びついたからである。少なくとも十世紀以降、貴族の教養には男女を問わず、和歌を詠む力が求められた。しかし、京都とその文化遺産を破壊した応仁の乱（一四六七―七七）が大きな転換点をもたらす。応仁の乱の後、生き残った都の文化である和歌や絵画などは、失われた宮廷の風習を存続、あるいは再創造しようとした。平安の宮廷文化の伝統は、応仁の乱で都を離れた学者や僧侶《そうりょ》による伝授や講義を通して地方へも広がった。宗祇（一四二一―一五〇二）のような連歌師や、一条兼良《いちじょうかねら》（一四〇二―八一）のような貴族の学者たちは、生まれながらには得る資格のない都の文化を得たいと強く望んだ地方の大名たちに伝統文化を伝えた。和歌を中心とする平安宮廷の古典文化が、生き延びた貴族たちの文化資本となり、彼らは秘伝を伝授し、また新たに創り出すこともあった。一方、平安の古典のさらに広い文化的価値や季節の連想は、能やいけ花のような室町時代のエリートの文化ばかりでなく、お伽草子《とぎぞうし》のような民衆の文化を通してゆるやかに広まっていった。

この新古典主義の影響を受け、中世の文学の多くが軍記物から連歌や能にいたるまで、古典的な和歌とその季節の連想を定型として用いた。覚一本《かくいちぼん》『平家物語』における自然描写は、巻五「月見」の段で実定《さねさだ》が荒れ果てた京の都に戻る場面、巻六「小督」の段の嵯峨の月明かりの夕べの場面、さらに灌頂巻《かんじょうのまき》の「大原御幸《おおはら》」で後白河法皇が建礼門院《けんれいもんいん》の寂光院《じゃっこういん》を訪ねる場面のように、平安時代の有名な和歌からの引用が織り込まれた。同様に、連歌は和歌の連想を体系化し、観阿弥や世阿弥の能は舞台背景を作り出すために、和歌からの引用をさまざまに組み合わせた。

多彩な自然観——和歌の風景と里山の風景

十二世紀以降、少なくとも二つの重要な自然のイメージが現れ、両者は貴族や僧侶の書いた作品の中で共存するようになる。一つは、特に小さな山の麓《ふもと》にある、地方の農村を中心とする「里山の風景」であり、もう一つは、和歌や都の文化に由来する「優雅な風景」である。古代には、未開の自然は荒々しく危険な神々で満ちた空間であり、過酷な敵とみなされることが多かったが、少なくとも平安中期から後期以降には、必ずしも互恵的ではないにせよ、人間と自然とが親しい関係にある場所として里山が出現する。そこでは村人たちの生活と周囲の林や野に住む動物たちの生活との間には密接な相互関係があった。そうした林や野では食料や薪、そのほかの必需品を求めて、人間が絶えず何かを採取していた。兎、狸、狐といった里山に暮らす動物たちが、平安時代や鎌倉時代の和歌や物語に登場することはほとんどないが、民話、説話、軍記物など民衆文学、特に中世に盛んになったジャンルでは重要な主人公となり、田舎の庶民生活を映し出している。

理想化された里山の風景は文学的で詩的に理想化された「山里」という形で、特に都市的、貴族的な自然表現のなかに登場するようになる。平安の歌人は、山里を社会の脅威や喧騒《けんそう》から逃れることのできる場所と考えていた。中世後期、中国から禅の影響を受けた水墨画が伝わり、山に住む隠者を描くようになると、山里はさらに理想化された。理想化された山里の延長上にあるのが、中世後期から江戸初期にかけて現れた侘茶《わびちゃ》である。侘茶は都市の中の小さな茶室で行われ、一種の「田園的」隠遁《いんとん》を表現した。

文化的エリートの書いた作品にみられるように、都の風景と農村の風景は、特に室町時代以降、説話、軍記物、お伽草子、能、狂言、俳諧などさまざまな民衆文学で混ざり合うようになる。奈良時代と平安時代の説話集に和歌はほとんどみられず、平安後期の『今昔物語集』でも、全三一巻のうち、和歌について語られるのは巻二四のわずか一巻にすぎない。しかし、和歌の伝統は民衆の文化でますます大きくなり、室町時代のお伽草子では「公家物」と呼ばれる作品群が登場するまでになる。一三七一年頃に編纂《へんさん》され、説話文学の影響が強くみられる覚一本『平家物語』にも、戦いの語りのなかに和歌や宮廷物語風のくだりが織り込まれ、中には女性が中心人物となる話もある。宝井其角《たからいきかく》（一六六一―一七〇七）の有名な発句「平家なり太平記には月も見ず」は、宮廷の優雅さや自然美の描写が『平家物語』にはみられるのに対し、北朝と南朝の血なまぐさい争いを描いた『太平記』（一三六八―七九頃）にはみられないことを鋭く指摘している。室町時代に盛んになった能も、宮廷を基盤とする文化と田舎の自然の風景との交錯点となった。重要なのは、中世の物語と能のいずれにも、柳、桜、菊といった和歌を連想させる存在が主人公として登場することである。動物や植物の主人公は新しい種類の内面性を持ち、人間の行動や環境破壊の結果としての自然の「苦しみ」を表現している。江戸時代は都市の民衆文学の発達が顕著だが、里山の風景は植物、動物、河童《かっぱ》などの超自然的存在からなる世界とともに、民話や、初めは子供向けだが、十八世紀には大人向けにも書かれた絵入りの赤本、黒本、黄表紙といった草双紙などに繰り返し登場する。

自然のイメージや再創造されたものはきわめて種類が多く、社会的、宗教的共同体の数に匹敵するほどである。しかし、自然観は多種多様でありながら、二つの特徴がはっきりと認められる。一つは、特に社会的、政治的支配階級においては、和歌とその季節や自然の連想の影響がさまざまなメディアに深く入り込んでいることであり、もう一つは、「伝統芸術」や都市において自然の再創造が幅広く行われていることである。これまで論じてきたように、和歌は奈良時代から江戸時代までの日本の自然観に圧倒的な影響を及ぼし、貴族文化における和歌以外のすべての仮名文学（物語、歌物語、歌日記、紀行文）と、屏風絵、襖絵《ふすまえ》、絵巻のような視覚芸術にも浸透した。その結果、近代になると、季節をめぐる連想、調和、優雅さに重きを置く、和歌を基盤とする世界観だけが、「日本人」の唯一の自然観とみなされ、自然環境を再創造しようとしたその他の多彩な視点は見逃されてしまった。

和歌と「四季のイデオロギー」

和歌には二つの役割がある。一つは、一回限りの社会的、政治的、宗教的行為としての役割である。歌、書、紙は知的な対話の表現形式として機能し、一回限りの出来事が終われば必然的にその意義の大半は失われた。もう一つは、手書きや印刷されて残されたものとしての機能であり、それはもともとの出来事を離れても存在し続けた。和歌が詠まれたときの社会的、政治的、宗教的な場を再現したいという願望は、歌物語や歌日記、紀行文など数多くの文学ジャンル、歌集の詞書《ことばがき》や註《ちゅう》を生み出した。もともとの出来事を再現するのが困難な場合は、過去の歌や確立した題、特に季節に関する題に関連づけて解釈した。そのため、一回限りの出来事としての和歌の力が失われたとしても、書き残されたものとしての和歌は、より大きな、歴史を超越した場のなかに存在し続けた。和歌はその伝統的な季節観によって共同体の記憶のなかにしっかりと根づき、人々は歌集、歌論書、歌の手引書、歳時記を通して共同体の記憶に触れ、利用することができた。

和歌はまた、「四季のイデオロギー」——社会階層的な権力関係を強化するために四季の文化を用いること——においても重要な役割を果たした。『古今集』に始まる勅撰和歌集は、天皇と宮廷の上流階級を中心とする理想化された世界を創造した。勅撰和歌集は、平安時代から中世にかけて、貴族階級が経済的、政治的権力を失った後も長い間、計り知れないほどの権威を有し、時間と空間――「天の下の」自然と人間、天と地――が、天皇と宮廷の周りに秩序だって配され、和歌を通して調和がとれているという幻想を作り出そうとした。この立場は、少なくとも部分的には、秩序正しい季節の循環は皇帝の支配のありようをそのまま映し出すとする中国の伝統から来ている。この世界観では地震、洪水、大火、疫病といった天災や災難は、国の失策や皇帝の悪政の証《あか》しとされた。こうした考え方は、たとえば『源氏物語』では源氏の須磨流謫《るたく》のくだりにみられる。また、平安時代以降、庭や室内装飾などにみられる四方四季も、理想化された国、あるいは永遠に調和のとれた世界のイメージとなった。

四季のイデオロギーは、都から見た日本の文化的地形図を表す歌枕にもみられる。歌枕となる場所は、初めのうちは奈良や京都の地域に集中したが、次第に東国（関東）、九州、東北地方へと広がった。歌枕には嵐山《あらしやま》や吉野など、貴族がよく訪れ、紅葉、桜、雪その他の「伝統的な」季節の風景で知られる名所が含まれる。平安時代や鎌倉時代には、都から遠く離れた地域の歌枕は、ボタンを押すと連想を呼び起こすスイッチのような機能を果たし、貴族が実際に旅をすることなく旅をするための手段となった。つまり、はるかな地にある歌枕を用いて歌を詠むことは、田舎の風景を自らの詩的な庭に取り込むことであった。平安時代に歌枕は、『古今集』の季節や恋の歌にちりばめられ、名所を描いた屛風絵、寝殿造の庭、さらに特定の歌枕の場所がわかるように作られた州浜に至るまで大量に再生産された。そして次第に――平安後期に始まり、江戸時代に拡大するが――能因、西行、宗祇、芭蕉といった歌人、連歌師、俳人たちが遠く離れた歌枕の地を実際に訪れ、その地を詠んだ歌や句を作った。その結果、歌枕の地は歌や句に詠む場所としてだけでなく、訪れる場所としても有名になった。江戸時代以降、歌枕を持たない、つまり、文化的に認められていない地域に住む歌人や俳人は、和歌風の名前を用いて彼ら自身の歌枕を作り、自分たちを都の文化と結びつけ始める。同時に、俳人たちはそうした伝統的な連想を越え、都中心の言説の束縛から脱しようと、非伝統的な言葉遣いや田舎の風景を用いて俳枕と呼ばれる新しい名所を創り出した。

江戸時代に入ると、大坂、京都、江戸の三つの主要都市を中心に、資本を基盤とする商業社会が生まれるとともに、詩歌の地勢図にも急激な変化がもたらされた。十七世紀後半の井原西鶴《いはらさいかく》の浮世草子や近松門左衛門《ちかまつもんざえもん》の浄瑠璃《じょうるり》や歌舞伎に描かれているように、文学上の主要な関心事は、金銭と社会的地位で決まる人間関係となる。商業を基盤とする新しい経済は、加工製品より農作物が中心であり、さまざまな農作物が全国に流通するようになったため、季節、気候、食べ物に対する意識が高まった。さらに、新たな商取引経済が輸送網を大きく発展させたことで、松尾芭蕉のような旅人や参詣《さんけい》に出る人の数が飛躍的に増加し、人々は都市を離れ、自然に触れることができるようになった。さらに、商業を基盤とする新しい社会は余暇と教育を生み出し、人々が詩歌（俳諧、川柳、狂歌、漢詩、狂詩）や伝統芸術（いけ花や茶道など）に関わることができるようになった。そうした活動は、武士、都市の庶民、裕福な農民の間でそれまでには見られないほどの規模で盛んになり、農業、旅、詩歌に関する本が大量に出版されることにつながっていった。

十七世紀の印刷文化の勃興《ぼっこう》と俳諧に関する書籍の出版もまた、詩歌に関する知識を広めるのに大きな影響をもたらした。十七世紀なかば、北村季吟（一六二四－一七〇五）のような貞門俳諧の俳人や学者は、それまで貴族、僧侶、有力武士たちに限られていた古典の知識を都市の庶民に積極的に広めた。古典文化のもっとも有能な伝達者となったのは、根幹の部分で伝統的な言葉の連想、特に季節の連想に負うところが大きかった俳諧である。季吟のようなすぐれた俳人や俳諧師は、平安時代の古典の新たな版や注釈書を編纂し、出版した。季吟の『源氏物語湖月抄』（一六七三年）はその代表例である。彼らはまた、これも季吟の手になる『山之井』（一六四八年）のような歳時記を作り、庶民層の読者や俳人が伝統的な季節の連想を簡単に利用できるようにした。このようにして、江戸時代の初め頃には平安の宮廷文化、特に和歌文化は、庶民文化に浸透し、日本の隅々にまで広がっていった。

家や門による「四季の文化」の伝承

日常のアマチュアのレベルにおいて、日本の詩歌は芸術というより技術とみなしたほうがいいかもしれない。室町時代中期の『七十一番職人歌合』（一五〇〇年頃）が、連歌師を職人とみなしたことは重要である。和歌、連歌、俳諧といった日本の詩歌は、卓越した才能を持った人ばかりでなく、誰でも作れるようになっている。日本の伝統芸術の多くは、決まった「型」の習得が基本である。そのため、アマチュアをはじめ、多くの人が師の指導のもとで型を実践することができる。ありふれた季語には、「ほととぎす」のように五文字のものもあり、季語を選んだ段階で発句や俳句の十七文字のほぼ三分の一が既にできあがっている。和歌や連歌にはより複雑な作業が伴うが、一定の型を用い、標準となる手本を模倣する点は同じである。多くの人が実践し、共有し、模倣できる一種の技術として、詩歌は文化の記憶を伝える重要な手段となった。

『万葉集』の宴歌から平安時代の歌合や江戸時代の俳諧まで、詩歌の主なジャンルの多くが、通常、歌合の判者や連歌師、俳諧師のようなプロや師の監督のもと、集団で行われた。詩歌の指導者たちは、家や門の長、あるいはそれに次ぐ地位にあり、名だたる歌人や俳人も何らかの家か門に属していた。家や門は何世代、特には何世紀にもわたって続き、特別な知識や資料を多く所有していた。このような家や門によって、知識はますます専門化した。たとえば、連歌では規則があまりにも複雑になったため、連歌を巻く際には、規則が確実に守られるように連歌師が座をとりしきる必要があった。

「家」の制度は、和歌に限らず、日本の伝統芸術の一般的な特徴である。たとえば、和歌の冷泉家、能の五つの流派（観世、宝生《ほうしよう》、金春《こんぱる》、金剛《こんごう》、喜多《きた》）、いけ花の池坊、茶道の裏千家《うらせんけ》などがよく知られている。家を基盤とする流派は平安中期に始まるが、江戸時代には家元制度に基づく新しいタイプの流派が現れ、金銭的な利益のために、時には出自や社会的地位に関係なく、大勢の弟子を集めた。多くの人々に門戸を開く家元制度は今日まで続いている。

家元制度が生まれた江戸時代以降は、和歌、連歌、俳諧を嗜《たしな》む人々には、裕福な武士や都市の庶民などアマチュアも少なくなかった。最高のレベルを極めることができるのは専門家に限られたが、こうした文学や芸術は簡潔でわかりやすく、専門家でなくても始めることができた。また、家元制度が多くの人々に門戸を開いたため、歌や句を作ったり、いけ花やお茶などを習ったりする人々の数は増えていった。そして、彼らは、多かれ少なかれ、四季の文化に関する知識をよりどころにした。

季語――季節の分類と連想

江戸時代を通して、漢詩文は和歌同等、あるいはそれ以上の地位があり、和歌よりもはるかに幅広い題や対象――貧困から教育、戦いまで――を取り上げていた。日本人が作ったものも含め、漢詩文は「瀟湘八景」の題のように、季節の題に絶えず新たな着想を与える源であった。しかし、和歌のように、入念に分類され、体系化された季節の連想を創り出し、社会慣習あるいは美的風習のための豊かな語彙を提供することはなかった。また、平安時代や中世の今様から江戸時代の都都逸《どどいつ》や端唄《はうた》にいたる多種多様な歌謡は、セクシュアリティや身体といった〝優雅ではない〟題をありのままに扱った。しかし、これらの俗な歌謡でさえ、そのほとんどが和歌の語彙やイメージの持つ古典的な伝統に深く依存し、目的に応じて和歌的要素を利用した。

俳諧も古典的な連想と民衆文化の新しい題とを結びつけ、見立てという新しい文化を発展させるのに大きな役割を果たした。鈴木春信による「近江八景」のさまざまな版が示すように、和歌文化に由来する四季の文化のモチーフと題は、江戸時代、特に俳諧、川柳、狂歌、浮世絵において、しばしばパロディやひねりの対象となった。また、漢詩と和歌をパロディ化し、優雅な題を低俗な、あるいは卑猥《ひわい》なイメージへと転換させることも多かった。和歌を基盤とする題や連想の低俗化は室町時代に始まり、初期の俳諧は古典的なイメージを逆のイメージへと面白おかしく反転させた。しかし、十八世紀後半までには、中国や平安時代の古典に通じた高い教養を持つ武士や裕福な町人が狂歌を作るようになり、古典的なモチーフを反転させ、さらに高度なパロディを生み出した。江戸後期の民衆文化や浮世絵のユーモアの多くは、古典的なイメージを同時代の庶民生活に関する題へとひねりを交えて置き換える見立てに基づいている。狂歌と俳諧はともに、取り上げる対象を低俗化し、権威を貶《おとし》めることで、地位を下げることもできたが、同時に伝統的な文化的連想に注目することで、対象の地位を上げることもできた。

自然や社会のほぼあらゆる様相を季節ごとに分類した季語の体系は、まず和歌と連歌において大きく発展し、俳諧によって拡充され、近代に入ると俳句に受け継がれ、さらに浸透した。こうした移り変わりはあったものの、暦の上の年月ばかりでなく、日常生活や物質的な世界にも意味を与える手段として、自然や季節のイメージを強調することは変わっていない。季節はあらゆる文化にとって重要であるといえるだろう。しかし、日本の事例をきわめて驚くべきものにしているのは、文化的な季節化――特に自然を特定の連想とともに季節ごとに分類すること――が、千年を超える期間にわたってさまざまなメディアや文学や芸術のジャンルで生じていることである。さらに、大都市における二次的自然の発展とあいまって詩歌や芸術の伝統が浸透し、大都市では自然が社会、文化、宗教、娯楽上の多彩な機能を担った。

季節のモチーフと季節を超えたモチーフ

これまで見てきたように、日本の詩歌や視覚芸術における二次的自然は、季節のモチーフと季節を越えたモチーフの大きく二つに分類される傾向がある。鶯《うぐいす》、桜、胡蝶《こちょう》といった季節的モチーフは、特定の季節やその様相を表す。これに対し、松、竹、鶴、亀、鯉といった季節を越えたモチーフは、一年を通じて現れ、通常、吉兆あるいは護符的意味を持つ。また、梅や菊のように、どちらにも現れるものもある。和歌の伝統に深く根ざした思想の持ち主であった本居《もとおり》宣長《のりなが》（一七三〇―一八〇一）は、「敷島の大和心を人問はば朝日ににほふ山桜花」と詠み、桜を日本の究極の象徴であるとみなした。一方、日本の自然の持つ文化的役割に関してもっともよく知られた近代の言説の一つである『日本風景論』（一八九四年）で、志賀《しが》重昂《しげたか》（一八六三―一九二七）は峻厳《しゅんげん》な松を日本人の「性格」の究極の表現であるととらえた。もっとも有名な季節的モチーフである桜と、もっとも有名な季節を越えた護符的モチーフである松は、何世紀にもわたり共存し、異なりつつも相補的な二つの役割を果たしてきた。

自然の文化的機能は、都市社会では少なくとも三つのやや儀式的な形で現れる。第一に、年中行事や祭りという形で現れるもので、厄除《やくよ》け、長寿、招福といった護符的な目的を持つことが多い。そして、参加者が宇宙の生命力の源や神々と結びつけられるのが一般的である（神々は樹木、植物、岩、動物といった自然物の形をとることが多かった）。この護符的機能は、正月の門松から春の若菜摘みにいたるまで、多くは中国起源である主要な宮廷行事ばかりでなく、ほとんどが土着のもので、地域的な性格を持ち、農耕に関連するものが多い農村の里山文化にもみられる。

第二に、自然を文化的に用いることは、客人、友人、目上の人への挨拶《あいさつ》という対人関係のレベルで機能した。いけ花は、手紙に季節の花や植物を添えるという平安時代の貴族の風習にもその起源がある。手紙には時候にふさわしい歌、紙、花が添えられた。自然は洗練された礼儀正しさを賞賛したエリート社会の優雅なコミュニケーションの手段として機能したのである。さらに室町時代から江戸時代にかけ、儀式と対人関係という二つの機能は、立花や茶の湯といった芸術において結びついた。

第三に、花見、月見、紅葉狩り、雪見に代表される風習に見られるように、自然は共同体や社会で認められた娯楽として機能した。季節的な娯楽は宗教的な起源を持つが、共同体での無礼講の場へと変化した。たとえば、花見は早くは奈良時代に貴族社会で始まったが、室町時代になると次第に庶民の社会にも広がり、江戸時代には都市の庶民生活に欠かせないものとなった。重要なのは、飲食や踊りが中心の共同体的な娯楽が、和歌でもっともよく詠まれた、花、月、紅葉、雪にかかわるものだったことである。これらの娯楽は重要な季節の行事として遊郭でも行われ、江戸時代に庶民の間で人気を博した名所詣とも深く結びついた。

江戸時代には大都市やその近郊――たとえば江戸の上野のような寺や神社の境内や庭園――に、季節の行事を行う場所が新たに数多く造られた。その結果、共同体の娯楽の対象として自然が果たす役割はさらに増した。また、桜は古代には雑木林にある木として薪に用いられたが、平安時代には、京都の今宮《いまみや》神社のやすらい祭(現在は四月の第二日曜日)のように、桜の花が散った後に、疫病が流行するのを防ぐために、疫神を鎮める鎮花祭が行われるようになった。さらに、九世紀後半以降は、桜の木は柳と同じように、美観の目的で都や貴族の屋敷の庭に植えられ、桜の名所が作られている。

紅葉狩りをする風習は、平安時代初頭、京都の周囲の山の谷あいで始まったと考えられるが、色鮮やかに紅葉する木々を屋敷の庭に植えたり、都市の中に木立を作ったりしたおかげで、紅葉狩りの場は都市の中へと移った。寂光院、清水寺《きよみずでら》、嵐山など、今日、京都にある紅葉の名所は、美しく紅葉するイロハモミジや葉が黄色から紅色へと変わるオオモミジなど、特別な木々が呼び物だが、これらの木々は観賞目的で植えられたものである。魅力的に見えるよう剪定《せんてい》され、下生えを刈り込まれ、定期的に掃き清められる。言い換えれば、現在、京都の「四季折々の自然」といわれる景観は、人々を惹《ひ》きつけるために注意深く手が加えられた人工の産物なのである。

これら三種類の文化的な季節化は、すべて近代以降も受け継がれた。一八七二（明治五）年の新暦への移行とともに、明治政府は江戸時代を通して旧暦で重視されていた年中行事の五節句を公式に廃止した。七夕は和歌の秋の題であり、旧暦七月七日に行われていたが、これ以後、地域によっては、七夕は新暦七月七日、つまり夏に催される行事となった。七月七日という日付のまま、季節が秋から夏へと変化したのである。一方、最新の歳時記でも七夕は秋の題や季語のままであり、実際の行事と伝統的な文化的連想との間に乖離《かいり》が生じている。新暦への移行に伴い、春の始まりとされた正月も春という季節から切り離され、春は新暦では二月に始まることになった。こうした混乱が起きているものの、季語の体系は俳句にとってきわめて重要であるため、伝統的な季語と季節との結びつきは今でも用いられている。

近代と季語

江戸時代の俳諧とその後継者である近代の俳句との大きな違いは、二十世紀には連歌が姿を消し、季語を必要とする俳句のみが生き残ったことである。結果として、近代俳句の少なくともその初期の段階では、季節的な句が第一とされ、社交的な句は二の次にされた。近代俳句の創始者である正岡子規（一八六七–一九〇二）は恋の句を全くといっていいほど詠んでいない。

花衣ぬぐやまつはる紐いろいろ

このような恋の句が作られるのは、大正時代に入り、女性俳人の草分けの一人である杉田《すぎた》久女《ひさじょ》（一八九〇－一九四六）らが現れてからのことである。この句の季語「花衣」は春の季語である。この句は、花見から帰ったばかりで、ひょっとすると花と酒に酔っているかもしれない詠み手が、鮮やかな着物を脱ごうとするが、色とりどりの紐《ひも》がからまり、着物がまだ体にまとわりついていることを示唆している。

近代俳句は生き残るために伝統的な季節の連想に依存したが、和歌の近代版である短歌は季節の連想を必要としなかった。その好例は、明治時代の恋の歌の先駆者である与謝野《よさの》晶子《あきこ》（一八七八－一九四二）が詠んだ次の歌である。

やは肌のあつき血汐にふれも見でさびしからずや道を説く君

『みだれ髪』（一九〇一年）所収のこの歌は、女性が挑発する立場にあり、因習を鋭く打破する恋のアプローチを表現している。より現代に近い例としては、俵万智《たわらまち》（一九六二－）の歌が挙げられよう。彼女の短歌集『サラダ記念日』（一九八七年）はポップカルチャーの一現象となり、百万部以上の売り上げを記録した。

落ちてきた雨を見上げてそのままの形でふいに、唇が欲し

短歌では、恋の題は近代俳句と違い、季節に媒介される必要はない。短歌は季節的な連想を用いることもあるが、生き残るために依存することはなく、『古今集』のような恋と季節の間の共生関係からは大きく隔たっている。

季節と関連しない詩歌へ向かう動きは、十八世紀に俳諧から川柳が派生したことにも明らかである。社会に目を向け、風刺をきかせる川柳は、季語を必要としない。また、語彙を優雅な題に厳しく限定していた平安時代の和歌とは対照的に、室町時代や江戸時代の俳諧は低俗でエロティックなものも含め、どのような言葉や題も許された。そして、明治時代に短歌が和歌の後継者となり、近代俳句が江戸の俳諧の後継者となったが、役割は大きく逆転する。語彙や内容に制限がなくなったのは短歌のほうであり、近代俳句は季語を必要とし、俳句を詩的伝統につなぎとめた。言い換えれば、千年以上、伝統的なジャンルであった和歌は、近代以降、短歌という前衛の手段となり、反体制的ジャンルとして始まった俳諧の子孫は、詩歌、特に四季に関する伝統の擁護者となったのである。

一八九四年七月二四日から『日本』という新聞に掲載された一連のエッセイで、正岡子規は自然、人事、文学ジャンルの関係を分析している。子規は、日本文学の大きな特徴の一つは、

詩歌と自然が重要な役割を果たしていることであり、特に俳句や短歌といった詩歌が自然表現の主な手段となっていると論じた。一方、演劇、叙事詩、小説に中心を置く近代ヨーロッパ文学は、散文や人事に中心を置く傾向があるとした。さらに子規は、明治になって日本の書き手たちがヨーロッパ文化や文学の影響を受けた結果、日本において当初より、歴史書とともに〈書く〉という行為の中心的存在であった詩歌から、小説や演劇へと関心を移し、小説や演劇のみが文学ジャンルであると考える者さえいると指摘する。詩歌と自然に対する正岡子規の立場は、小説や演劇を頂点とする近代の文学ジャンルで地位が低下した短詩型や抒情《じょじょう》的な詩歌を擁護したものと解釈できる。子規の一番弟子であった高浜虚子（一八七四―一九五九）は一九二八年の講演で「俳句は花鳥風月を描くべき文学である」ことを強調した。花鳥諷詠《ふうえい》と呼ばれるこの立場に対し、一九三一年、虚子の弟子である水原秋桜子（一八九二―一九八一）らは新興俳句運動という対立する動きを起こした。彼らは反戦活動も含め、人間社会の営みや社会への関わりが近代俳句の中心目標であると考えた。この二つの方向――一つは自然に向かい、もう一つは社会へと向かう――は近代俳句の相異なる側面を示しているが、どちらの立場にあっても、近代俳句では大半の句が季語を用い続け、季語は俳人と読み手との間で共有される連想の土台となり、日本の詩歌の文化的基礎であり続けている。そして、それらの連想と句例が収められた歳時記が、近代の俳人の手引や参考書となり、共通の文化の記憶を表現するものとなっている。

『カラー図説　日本大歳時記』（水原秋桜子、加藤楸邨、山本健吉監修　一九八三年）のような典型的な今日の歳時記は、新年、春、夏、秋、冬の五つに分類された五〇〇〇に及ぶ季語を収録している。江戸時代に登場した季節のピラミッドはなお存在し、ピラミッドの頂点には古典的な伝統に基づく言葉が位置し、土台の部分は現代の生活を表す季節の言葉が占めている。都市化と環境の変化によって、ほととぎすのようにかつてピラミッドの頂点にあった言葉のいくつかはあまり登場しなくなったが、桜や紅葉は大きな比重を保ち続けている。また、夏を示す新しい季語の例として、ビール、泳ぎ、キャンプ、ナイター、ヨット、日焼け、サングラスなどがある。ビールは年間を通して飲むものかもしれないが、冷たいビールとビヤホールは日本の暑い夏の夜を強く連想させ、夏がビールの詩的、文化的連想となっている。このような例が示すように、四季の部に属するテーマは、植物、動物、山、川には限らない。たとえば、ビールやサングラスを二次的自然の一形態とはとらえにくい。今日の季語は、食べ物から野球にいたる幅広い社会活動に広がり、もっとも広い意味で人間と社会の風景を網羅するようになった。別の言い方をすれば、季語の体系は自然に対する意識を反映するばかりでなく、一年を通した個人あるいは社会生活を系統立てる手段としても機能し、系統だった季節の節目を与えている。その意味で、ファッションが今なお季節を特定の色や言葉やイメージでとらえているように、季節の語彙は季節の装いとも関連しているのである。

日本にはかつて存在した野生の自然がほとんど残っていないため、植林された林、人の手を加えられた庭、名所、神社や寺院の境内という形で再現された二次的自然が、田舎や都市の環境緑化に貢献したことは間違いない。また、長い間、人口の大多数を占める都市の住民は、詩歌、絵画、いけ花、着物のデザイン、食べ物、年中行事に見られる自然のイメージから季節を感じてきた。都市部の会社勤めでは一日のうちで自然に触れることは少ない、場合によっては日の光もほとんど見ることがないかもしれない。そうした環境においては、二次的自然を通してではあるが、伝統芸術や伝統文学が自然や季節に触れる機会をもたらしてきたのかもしれない。たとえば、茶道を嗜むことで、茶室の床の間の花、掛け軸の書、茶釜《ちゃがま》や茶杓《ちゃしゃく》の歌銘といった二次的自然に触れることができる。実際の自然とは似ても似つかないかもしれないが、文化的想像力の中で自然はよみがえり、人々は自然を取り戻すことができた。

しかし、戦後、若い世代のいけ花や茶道離れが急速に進み、それらに親しむ人々の数も大きく減少した。また、かつては伝統的な日本建築の文化的中心であった床の間も、和室の減少とともに現代のマンションや一戸建てからほとんど姿を消した。さらに、農村地帯にあっても里山の風景を見つけるのがますます難しくなってきている。代わりに、人々は山登りや国内旅行、デパートやスーパーの食料品売り場、高級な和食、また、テレビの天気予報のコーナーで伝えられる季節の移り変わり、特に桜の開花情報や紅葉情報のニュースなどから自然観や季節感を得ている。

しかし、現代の日本から自然や季節の表現が少なくなっているからといって、一二〇〇年以上に及ぶ日本文化史、すなわち、詩歌、絵画、伝統芸術ばかりでなく、建築からファッションに至る幅広い領域において、自然や季節をめぐる表現が持ち続けてきた巨大な影響力が減ったわけではない。これまで見てきたように、詩歌における自然のイメージは、七世紀初めから社会的コミュニケーションの主要な手段となり、その後、何世紀もの間、自然や季節のイメージが美的、宗教的、政治的表現の重要な回路となった。和歌が創造し、高度に体系化された季節の表現は、時代を重ねるごとに複雑化し、多層化した自然観や季節感に不朽の基礎を築いたのである。

同時に、文化の季節化が広範囲に及び、二次的自然が遍《あまね》く浸透していることがかえって、環境を守る必要があり、環境の保全が急務であるという意識を鈍らせたのかもしれない。戦後日本の環境保護に関する取り組みはあまりよい結果を出していない。神社が取り壊されることで大木を守る意識が強まったり、歌枕の地が破壊されることで昔からある有名な場所の環境に対する意識が高まったりすることはある。しかし、近代俳句や伝統芸術に携わる人々は、より大きな環境問題への意識を高めるために先頭に立つことはしてこなかった。この点からみると、日本文化に二次的自然が広く行き渡っているために、日本人が一次的自然、つまり野生の自然にも親しんでいる、あるいは、調和しているという誤解を生んでしまってきたのかもしれない。現在、差し迫った課題として世界的に大きな関心がもたれている環境問題に対する日本人の意識を考える上で、千年以上にわたって続いてきた自然との関わりにも目を向ける必要があるだろう。

参考文献

はしがき

・オギュスタン・ベルク、篠田勝英訳『風土の日本――自然と文化の通態』筑摩書房、一九八八年。（Augustin Berque, *Le Sauvage et l'Artifice. Les Japonais devant la nature*, 1986, Paris : Gallimard.）

・Ursula K. Heise, in "Forum on Literatures of the Environment," *PMLA*, Vol. 114, no. 5. 1999.

・Kate Soper, *What Is Nature? Culture, Politics and the Non-Human*, Oxford: Blackwell, 1995.

序　論

・西原和夫、塚越和夫、加藤実、渡部泰明、池田匠編『新総合図説国語』東京書籍、一九九四年、改版二〇〇〇年。

・高橋和夫『日本文学と気象』中公新書、中央公論社、一九七八年。

・吉良竜夫『生態学からみた自然』河出書房新社、一九八三年。

・安田喜憲「列島の自然環境」、安江良介編『日本列島と人類社会』（岩波講座　日本通史　第一巻）、岩波書店、一九九三年。

・飯沼賢司「環境歴史学序説——荘園の開発と自然環境」、『民衆史研究』第六一号、民衆史研究会、二〇〇一年五月。

第一章

・伊藤博「『万葉集』における「古」と「今」——巻九の構造論を通して」、『国語と国文学』一二月号、一九七一年一二月。
・川村晃生『摂関期和歌史の研究』三弥井書店、一九九一年。
・阿蘇瑞枝「『万葉集』の四季分類」、『論集上代文学』万葉七曜会編、笠間書院、一九七三年。
・新井栄蔵「『古今和歌集』四季の部の構造についての一考察——対立的機構論の立場から」、『古今和歌集』（日本文学研究資料刊行会編「日本文学研究資料叢書　十五」、有精堂出版　一九七六年）
・篠崎祐紀江「「六百番歌合」歌題考——四季の部をめぐって」、『国文学研究』、早稲田大学国文学会、一九八〇年三月。
・橋本不美男、滝沢貞夫『校本永久四年百首和歌とその研究』、笠間書院、一九七八年。
・風巻景次郎「八代集四季部の題における一事実」、『新古今時代』（風巻景次郎全集第六巻）、桜楓社、一九七〇年。
・有吉保『新古今和歌集の研究　続篇』笠間書院、一九九六年。

第二章

・伊原昭『平安朝の文学と色彩』中公新書、中央公論社、一九八二年。
・武田恒夫『日本絵画と歳時――景物画史論』ぺりかん社、一九九〇年。
・石川常彦編『拾遺愚草古注』（中世の文学）三弥井書店、一九八三―八九年。
・サントリー美術館編『歌を描く　絵を詠む――和歌と日本美術』サントリー美術館、二〇〇四年。
・酒井欣『日本遊戯史』建設社、一九三四年。
・井田太郎『近世文芸の表現技法〈見立て・やつし〉の総合研究プロジェクト報告書　第四号』国文学研究資料館、二〇〇九年。
・金子彦二郎『平安時代文学と白氏文集』培風館、一九四三年。
・赤羽淑「藤原定家の十題百首」『文芸研究』（一九六四年九月）久保田淳編『新古今歌人の研究』（東京大学出版会　一九七三年再録）。
・光田和伸「連歌新式の世界――連歌式目モデル定立の試み」、『国語国文』一九九六年五月。
・奥田勲『連歌師――その行動と文学』評論社、一九七六年。
・富安風生編『俳句歳時記　新年の部』平凡社、一九五九年。
・高浜虚子『新歳時記』三省堂、一九三四年（再版　一九五一年）。
・水原秋桜子、加藤楸邨、山本健吉監修『カラー図説　日本大歳時記』講談社、一九八三年。
・風巻景次郎『源氏物語の成立』（風巻景次郎全集　第四巻）桜楓社、一九六九年。

・奥田勲「連歌における風景」、『聖心女子大学論集』一九八九年一二月。
・鶴崎裕雄「連歌師の絵ごころ――連歌と水墨山水画、特に瀟湘八景図について」、『芸能史研究』四三号、一九七三年。

第三章

・川本重雄「住まいの系譜と飾りの系譜」、玉蟲敏子編『〈かざり〉と〈つくり〉の領分』（講座日本美術史　5）東京大学出版会、二〇〇五年。
・川本重雄『寝殿造の空間と儀式』中央公論美術出版、二〇〇五年。
・伊藤ていじ「芸術　日本のデザイン」、伊東俊太郎編『日本人の価値観』（講座・比較文化7）研究社、一九七六年。
・錦仁「和歌における砂浜と庭園」、『文学』岩波書店、二〇〇六年六月号。
・古井戸秀夫『舞踊手帖』新書館、二〇〇〇年。
・大井ミノブ編『いけばな辞典』東京堂出版、一九七六年。
・工藤昌伸『いけばなの成立と発展』（日本いけばな文化史　一）同朋舎出版、一九九二年。
・小林忠編『いけばなの風俗』（いけばな美術全集9）集英社、一九八三年。
・林屋辰三郎編『いけばなの文化史　Ⅱ』（玉上琢弥、林屋編「図説いけばな体系」第3巻）、角川書店、一九七〇年。

・加藤定彦「やつしと庭園文化」（人間文化研究機構国文学研究資料館編『図説「見立」と「やつし」——日本文化の表現技法』八木書店、二〇〇八年。
・千宗室編『茶道古典全集』第四巻、淡交新社、一九六二年。
・中尾佐助、『花と木の文化史』岩波新書、岩波書店、一九八六年。

第四章

・宮家準「総論　共同体の伝承とコスモロジー」、『民俗と儀礼』（大系　仏教と日本人　九）春秋社、一九八六年。
・高橋千劔破「鳥の日本史」、『花鳥風月の日本史』黙出版、二〇〇〇年。
・野々村戒三、安藤常次郎「鴈雁金」（『狂言集成』）春陽堂、一九三一年。
・「雀」、『古典文学動物園』（国文学　解釈と教材の研究』、三九巻一二号、学燈社、一九九四年。
・金子浩昌、小西正泰、佐々木清光、千葉徳爾『日本史の中の動物事典』、東京堂出版、一九九二年。
・徳田和夫「雁」、『古典文学動物園』（『国文学　解釈と教材の研究』、三九巻一二号、学燈社、一九九四年）。
・徳川美術館編『絵で楽しむ日本むかし話　お伽草子と絵本の世界』徳川美術館、二〇〇六年。
・持田季未子「自然観批評」、『希望の倫理学　日本文化と暴力をめぐって』平凡社、一九九八年。
・景山春樹『神像』法政大学出版局、一九七八年。

・松岡正剛『花鳥風月の科学』淡交社、一九九四年。
・瀬田勝哉『木の語る中世』朝日新聞社、二〇〇〇年。
・北条勝貴「樹木伐採と造船・造宅――伐採抵抗伝承・伐採儀礼・神殺し」、増尾伸一郎、工藤健一、北条勝貴編『環境と心性の文化史』勉誠出版、二〇〇三年。
・村山修一『変貌する神と仏たち』人文書院、一九九〇年。
・市古貞次『中世小説の研究』東京大学出版会、一九五五年。

第五章

・Oxford English Dictionary Online, "talisman" の項（http://www.oed.com）。
・市古貞次『中世小説の研究』東京大学出版会、一九五五年。
・小林忠、村重寧編『瀟洒な装飾美――江戸初期の花鳥』（「花鳥画の世界」5）学習研究社、一九八一年。
・金子浩昌、小西正泰、佐々木清光、千葉徳爾『日本史の中の動物事典』、東京堂出版、一九九二年。
・武田恒夫、辻惟雄編『花鳥画資料集成』（「花鳥画の世界（11）」）学習研究社、一九八三年。
・五来重「日本の宗教と自然」、日本の美学編集委員会編『季刊日本の美学10　特集　自然』ぺりかん社、一九八七年。
・長谷川正海『日本庭園要説』白川書院、一九七七年。

・岩崎治子『日本の意匠事典』岩崎美術社、一九八四年。
・樋口忠彦『景観の構造――ランドスケープとしての日本の空間』（技報堂出版、一九七五年。
・森蘊『平安時代庭園の研究』桑名文星堂、一九四五年。
・徳田和夫『お伽草子研究』三弥井書店、一九九〇年。
・武田恒夫『日本絵画と歳時――景物画史論』ぺりかん社、一九九〇年。
・真保亨編『やまと絵の四季――平安・鎌倉の花鳥』（「花鳥画の世界（1）」）学習研究社、一九八二年。
・京都文化博物館、江戸東京博物館、読売新聞社編、図録『特別展　いけばな――歴史を彩る日本の美』読売新聞社、二〇〇九年。

第六章

・神崎宣武『「まつり」の食文化』角川書店、二〇〇五年。
・木村茂光「鎮守社の成立と農耕儀礼」、増尾伸一郎、北条勝貴、工藤健一編『環境と心性の文化史　下　環境と心性の葛藤』勉誠出版、二〇〇三年。
・鳥越憲三郎『歳時記の系譜』毎日新聞社、一九七七年。
・山中裕、今井源衛『年中行事の歴史学』弘文堂、一九八一年。
・金井紫雲『東洋画題綜覧』国書刊行会、一九九七年（芸艸堂　一九四三年の合本復刻版）。

・武田恒夫、山根有三編『景物画――名所景物』（「日本屛風絵集成」第一〇巻）講談社、一九七七年。
・今橋理子『江戸の花鳥画――博物学をめぐる文化とその表象』スカイドア、一九九五年。
・湯浅浩史『植物と行事――その由来を推理する』朝日新聞社、一九九三年。
・中村義雄「信仰・習俗と年中行事」（山中裕、今井源衛編『年中行事の文芸学』）弘文堂、一九八一年。
・武田恒夫『日本絵画と歳時 景物画史論』ぺりかん社、一九九〇年。
・武田恒夫「年中行事について」、山中裕、武田恒夫編『年中行事』（「近世風俗図譜」第一巻）小学館一九八三年。
・服部幸雄『歌舞伎歳時記』新潮社、一九九五年。
・奥村恒哉『歌枕』平凡社、一九七七年。
・樋口忠彦『郊外の風景――江戸から東京へ』教育出版、二〇〇〇年。
・吉良竜夫「桜と日本人――何十年代の自然保護のために」、『生態学の窓から』河出書房新社、一九七三年。
・西山松之助『花――美への行動と日本文化』日本放送出版協会、一九七八年。
・北條明直「江戸の風俗といけばな」、小林忠編『いけばなの風俗』（「いけばな美術全集9」）集英社、一九八三年。
・座談会：高階秀爾、大橋良介、田中優子、橋本典子『日本の美学』31号（特集「年中行事」）、燈影舎、二〇〇〇年。

第七章

・ハルオ・シラネ、衣笠正晃訳『芭蕉の風景　文化の記憶』角川書店、二〇〇一年。
・笠井昌昭『虫と日本文化』大巧社、一九九七年。
・原田信男『江戸の料理史――料理本と料理文化』中公新書、中央公論社、一九八九年。
・森川昭「歳時記の中の食」、「特集　食の文化学と博物誌」『国文学　解釈と教材の研究』、二九巻三号、学燈社、一九八四年。
・芳賀徹「風景の比較文学史――「瀟湘八景」と「近江八景」」、『比較文学研究』一九八六年一一月。
・石上阿希「鈴木春信画『風流座敷八景』考――画中狂歌の利用と図柄の典拠」、『浮世絵芸術156』、国際浮世絵学会、二〇〇八年。
・ハルオ・シラネ、北村結花訳「めかし／やつし――パロディ・見立て・「瀟湘八景」」、ツベタナ・クリステワ編『パロディと日本文化』笠間書院、二〇一四年。
・今橋理子『江戸の花鳥画――博物学をめぐる文化とその表象』スカイドア、一九九五年。
・尾形仂、小林祥次郎編『近世後期歳時記 本文集成並びに総合索引』勉誠社、一九八四年。
・『広重・花鳥画展――生誕200年記念　王舎城美術寶物館所蔵』太田記念美術館、一九九七年。

結論

・加藤周一、小山弘志、五味智英「日本文学における土着性と自然観」、『朝日ジャーナル』一九七四年一月一八日号。
・高橋和夫『日本文学と気象』中公新書、中央公論社、一九八七年。
・宝井其角『五元集』、勝峯晋風編『其角全集』聚英閣、一九二六年。
・正岡子規『評論、日記』(『子規全集』第一四巻)、講談社、一九七六年。
・高浜虚子の講演は一九二八年四月二八日付『大阪毎日新聞』
・千宗屋"A Tea Ceremony for Today", *Wall Street Journal*. May 6, 2009.

日本語版へのあとがき

・小松和彦『異界と日本人』、KADOKAWA、二〇一五年。
・山下克明「災害。怪異と天皇」、『天皇と王権を考える』(岩波講座　コスモロジーと身体、第8巻)、岩波書店、二〇〇二年
・佐原真「家畜・奴隷・王墓・戦争――世界の中の日本」、金関恕、春成秀爾編、『佐原真の仕事4　戦争と考古学』岩波書店、二〇〇五年。

日本語版へのあとがき

二〇一一年三月十一日に起きた東日本大震災は、地震や津波という天災でもあり、また、福島原発事故という人災でもありました。日本は昔から豪雨による地滑りや崖《がけ》崩れ、津波、地震、火山の噴火といった自然の持つ破壊力に常にさらされてきましたが、未曾有の規模の地震と津波、また、原発事故によって計り知れないほどの環境破壊がもたらされた東日本大震災以降、日本は世界的にも重要な環境問題の一つとして注目されるようになりました。原著は東日本大震災の前に執筆されたものですので、日本語版の最後に、文化や文学の観点から日本における環境問題をとらえてみたいと思います。

戦後、北アメリカで二種類の「環境文学」が生まれました。一つは、東アジアの詩を学んだゲイリー・スナイダーの作品に見られるように、テクノロジーなど人間が創り出したものに汚染されていない生活での「自然との共生」や「自然への回帰」の意義を考察した環境文学です。特に、スナイダーも参加した五〇年代のビート運動は、自然とのつながりを取り戻す手段として、日本の文学や文化、特に彼らが「禅の文化」と考えたものに目を向けました。一方、もう一つの環境文学は、レイチェル・カーソンの『沈黙の春』（一九六二年）のように、環境問題、とりわけ、各種の汚染、地球の温暖化、核廃棄物など人間が環境に与えた害に目を向けました。日本でも同じ頃、石牟《いしむ》礼《れ》道子《みちこ》の『苦海浄土《くがいじょうど》』（一九六九年）が水俣《みなまた》病という、日本の公害の原点ともいえる問題を取り上げ、大きな反響を呼びました。そして、水俣病発生からほぼ半世紀後に起きた東日本大震災は、天災や人災が与える強い衝撃について思索した環境文学が改めて注目されるきっかけとなりました。

平安時代の貴族が創造した二次的自然には基本となる二つの役割がありました。一つは、都や貴族の住まいが自然と調和しているというイメージを創り出す役割です。これと関連しても う一つは、祝儀、吉兆、お守り、厄払い、奉納、供養、そして浄土や蓬萊のような理想郷と自分たちを結びつける役割であり、両者の役割は互いに関連しあっていました。しかし、このような二次的自然を創り出したからといって、平安貴族が自然と調和して生きていたわけではありません。むしろ、二次的自然は、彼らを常に取り巻く危険やこの世のはかなさの代わりとなるもの、また、そうした危険やはかなさから彼らを守ってくれるもの、さらには、そうしたものから逃避する手段として機能していました。

言い換えれば、平安貴族は自分たちが平和な世界に生きているとは考えていませんでした。また、自然と調和して生きているとも考えていませんでした。彼らは自然、特に疫病や死や天災をとても恐れていました。このことは、平安貴族が天災をどのように受けとめたかにはっきりと表れています。彼らは、天災は主に二つの要因によって起こると考えました。一つは神々の祟《たた》り、もう一つは死者の祟りです。山下克明《やましたかつあき》をはじめとする研究者が指摘するように、『続日本紀』（七九七）では天災を「災異」と表現しています。「災」は洪水、旱《かん》ばつ、飢饉《ききん》、害虫による米の被害を、「異」は日蝕《にっしょく》や月蝕、地震、凍《い》てつく寒さ、灼熱《しゃくねつ》の暑さ、さらに怪異現象などを指しています。古代には、天災は人間、特に治世者が誤った行動をした結果だとみなされていました。人間の誤った行動が神々の祟りをもたらすと考えられていたのです。そのような時には、占い師が呼ばれ、災いをもたらしたのはどの神かをつきとめ、託宣をとおして神意を探りだしました。それから、怒れる神を鎮めるために、しかるべき儀式が執り行われました。九世紀以降は神々ばかりでなく、怨霊《おんりょう》も天災を引き起こすとされました。たとえば、火雷天神《からい》となった菅原道真がそうです。つまり、平安時代の宮廷、貴族の住まい、庭、山の庵《いおり》では、自然の暗く、荒々しい側面が、調和のとれた平和な二次的自然と共存していたのです。

平安後期に浄土思想、特に『往生要集』が説いた、煩悩に汚れた現世を嫌い、現世から離れる「厭離穢土《えんりえど》」と、極楽浄土を願い求める「欣求浄土《ごんぐ》」という考え方が広がると、日本の自然観にさらなる影響を与えました。鎌倉時代初期に書かれた『方丈記』にその影響をみることができます。私は『方丈記』は、環境文学の世界的古典とみなすべきだと思いますが、その前半部には十三世紀初めの京都を次々と襲った地震、飢饉、疫病などの天災と、それらによって壊滅的な打撃を受けた人々の様子が記されています。辻風《つじかぜ》を神仏などの諭しかもしれないと思ったことを除けば、長明は天災を、神々や死者の住む異界から下された罰とは考えていません。

長明は天災を人間の犯した過ちの結果とはとらえず、京都を襲った五つの大きな天災を写実的な筆致で詳細に描写しています。『方丈記』の前半部は、災害の記録として、より象徴的にいえば、この世、特に家や財産に執着する人々が住む都における人生の無常を示すものとして書かれています。

一方、『方丈記』の後半部には、長明が先の見えない都を捨て、都の外れの日野《ひの》という一種の里山に隠遁《いんとん》したことが語られ、都の外の平和な世界が描写されています。中国や日本には古くから、詩人や歌人が隠遁する伝統があります。長明もそれに倣ったのですが、人々が自然と調和しながら暮らす里山に似た日野に隠遁した長明は、自らが四季の美しさを楽しむさまを、「折につけつつ桜を狩り、紅葉をもとめ、わらびを折り……」と描写しています。古代や平安時代には、国の秩序と自然の秩序は相関し、一致していると思われていましたが、『方丈記』ではそれは問題にされていません。むしろ、こうした世の中からどのようにして脱出するか、超越するかが模索されています。長明が日野で経験したような季節の穏やかな移り変わりは、安定感と心のやすらぎを表していますが、長明はそうした平穏な隠遁生活のなかで静かに往生を遂げる準備を整えようとしています。

時間は『方丈記』の中心となる主題です。『方丈記』の冒頭の有名な一節、「ゆく河の流れは絶えずして、しかももとの水にあらず」は、自然や人生がはかないこと、変化は一瞬にして起こることを表しています。重要なのは、そうした時間とは異なるもうひとつの時間が後半部に描かれていることです。後半部には、日野の平穏で、美的にも快い四季が描かれていますが、そのゆったりとした時の流れは、前半部で描写される都市の混沌《こんとん》と精神的な対応関係を作りだしています。つまり、『方丈記』は、制御できない時間と空間――天災を蒙《こうむ》りやすい日本の自然環境――と、制御できる時間と空間――様々な二次的自然、特に四季の文化、そして、それとなくですが、浄土――との間に人間という存在を位置づけているといえるでしょう。

都における二次的自然が、危険に満ちた自然の代わりとなるもの、あるいは自然のもたらす危険からの防御、あるいは逃避であることを理解すれば、日本における神に対する見方と自然に対する見方との間に明瞭《めいりょう》な対応関係があることがはっきりと見えてきます。人間からみれば、自然は幸運をもたらすこともあれば、災難をもたらすこともあります。日本の地理や気候といった自然は、作物の豊かな実りなどのよいことも、台風や地震などの悪いことも、毎年のようにもたらします。同じように、日本の神にも二面性があります。一つは「和魂《にきたま》」、後世になると「にぎたま」と呼ばれるようになる、徳を備えた温和な側面であり、もう一つは「荒魂《あらたま》」と呼ばれる荒々しく勇猛な側面です。現在（二〇二〇年）、世界中で猛威をふるっている新型コロナウイルスの流行は、古代の日本で疫病が繰り返し発生していたことを思い起こさせます。当時（少なくとも八世紀）は、外から入り込んだ疫神《えきじん》が疫病を引き起こすと考えられていました。そして疫病を鎮めるために、都の四隅、畿内の境、家の門などに道饗《みちあえ》と呼ばれる食べ物が供えられました。疫神は自然の危険な側面であり、鎮め、宥《なだ》める必要がありました。つまり、霊として敬われる必要があったのです。日本の神は人間を守ってくれることもあれば、非常に危険な存在となることもあります。ヨーロッパと比べてみると、日本の神は、絶対の善とされるユダヤ・キリスト教の神よりも、善と悪いずれも行うギリシャ・ローマの神に似ているといえるでしょう。

しかし、日本に生きる人々は自然を恐れていただけではなく、自然に共感を寄せてもいます。日本文化に自然の擬人化が広くみられることからもこのことは明らかです。日本文化では自然はよく人間の姿で描かれ、人間のように行動します。そうした例は、和歌、演劇、物語、民話など日本文化全体に広く見ることができます。現代の「ゆるキャラ」現象もまた、熊や植物などの生き物を擬人化しています。

たとえば、中世における主な自然の擬人化には、少なくとも三種類あります。一つ目は、神や死者の霊が自然の姿、たとえば花や木の精の姿をとるものです。大木、岩、高い山は神とみなされました。神社の境内にある大木は聖なる木とされ、鎮守の森はその地域を守っていると考えられていました。能には、桜や松や藤など、木や植物の精が主人公である作品が多くあります。こうした木や植物の精は人間に語りかけ、自らの苦悩を明かし、救いを求めます。二つ目は「草木国土悉皆《しっかい》成仏」という仏教の考え方によるものです。これは植物や動物を含め、すべてのものが悟りを得て、成仏できるという考え方で、中世後期に広まったものです。これも能の作品によくみられるテーマです。また、中世の説話集やお伽草子《とぎぞうし》などからは、動物や魚を殺したり、さらには大木を切り倒したりすることは罪だと考えられていたことが見てとれます。三つ目は和歌です。和歌は雲や植物や虫など自然のさまざまな要素を用いて、人間の感情を表現します。『万葉集』の和歌にみられる、物に託して自分の思いを述べる「寄物陳思」という表現様式は、きわめて擬人化された自然観をもたらしました。そして、和歌はその後の日本の古典文学全体の土台となり、中世にも受け継がれました。

第四章で取り上げた「三十三間堂棟木由来」の柳の例が示すように、大木は単なる天然資源としてではなく、心や魂を持つきわめて人間的な存在として描かれています。こうした作品は動物、植物、虫などの視点から世界を見ることで、自然を犠牲にしたり、自然を破壊したりすることは、生き物の心を殺すことだ、ということを人間に思い起こさせました。生あるものに心を配る姿勢は、植物、動物、虫の供養が広く浸透したことにも見ることができます。代表的なものは、本論でも何度か触れた虫供養ですが、虫ばかりでなく、鯨、鹿、猪、蛸《たこ》、ゴキブリ、白蟻なども供養されました。こうした供養では、塚、つまり墓が作られることもありました。最近では死んだペットの墓を建てることもあります。つまり、人間と同じように、動物や虫などの生き物も弔われるのです。このような風習から、死んでしまった生き物に対して罪の意識を持っていたことと、そうした生き物の運命をその後も気にかけていたことがわかります。

今日も行われている供養の一つに、針供養があります。裁縫で使えなくなった針を供養する行事です。虫や鯨とは違って、針は生き物ではありませんが、死後も魂があるかのように扱われています。針は人間が作り、使ったという点で、一種の二次的自然とみなすこともできるでしょう。

同じような現象は中世後期にもみられます。当時、捨てられてしまったり、使われなくなったりした食器や調度などの古道具は百年たつと霊を宿して、人間をたぶらかすようになると考えられていました。そのため、京都では百年たたない古道具を年末の煤払《すすはら》いで捨てる習慣がありました。室町時代の『付喪神絵巻《つくもがみえまき》』では、人間に感謝もしてもらえず、道端に捨てられてしまった古道具たちが、人間を恨み、反旗を翻すことから物語は始まります。しかし最後には、怒れる古道具の妖怪《ようかい》たちは護法童子《ごほうどうじ》によって制圧され、護法童子の言葉に従って仏道修行に励み、成仏を遂げます。小松和彦《こまつかずひこ》が指摘するように、室町時代に付喪神信仰が生まれたのは、当時、自然とともに生きる環境から商工業が発達した環境へと移行しつつあったことを示唆しています。人間を脅かす霊が、地震などの制御できない自然の要素ではなく、道具など人間が作りだした文化的な要素から生まれたのであり、これは現代の環境問題の萌芽《ほうが》ともいえるでしょう。

日本における自然の擬人化を考える上で、もう一つの重要な鍵《かぎ》は、近代以前、日本では畜産が基本的に行われなかったことです。日本は縄文時代以来、植物型の食体系でした。弥生時代になっても、牛や羊は日本に入ってきませんでした。馬や牛が人に飼われるようになり、家畜化したのは、五世紀の古墳時代以降です。農民は田畑を耕すのに馬や牛を用いましたし、武士は馬に乗る必要がありましたので、馬や牛は家畜として飼われていましたが、食用ではありませんでした。六七五年に天武天皇が出した肉食禁止令では、鶏も食べることが禁じられました。鹿や猪など野生動物の狩猟は行われていましたが、動物を食用として育て、殺すことはほとんどありませんでした。実際、典型的な里山に牧草地はありません。考古学者の佐原真《さはらまこと》によると、このような非畜産農業は世界的にも珍しく、これが中国や朝鮮半島の食文化と日本の食文化との大きな違いを生みました。日本には馬などの動物を去勢する技術と知識が十八世紀までなく、中国や朝鮮半島と違って宦官《かんがん》制度もありませんでした。一方、植物型の食体系のなかで、植物の品種改良を発達させ、植物と季節に対してきわめて敏感な文化を生み出しました。仏教の影響で日本は非畜産農業になったのだ、と言われますが、仏教は中国と朝鮮半島にも大きな影響を与えているので、原因はそれだけではないだろうと佐原は論じています。推測ですが、仏教の影響とともに、島国である日本では、豊富な海の幸と山の幸に恵まれた食文化があったことが関連しているのではないかと私は考えています。いずれにせよ、このような農業や漁業の形態が動物に対する畏敬《いけい》と共感の念を生み出したことは間違いありません。動物たちは食料というばかりでなく、より大きな環境共同体の一部としてとらえられていたのです。

自然に対する態度は、共同体や時代や場所によって大きく異なります。しかし、近代以前の日本では一般的に、少なくとも人間の目から見れば、人間、神、自然の関係がとても近しいものだったので、この三者は互いに重なり合っていました。その結果、自然に対する強い恐怖心と自然に対するきわめて強い親近感が生まれてきたといえるでしょう。現在、そして未来の日本における環境問題を考える上でも、自然や環境をめぐる日本文化の多彩な歴史を振り返ることが必要なのではないでしょうか。特に、野生動物から発生した新型コロナウイルスという新たな自然の脅威に直面し、自然との共存のあり方を日々模索しながら、二〇二〇年という年を生きている私たちに求められていることかもしれません。

長年にわたり、私はさまざまな分野のすぐれた日本の研究者の方々とともに研究をする機会に恵まれてきました。みなさまに厚く御礼申し上げます。

本書を書くきっかけとなった歳時記の魅力を私に教えてくださった故尾形仂《おがたつとむ》先生と、堀切実《ほりきりみのる》先生とに深い感謝の意を表したいと思います。もうずっと前のことになりますが、お二人のおかげで私は歳時記の面白さを知り、そこからさまざまな関心を広げ、この本を完成させることができました。

奥田勲《おくだいさお》先生にはご専門の連歌を始め、日本文化に関して多岐にわたるご教示と貴重な助言をいただきました。美術史研究家のアンドリュー・ワッツキーさんは英語版の原稿を数回にわたって読み、詳細なコメントをくださいました。また、学問の先輩・友人である小峯和明《こみねかずあき》さんは、日本文化と環境に関する研究に取り組むことを強く勧めてくださいました。みなさまに心より感謝申し上げます。

多岐にわたる内容のため、原著である英語版の執筆には長い期間を要しました。日本語版もまた、出版までに長い時間がかかりましたが、日本文化や環境に関する私の新たな考えを数多く盛り込むことができました。日本語版が実現したのは、ひとえに、長年の友人である北村結花《きたむらゆいか》さんのおかげです。北村さんの丁寧・的確で意を尽くした翻訳によって、英語版よりも日本語版のほうが格段に充実し、はるかによい本となりました。あらためて深く感謝申し上げます。

平野多恵《ひらのたえ》さんには日本語版原稿の最初の数章を読んでいただき、有益なコメントをいただきました。また、吉野朋美《よしのともみ》さんには日本語版原稿のすべての章に目を通していただき、詳細な指摘を数多くいただきました。お二人に心から御礼申し上げます。

この本の出版にあたり、多くの有益な助言と効果的な編集作業をしてくださいましたKADOKAWAの伊集院元郁《いじゅういんもとふみ》さんに厚く御礼申し上げます。

最後に私事で恐縮ですが、常によき知的相談相手であり、多くの事柄を可能にしてくれる鈴《すず》木登美《きとみ》に心からの感謝を伝えたいと思います。

ハルオ・シラネ

1951年、東京生まれ。アメリカ東海岸で育ち、1974年、コロンビア大学卒業。1983年、同大学大学院にて博士号（日本文学）取得。コロンビア大学にて准教授、教授をつとめ、2013年より東アジア言語・文化学部学部長。『夢の浮橋「源氏物語」の詩学』（中央公論社）で角川源義賞、『芭蕉の風景　文化の記憶』（角川叢書）で石田波郷賞を受賞したほか、英語で数多くの編著・共著がある。本書の英語原著*Japan and the Culture of the Four Seasons : Nature, Literature, and the Arts*（Columbia University Press）で山片蟠桃賞を受賞。また同書を中心とするこれまでの業績に対して人間文化研究機構日本研究国際賞が贈られている。

角川選書 638

四季《しき》の創造《そうぞう》　日本文化《にほんぶんか》と自然観《しぜんかん》の系譜《けいふ》

令和2年5月22日　初版発行
令和6年5月25日　再版発行

著　者／ハルオ・シラネ　　訳　者／北村結花《きたむらゆいか》

発行者／山下直久

発　行／株式会社KADOKAWA
〒102-8177　東京都千代田区富士見2-13-3
電話 0570-002-301（ナビダイヤル）

印刷所／株式会社KADOKAWA

製本所／株式会社KADOKAWA

装　丁／片岡忠彦　　帯デザイン／Zapp!

●お問い合わせ
https://www.kadokawa.co.jp/（「お問い合わせ」へお進みください）
※内容によっては、お答えできない場合があります。
※サポートは日本国内のみとさせていただきます。
※Japanese text only

定価はカバーに表示してあります。

ISBN978-4-04-703677-2 C0395

◆◇◇

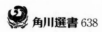

この書物を愛する人たちに

詩人科学者寺田寅彦は、銀座通りに林立する高層建築をたとえて「銀座アルプス」と呼んだ。
戦後日本の経済力は、どの都市にも「銀座アルプス」を造成した。
アルプスのなかに書店を求めて、立ち寄ると、高山植物が美しく花ひらくように、
書物が飾られている。

印刷技術の発達もあって、書物は美しく化粧され、通りすがりの人々の眼をひきつけている。
しかし、流行を追っての刊行物は、どれも類型的で、個性がない。
歴史という時間の厚みのなかで、流動する時代のすがたや、不易な生命をみつめてきた先輩たちの発言がある。
また静かに明日を語ろうとする現代人の科白がある。これらも、
銀座アルプスのお花畑のなかでは、雑草のようにまぎれ、人知れず開花するしかないのだろうか。
マス・セールの呼び声で、多量に売り出される書物群のなかにあって、
選ばれた時代の英知の書は、ささやかな「座」を占めることは不可能なのだろうか。
マス・セールの時勢に逆行する少数な刊行物であっても、この書物は耳を傾ける人々には、
飽くことなく語りつづけてくれるだろう。私はそういう書物をつぎつぎと発刊したい。
真に書物を愛する読者や、書店の人々の手で、こうした書物はどのように成育し、開花することだろうか。
私のひそかな祈りである。「一粒の麦もし死なずば」という言葉のように、
こうした書物を、銀座アルプスのお花畑のなかで、一雑草であらしめたくない。

一九六八年九月一日

角川源義

シリーズ世界の思想

ルソー　エミール

永見文雄

教育学の古典として知られる『エミール』。しかし教育論にとどまらずその知見のすべてを注ぎ込んだ、生涯の思索の頂点に立つ作品である。このエッセンスを、だれでもわかるよう懇切丁寧に解説した入門書。

1005　384頁

978-4-04-703630-7

シリーズ世界の思想

ホッブズ　リヴァイアサン

梅田百合香

「万人の万人に対する闘争」だけではない！　近年飛躍的に解明されてきた作品後半の宗教論・教会論と政治哲学の関係をふまえて全体の要点を読み直し、近代政治を学び平和と秩序を捉え直す、解説書の決定版！

1006　336頁

978-4-04-703651-2

カール・ロジャーズ

カウンセリングの原点

諸富祥彦

受容・共感・一致・傾聴――現代カウンセリングにおける重要概念の数々を打ち出したカール・ロジャーズ。ロジャーズ研究の第一人者が彼の思想と生涯を語る決定版。主著・論文をまとめたブックガイドも所収。

649　464頁

978-4-04-703640-6

科学化する仏教

瞑想と心身の近現代

碧海寿広

近現代の仏教はつねに科学と接点をもち、自らの可能性を問い直し続けてきた。心理学、催眠術、念写、透視から、ニューサイエンス、オウム、マインドフルネスへ。対立と共存のダイナミズムに貫かれた百年史。

640　288頁

978-4-04-703674-1

角川選書

和歌文学の基礎知識
谷 知子

ヤマトタケルから良寛まで、よりすぐりの和歌を楽しみながら、歌の発生、修辞技法や歌の社会的役割、工芸の世界をはじめ日本文化全体におよぶ和歌の影響などを解説。和歌がどんどん身近になる！

394　224頁

978-4-04-703394-8

古典のすすめ
谷 知子

神話から江戸の世話物へとつながる恋愛観、挽歌と哀傷歌そして源氏物語に描かれた「死」と「病」など、日本の古典作品に描かれた哲学をやさしく説く。古典に立ち返り、人生を見つめる新たな視点を養う。

594　296頁

978-4-04-703620-8

和歌史
なぜ千年を越えて続いたか
渡部泰明

言葉には、意味を越えて心に届く力がある。人は三十一文字の文化にどう親しみ、何を託してきたのか。なぜ、和歌は千年の時をこえて続いてきたのか？　連綿と続く言葉の網を通史的に解き明かす画期的試み。

641　336頁

978-4-04-703653-6

万葉集の基礎知識
上野 誠・鉄野昌弘・村田右富実 編

『万葉集』を1冊で見渡す！　歌人の事績、歌のかたちや工夫、時代別の読まれ方の変遷など、楽しみながら学べる知識が満載。歌の鑑賞、小事典、関連地図も収録。第一線で活躍する研究者による最高の入門書。

650　456頁

978-4-04-703702-1